T0243753

Canción de sangre

Primera edición: marzo de 2021
Título original: *Ruinsong*

© Julia Ember, 2020
© de la traducción, Tamara Arteaga, 2021
© de la traducción, Yuliss M. Priego, 2021
© de esta edición, Futurbox Project, S. L., 2021
Todos los derechos reservados.
Publicado mediante acuerdo con Farrar Straus Giroux Books for Young Readers, un sello
de Macmillan Publishing Group LLC.

Ilustración de cubierta: © Ruben Ireland, 2020
Marco: © Karnoff/Shutterstock, 2020
Diseño de cubierta: Cassie Gonzales
Adaptación de cubierta: Taller de los Libros

Publicado por Wonderbooks
C/ Aragó, 287, 2.º 1.ª
08009, Barcelona
www.wonderbooks.es

ISBN: 978-84-18509-09-4
THEMA: YFH
Depósito Legal: B 4271-2021
Preimpresión: Taller de los Libros
Impresión y encuadernación: Black Print
Impreso en España – *Printed in Spain*

JULIA EMBER

CANCIÓN DE SANGRE

Traducción de
Tamara Arteaga y Yuliss M. Priego

 wonderbooks

Para Sophie

«Hay una música tan terrible
que consume a todos los que la conocen».

Gaston Leroux, *El fantasma de la ópera*

Preludio

1793

CADENCE

Estoy sentada en el pasillo con mi perro en el regazo, cantando para que se duerma. Siento la punzada de magia atravesarme la garganta con el cantamiento que conjuran mis labios. El cachorro se acurruca todavía más y la respiración de sus ronquidos me hace cosquillas en el dorso de la mano. Sus orejas castaño-rojizas son tan suaves como el terciopelo, y su cuerpo es tan pequeño que me cabe en el recodo de la rodilla. Sacude las patas y yo bajo el tono como Madam me ha enseñado, persuadiéndolo así de que tenga sueños más ligeros.

Se aproximan unos pasos. Alzo la vista, esperando ver a mi amiga Remi correr hacia mí. La luz del sol empieza a atenuarse; los rayos decoran las paredes blancas de piedra de Cavalia con tonos mora y bermellón brillantes. Normalmente, las clases de Remi ya han acabado a estas alturas y, si no nos apresuramos, no aprovecharemos la luz de este día de invierno. No ha aparecido por aquí en días, pero este es nuestro rincón, nuestro lugar, y la esperaré hasta que el sol se ponga.

En lugar de ella, es mi tutora de canto la que camina por el pasillo con los brazos a rebosar de libros y partituras. Me arrodillo y me recoloco la falda deprisa para cubrirme las piernas. Ya no estoy en la calle y no es apropiado que una cantante muestre los tobillos en público. Madam Guillard es estricta con tales cosas.

Madam se detiene frente a mí y le chasquea la lengua a mi perro. Apoya los libros en el banco junto a la pared y se agacha para rascar la barriga blanca de Nip antes de quitármelo de los brazos. Él sacude una oreja, pero permanece dormido, cómodo y ajeno a todo bajo el manto de mi hechizo.

—No deberías jugar con él vestida con tu ropa buena. Debes ver a la reina y la llevarás toda arrugada —me regaña Madam.

Tiene el pelo rubio con canas recogido en un moño prieto. Lleva un vestido de brocado del mismo tono esmeralda que mi falda, el color de los cantantes, aunque mucho más fino. Me resulta raro ver a mi tutora en un color que no sea el negro. Nunca puso tanto de su parte con la antigua reina.

—Sí, Madam —murmuro, e intento alisar el tejido arrugado de la falda. Enrojezco avergonzada al intentar sacudir el pelo corto y blanco del cachorro que se pega al tafetán.

Como soy huérfana, la corona paga mis clases en la academia de hechiceros. Si le caigo en gracia, la nueva reina podría sacarme de la academia y llevarme a vivir con ella en el palacio en lo alto de la colina, con criados, una habitación para mí sola y mi propio baño. Jamás he disfrutado de esos lujos. Pero, si no, la reina Elene me podría expulsar sin poseer yo un penique a mi nombre.

Antes de ingresar en la academia, vivía en el hogar de menores de la ciudad: una madriguera desprovista de luz e infestada de ratas y pulgas. Todavía conservo cicatrices en las pantorrillas de los mordiscos en carne viva. La nueva reina también es una joven hechicera dispuesta a reclutar cantantes nuevos. Podría ganarme un puesto permanente en su casa. No tendría que volver a preocuparme por las pulgas o por pasar hambre.

Además, en palacio estaría más cerca de Remi. Su madre, la condesa de Bordelain, tiene aposentos en el ala este, cerca de los de la reina. Podría buscar a Remi después de sus clases en lugar de esperarla siempre, con la esperanza de que tenga tiempo de venir. No es hechicera, pero es la mejor amiga que tengo desde que vine aquí.

Me pongo de pie y me esfuerzo un poco más en adecentarme.

—Lo harás bien —me tranquiliza Madam—. Limítate a hacer aquello que te pida la reina y recuerda lo que hemos ensayado.

Trazo el cuadrado del cuarteto divino en mi pecho y rozo la gema de oración que tengo colgada en el cuello para que me dé suerte. La piedra es lo único que conservo de mi madre: un lapislázuli mellado y sin pulir, como los recuerdos de ella que van desapareciendo de mi mente.

Madam extiende la mano, yo la agarro y mi mano pequeña queda envuelta por la suya. Me dirige por el pasillo hasta nuestra pequeña réplica de la Ópera de Cannis. Alguien ha encendido la araña del techo. La luz ilumina el escenario y deja el resto de la sala en la sombra. En la parte superior, las musas relucen con un brillo dorado. Normalmente están cubiertas de polvo, pero alguien las ha limpiado por la visita de la reina.

Nuestra nueva reina se encuentra sentada en primera fila. Junto a ella hay un criado de pie. La reina es una mujer de tez blanca que lleva el pelo negro azabache recogido con horquillas de plata. En lugar de llevar una corona, lleva pintada una escala musical hecha con polvo de oro cuyas notas conforman los primeros acordes de una canción de tormenta. Luce un vestido de terciopelo rojo con el dobladillo verde de los cantantes.

Se me hincha el pecho. Es una hechicera, la primera reina cantante de Bordea, y lo proclama con orgullo. Me sonríe, como si me invitase a sentirme orgullosa con ella, y no puedo evitar corresponderle con una sonrisa.

Su rostro está adornado por una máscara de ópera de plata fina soldada para parecer encaje. Le cubre la nariz y la mayor parte de las pálidas mejillas, y casi me recuerda a los retratos que he visto de Odetta, la diosa de la primavera y el renacimiento. Sin embargo, estoy segura de que solo la lleva como complemento, ya que los hechiceros servimos a Adela, la diosa del canto.

Yo había visto a la antigua reina un puñado de veces en ceremonias, bailes y banquetes reales cuando invitaban a la academia a cantar en grupo. Y, una vez, de cerca, cuando Remi me arrastró a regañadientes a tocar en la sala de audiencias y nos vimos obligadas a escondernos bajo la falda de la mesa de un escribano al empezar la sesión. La reina Celeste había sido una mujer delicada y de voz suave; de tez translúcida y tan delgada como el papel cebolla. No parecía una reina en lo más mínimo.

El criado se levanta y me analiza con mirada firme. Me aferro a la mano de Madam cuando da vueltas a mi alrededor. Su túnica negra ondea como unas alas.

13

—Es muy pequeña —dice, dudoso. Me da unas palmadas en la mejilla y yo me escondo detrás de mi tutora.

—Apenas tiene ocho años —responde Madam Guillard—, pero su habilidad no tiene parangón. Y, como Su Majestad ya sabe, solo tenemos tres canticantes corpóreas principiantes por el momento.

El criado enarca una ceja, escéptico.

—Aun así, es muy joven. Su Majestad esperaba hacerse cargo de una alumna que estuviese lista para actuar en pocos años. Las sublevaciones del norte ya se están descontrolando. La reina desea empezar con las pruebas lo antes posible. Por ahora la dama Ava se encarga de esa tarea, pero se acerca a los setenta.

Vuelvo a mirar a la reina, aterrorizada. Si no cumplo con sus expectativas, ¿se deshará de mí sin vacilar? Madam no habla mucho de la historia de la reina delante de mí, pero he escuchado a alumnos mayores susurrar acerca de ella. Sé que, al contrario que nuestras reinas anteriores, no heredó el trono de la reina Celeste.

Y también sé que los hechiceros que le desagradan han empezado a desaparecer.

—Le prometo que está muy bien instruida —asegura Madam.

—La evaluaremos —dice la reina. Su voz es más profunda y áspera de lo que imaginaba. Sin embargo, sus palabras tienen el ritmo y la entonación de las de una cantante. Me vuelve a sonreír y muestra unos dientes perfectos, alineados con magia y abrillantados hasta adquirir un tono blanco porcelana.

La reina Elene se vuelve y chasquea los dedos a un guardia medio escondido detrás de una de las columnas de la sala. El guardia también lleva máscara, dorada para conjuntar con el emblema de la reina en su pecho. Arrastra a un niño de tez blanca que se encontraba detrás de él hasta la luz. El niño, delgado y tembloroso y con las mejillas sucias, me mira con ojos asustados y bien abiertos.

Madam se agacha a mi lado y acerca los labios a mi oreja. Los ojos de Nip, que está en sus brazos, se entreabren. Tarareo un compás de la canción adormecedora. Él me lame la mejilla antes de volver a sucumbir al sueño.

—¿Te acuerdas de la canción de calor que hemos ensayado? ¿Con el caldo de huesos? —me pregunta Madam—. Su Majestad quiere que se la cantes.

Miro en derredor en la sala en busca de un bol con sangre de pato o leche. No puedo calentar agua o aire. Mi magia no se extiende a los elementos. Solo puedo afectar cosas que estén vivas o lo hayan estado: plantas, animales o...

—Lo usarás a él —me informa Madam, y señala al niño. La mano en el aire le tiembla ligeramente—. Y no debes detenerte a menos que la reina te lo ordene.

—Pero usted me dijo que no ensayase con otros niños —protesto. Remi me pide que le enseñe mi magia todo el tiempo, pero casi siempre obedezco a Madam y me niego.

—Así es. Jamás debes ensayar con otros niños cuando estés sola. Pero esto es distinto. No se trata de un ensayo. Es una actuación para Su Majestad.

—¿Tiene frío? —pregunto.

—Mucho —susurra Madam.

El niño empieza a revolverse para deshacerse del agarre del guardia. A algunas personas les da miedo la magia. Madam me ha dicho que a muchos campesinos les aterra. Jamás se la han enseñado ni los han expuesto a ella. No comprenden que la magia puede ayudarles. Lo recuerdo de antes de venir a Cavalia.

Pero estamos en pleno invierno, y también me acuerdo de las paredes húmedas del hogar de menores; las noches heladas cuando nos apiñábamos bajo las mantas harapientas que compartíamos y escuchábamos a las ratas hacer ruido bajo el suelo. Aquí sigo pasando frío, cuando me olvido de la capa o cuando nieva, pero en el orfanato tenía otro tipo de frío: uno que se me metía bajo la piel hasta los huesos y se me aferraba a las costillas. Cuando los oficiales de palacio vinieron al enterarse de que mi cumpleaños era en verano, no pude traer conmigo a ninguno de mis amigos. A veces, sentada junto al fuego en la habitación que comparto con Carinda, con un bol de guiso caliente en el regazo, me acuerdo de ellos.

Puedo ayudar a este niño. Durante un rato, puedo hacerlo sentir tan a salvo y cómodo como a Nip, que dormita apoyado en el hombro de Madam. Puedo darle un recuerdo de calidez.

Subo al escenario y me coloco en el círculo central, justo debajo de la araña, tal y como me han enseñado. Me enderezo y miro hacia la zona donde se sienta la reina, a pesar de ser incapaz de ver debido a la luz.

En cuanto empiezo a tararear, la magia despierta mis sentidos. No necesito mirar al niño para cantarle. Puedo oír su respiración y los latidos desbocados de su corazón. Siento que su vida llama a la magia de Adela que hay en mí. No tiene que sentir miedo. Me aclaro la garganta y empiezo el calentamiento.

—Bueno, al menos suena como un ángel —exclama el criado mientras yo asciendo la escala—. Pero ¿su magia es fuerte? No necesitamos una voz bonita. Necesitamos poder.

—Dale una oportunidad —le urge la reina, y su voz ronca y regia se escucha en la oscuridad.

Acabo la escala y empiezo la balada de calor. Mi canción empieza como un susurro. Madam y yo la hemos ensayado de esa manera. Sé que la temperatura de un niño vivo es algo delicado. Si canto demasiado fuerte, si me despisto con la melodía, le subirá la fiebre o le saldrán quemaduras. Me acuerdo del bol de leche que Madam dejó en el suelo de su estudio el primer día que trabajamos la canción de calor. Grité las palabras y el líquido hirvió hasta derramarse por los bordes cual espuma marina.

—Más alto, querida, no te oímos —dice la reina.

Madam Guillard vuelve a tomarme de la mano.

—Debes hacer lo que tu reina desee.

Las comisuras de la boca se le curvan hacia abajo y hace una mueca como si le doliese algo. Tararea una canción en bajo y la luz de la araña se atenúa, el fuego reprimido bajo su control. Mi tutora es canticante de los elementos y puede ordenar al aire.

—Quizá Su Majestad te escuche mejor si puede verte los labios.

Unas manchas de luz bailan ante mis ojos. La reina y su criado aparecen en mi campo de visión de nuevo. El guardia permanece de pie junto al escenario agarrando al pobre niño con los brazos. El pequeño no parece ni cómodo ni adormilado. Lágrimas cálidas se escurren por sus mejillas sucias. Los antebrazos del guardia están cubiertos de arañazos.

Me empieza a temblar la barbilla.

—Cantarás hasta que Su Majestad te pida que te detengas. Si no, tendrás que cantarle al perrito —ordena el criado, enfadado.

Observo al niño vestido con harapos, de extremidades delgadas y ojos afligidos, y después a mi cachorro, que ahora está despierto y gimotea en el hueco del brazo libre de Madam. Las orejitas marrones de Nip se levantan y menea la cola mirándome.

Si hubiera nacido sin magia, si hubiera permanecido en el hogar de menores como una huérfana entre tantos otros, podría ser yo la que estuviera ahí en lugar de este chico. Si fracaso en la demostración para la reina, si me expulsan, puede que viva su misma suerte.

Los ojos se me llenan de lágrimas y siento el temor anidar en mi estómago, porque sé qué es lo correcto, y no puedo hacerlo.

Vuelvo a empezar a cantar. La reina se reclina en su asiento y sonríe. Canto y canto mientras el niño chilla y se revuelve de rodillas, mientras su piel se agrieta y se llena de ampollas, mientras empieza a resbalarle sangre hirviendo de los orificios de la nariz, de la dulce boca redonda y de las orejas demasiado grandes. No desvío la mirada. Mi voz no tiembla.

Al fin y al cabo, me han enseñado bien.

Capítulo 1

1801

CADENCE

Enciendo las velas y tarareo conforme dan comienzo los acordes del rezo. El calor de cada vela pone en marcha unas aspas de madera diminutas unidas a una caja de música individual. La campana de bronce del interior de cada caja emite una nota que suena una y otra vez. Los tonos agudos se mezclan en una armonía mecánica. Cierro los ojos y me pierdo en el ritmo sencillo y familiar. El incienso de lavanda me hace cosquillas en la nariz.

Las canciones de oración han de interpretarse a capela y en coro a cielo abierto, donde Adela pueda vernos, pero ahora la mayoría de nosotros las cantamos a solas. Elene no prohíbe que recemos a Adela, pero esas demostraciones públicas de religiosidad y de canto compartido no están de moda ahora que nuestra reina adora a otra diosa.

Las puertas dobles de mis aposentos se abren de golpe a mi espalda, pero no me giro ni abro los ojos. Hoy es un día de caos, de dolor, y conservaré la paz que ahora siento tanto tiempo como pueda. Llevo preparándome para este día todo el año y, aun así, ha llegado demasiado pronto.

—Es hora de irse. —La voz de Lacerde interrumpe la melodía.

Mi criada se asoma por encima de mi hombro y sopla la primera de las velas. Las aspas se detienen y una de las estridentes notas se extingue. La melodía se quiebra, incompleta.

Sopla otra de las velas, pero yo tarareo lo que queda de canción de todos modos. Mi criada empieza a peinarme mientras permanezco de rodillas todavía. Hunde sus dedos arrugados y diestros en mi pelo y trenza unos pocos mechones en forma de corona.

—Tu vestido te aguarda en la Ópera —me informa a la vez que me extiende polvos blancos por las mejillas —. Fuera hay un carruaje esperándonos.

Asiento y me pongo de pie despacio. Tengo las piernas entumecidas por haber pasado tanto tiempo en la misma posición y, pese a la oración, también siento pesadez en el alma. Lacerde me ayuda a colocarme la capa negra de viaje y ata la capucha de manera que me cubra la mayor parte del rostro.

Me conduce con brío por el pasillo hasta salir a los jardines de palacio, donde nos espera un carruaje negro. Los caballos son palafrenes marrones, no los ostentosos sementales blancos que suele elegir Elene. Hoy debo cruzar Cannis sin ser advertida. Que me avistaran antes de la función podría provocar una revuelta.

El conductor ayuda a Lacerde a subir al carruaje, pero yo ignoro la mano que me tiende. El eco de las campanas de oración todavía resuena en mi cabeza y quiero aferrarme a la canción tanto como me sea posible. Como hechicera corpórea que soy, me cuesta concentrarme en las oraciones etéreas. Mi magia anhela vida. Si toco algo vivo ahora mismo, después de conectar con mi diosa, la magia brotará por voluntad propia, ansiosa.

En cuanto vuelve a tomar asiento delante, el conductor chasquea la lengua y los palafrenes parten a medio galope. Cruzamos las puertas posteriores de Cavalia y los guardias pausan su partida de tam para cuadrarse a nuestro paso.

—¿Tienes frío? —me pregunta Lacerde. Sin esperar a que responda, me coloca un abrigo de pieles sobre el regazo. El frío aire de otoño se cuela entre los huecos de la puerta del carruaje y hace que el vello de los brazos se me erice.

Le dedico una pequeña sonrisa, aunque estoy mareada de los nervios.

Espero que el conductor vire a la derecha en la bifurcación, hacia la carretera principal que lleva a la ciudad. En cambio, toma la ruta de la izquierda que serpentea hasta las puertas exteriores de Cannis y los terrenos que hay más allá. Abro la ventana y me asomo.

—Esta no es la ruta —le aviso—. Hemos de ir directos al teatro.

—No, principal —dice él—. Tengo órdenes directas de Su Majestad de conducirla por aquí.

Se me hace un nudo en el estómago. Solo hay un lugar cerca de la muralla occidental a donde Elene me llevaría. Me reclino en el asiento y miro suplicante a Lacerde.

—¿Por qué vamos allí?

Lacerde alarga el brazo y me toma de la mano. Sus dedos están pegajosos por el sudor. Lleva tres años siendo mi criada, más de lo que ninguna otra ha durado nunca, y me entiende mejor que nadie.

—No nos detendremos, pero creo que la reina quiere que lo veas. Al menos, eso es lo que el jefe de ejecutores me ha comunicado.

—Ya lo he visto antes.

—Quiere que lo recuerdes.

Esboza una mueca de compasión y fija la mirada en el regazo.

Los palafrenes mantienen un ritmo constante, pero ahora me niego a mirar por la ventana. Más allá del majestuoso coto de caza que flanquea las puertas traseras de palacio yace la colonia de los expulsados: un laberinto cenagoso de pequeños callejones, casas desvencijadas y enfermedad. El lugar en el que acabaré si desobedezco a la reina.

Los olores a excremento humano, sudor, pastos y animales se adentran en el carruaje conforme pasamos junto a las abundantes tierras de cultivo y los pastizales. Yo crecí en las calles más pobres de Cannis. No soy ajena a los perfumes de la vida, en sus muchas variedades, pero, conforme nos internamos en la colonia, el olor cambia. Aquí, la miseria y la pérdida, que huelen como a pelo quemado y a vinagre, se adhieren a todo. Detectables solo para los cantantes corpóreos, son los peores olores que existen.

Levanto la túnica hasta taparme la nariz en un intento de bloquear el olor, pero después de años de entrenamiento mágico, tengo los sentidos hipersensibilizados.

El carruaje traquetea cada vez más lento hasta detenerse. Doy unos golpes en el lateral del carruaje con el puño. Lacerde echa un vistazo por la ventana y hace un mohín.

—Tengo órdenes de permanecer aquí parado hasta que mire. —La voz del conductor tiembla. Se gira hacia nosotras, pero no me mira a los ojos.

Me percato de que me tiene miedo, pero no tanto como para ir en contra de los deseos de Elene.

Respiro hondo. Elene habrá sido muy específica con sus órdenes, especialmente hoy. Me inclino hacia delante y contemplo el exterior a través de la ventana.

Un grupo de ancianos se apiña junto a la muralla occidental en ruinas. Extienden las manos hacia el carruaje, pero no emiten sonido alguno. Más lejos, una ciudad de edificios destartalados se despliega ante nosotros: casas hechas de trozos de madera y metal, con agujeros en los tejados, todas pequeñas, apenas con el espacio suficiente para un caballo. Hay una tienda con fruta podrida a la venta y una multitud de mujeres descalzas y delgadas que graban sus historias en el barro con unos palos. Visten faldas tan viejas y desarrapadas que casi se les caen. Todas llevan la señal, una larga cicatriz plateada en la garganta.

El barro les llega hasta los tobillos. Elene manda a un grupo de elementales a la colonia una vez a la semana para saturar el suelo con tanta lluvia que nunca se seca. Las frágiles casas quedan constantemente arrasadas por las inundaciones.

Nadie puede comerciar con la colonia. Nadie puede contratar a un expulsado en Cannis. Nadie puede ofrecerles tierras para que se asienten en algún otro lugar, ni siquiera una habitación libre para pasar la noche. Aquellos que lo han intentado han acabado en el calabozo o muertos. Los habitantes de la colonia pueden salir a mendigar en la ciudad o arriesgarse a buscar alimento en el bosque entre los lobos y los osos, pero no tienen otro hogar al que volver ni esperanzas de encontrar uno en Bordea.

Una mujer blanca y baja con el pelo plateado señala el carruaje. Las cicatrices de sus mejillas y su garganta son recientes y la reconozco por la forma de su mentón y sus fieros ojos ámbar. Un ramalazo de miedo me atraviesa. Francine Trevale había sido una de las hechiceras corpóreas más poderosas del país. La antigua reina había depositado su confianza en ella y era famosa en todo Cannis por su talento bélico y sanador. Pero se negó a doblegarse a los deseos de Elene, y ahora está aquí.

En la academia, se rumorea que la fuerza de Francine era tal que Elene no se atrevía a arrestarla sin más. Dicen que la reina le envió a Francine un cofre con joyas para que la hechicera se confiase y creyese que Elene había decidido escuchar su punto de vista. Y, entonces, Elene contrató a un asesino para que entrase a hurtadillas en la alcoba de Francine y le cortase las cuerdas vocales mientras dormía.

Si me niego a lo que Elene ha planeado para hoy, me matará... si se siente especialmente compasiva. Si no, me exiliará aquí.

—Lo ha visto —gruñe Lacerde—. Ahora, arranca.

Un grupo de niños pasa corriendo por delante del carruaje, lo cual hace que los palafrenes se intimiden. Animados, se hacen gestos los unos a los otros en aquel nuevo lenguaje que han creado y se lanzan una vejiga reseca de oveja como si se tratara de una pelota. Albergan una pequeña y preciosa llama de felicidad que ni siquiera Elene con toda su crueldad ha sido capaz de extinguir. Lacerde les sonríe y veo cómo hace amago de buscar en su bolsa.

Una niña pequeña pelirroja es incapaz de coger el balón improvisado, y este le pasa por encima de la cabeza. Nuestro conductor se hace con él en el aire. Hinca las uñas en la fina y frágil piel hasta que la pelota estalla y se aplana. Lo tira bajo sus pies y sacude las riendas para espolear a los caballos a continuar, dejando a los niños sin nada.

Me estremezco y cierro la ventana de golpe.

Mi camerino está bajo el escenario de la Ópera. Lo han decorado a mi gusto, con muebles elegantes en el tenue color violeta que Lacerde sabe que me agrada. Soy lo bastante lista como para no creer que Elene ha tenido algo que ver con la selección, aunque es probable que se lleve el mérito más tarde.

Los criados del teatro han dejado una bandeja con zumo, té y pastas recién hechas en el sofá. No la toco.

Dejo que Lacerde me vista sin girarme para no observarme en el espejo. No quiero ver el aspecto que tengo ni cómo me han ataviado. En mi mente, ya veo manchas de sangre en la muselina de la falda y lunares rojos en el cuero blanco de mis guantes. Lacerde endereza la falda y me alisa el cabello. Luego, con un resoplido, se inclina y frota mis zapatos nuevos hasta que brillan.

Se encarga de abrir la puerta para que no me ensucie los guantes y me guía por el oscuro pasillo. Mi camerino es el único que está en uso. Todos los demás están tapiados para que nadie los pueda usar de escondite.

Me imagino cómo debió de haber sido el teatro, años atrás, cuando actuaban tantos cantantes juntos para un público más dispuesto. Los pasillos estarían llenos de risas, del crujir de los vestidos de tafetán y de un coro de escalas para calentar la voz. Encima, el público se pelearía por entrar al patio de butacas, brindando con las copas en el bar del teatro y especulando sobre la gran maravilla que estaban a punto de escuchar.

Si fuerzo los oídos, todavía soy capaz de oír el eco de su alegría en las paredes, oscurecidas por la reciente cacofonía de desesperación y dolor. El olor de miles de cantamientos, uno superpuesto a otro durante siglos y siglos, permanece en el aire rancio. Han pasado ocho años desde que este lugar funcionara como un verdadero teatro, pero las paredes de la Ópera tienen memoria.

Ascendemos los escalones que conducen al escenario. Elene y lord Durand, su recién ascendido lacayo, están juntos de pie en el borde del escenario, gritándole instrucciones al director, que está en el foso de la orquesta.

Elene levanta la mirada y asiente en dirección a Lacerde, que me coloca en el centro del escenario sin soltarme. Es como si pensaran que voy a huir, aunque no haya lugar alguno a donde pueda ir.

Nadie ha atenuado aún las lámparas de gas que delinean los pasillos del patio de butacas, así que obtengo una vista completa de él. El teatro es mucho más grandioso que nuestra réplica de la academia. En el techo hay un mural con muchos siglos de antigüedad en el que Adela obsequia con magia a la primera hechicera. La cantante está arrodillada junto a la poza sagrada, y la diosa se eleva desde el agua con la boca abierta, cantando, y los brazos bien abiertos. Notas musicales las rodean, cada una moteada con láminas de oro.

Los retratos de las otras tres diosas bordean el mural: Odetta, la diosa de la primavera y del renacimiento, lleva una máscara plateada que le cubre los ojos y las mejillas y sostiene el esqueleto de un gorrión entre sus manos cóncavas; Karina, diosa de la justicia y el invierno, va ataviada con un vestido de lino ajustado a su cuerpo delgado y tiene los brazos abiertos; Marena, la diosa del otoño y de la guerra, tiene el mentón alzado con orgullo y mira hacia abajo con sus hipnóticos ojos morados, enjoyada con dientes humanos.

Debajo, filas y filas de asientos de terciopelo rojo pegados unos a otros se extienden hasta las imponentes puertas negras al fondo del teatro. Están hechas de magicristal, un material diseñado por los elementales: arena hilada, tintada y endurecida, para que ni siquiera unas balas de diamante puedan resquebrajarlas. Cientos de personas llenarán el patio de butacas esta noche. La dama Ava, la anterior cantante principal de la reina, me comentó que a veces acudían tantos que a algunos no les quedaba más remedio que quedarse de pie junto a las paredes.

Las rodillas comienzan a temblarme ante la perspectiva. Se me seca la boca.

En la segunda fila, una criada se arrodilla entre los asientos. Frota el suelo con vigor con un trapo marrón, y el enfermizo olor a limón flota hasta el escenario.

Todos esos asientos. Toda esa gente. Los ojos se me nublan de lágrimas y la imagen de las butacas rojas se me emborrona, como una mancha de sangre.

—No puedo —susurro.

—Lo harás —dice Elene.

Capítulo 2

REMI

Camino por el pasillo del patio de butacas con la invitación escrita a mano que nos han obligado a presentar aún agarrada, ojeando las filas hasta que encuentro mi asiento. Es tan pequeño que apenas puedo meter las caderas entre los reposabrazos de madera. La reina sí que nos amontona como al ganado. Somos como la fruta en la carreta de un mercader de los barrios bajos, preparados y dispuestos a que nos golpeen y nos empujen.

Mamá dice que el teatro solía ser lujoso hasta que la reina rediseñó el interior para que todos los inservibles nobles de su corte cupieran a la vez. Nuestra comodidad no resulta importante. La reina ni siquiera nos permite sentarnos junto a nuestros parientes para que nos consolemos los unos a los otros. Puede que nos sentemos en plateas y palcos, pero no estamos aquí para hacer de público. Solo somos las marionetas de un espectáculo dirigido a otra persona.

Un caballero de tez negra ataviado con un abrigo deshilachado se mete a presión en el asiento de mi lado. No se puede sentar con las piernas hacia delante por lo largas que son y me pisa al intentar buscar hueco para las rodillas.

Hace una mueca.

—Discúlpeme. Me alegra que nos hayan ofrecido más espacio este año.

Se me sale la risa por la nariz y me cubro la boca con la mano.

El caballero se quita el abrigo y lo coloca sobre su regazo. Luce, al igual que yo, ropa formal pero vieja, un conjunto formado por telas de temporadas pasadas. A su chaleco color borgoña le falta un botón y tiene el cuello manchado de amarillo. El vestido de tarde que llevo yo es azul cielo con mangas abombadas que fueron la última moda hace dos veranos. El pecho me rebosa del corpiño, que apenas puede atarse. En cualquier otra situación, mamá jamás me hubiera permitido llevarlo fuera de casa.

El caballero lleva el escudo del Château Foutain en la solapa: dos palomas dando vueltas alrededor de una torre de piedra. Hago una mueca en señal de solidaridad. Foutain, al igual que muchas otras casas de nobles de Bordea, fue prácticamente aniquilada en la corta guerra posterior a la ascensión de la reina Elene. El Château reunió un ejército a modo de protesta por las leyes fronterizas de la reina y los horribles hechizos que usa para mantenernos contenidos. Y lo pagaron caro. El caballero debe de ser Gregor, barón de Foutain, el único miembro vivo. Su mujer, sus dos hijos, su hija y sus nietos lo han precedido en la tumba. El motivo por el que la reina le ha perdonado la vida es para preservar el recuerdo de la destrucción de su familia.

En otra vida y tiempos, papá y él eran amigos.

—¿Su primera Actuación? —pregunta el barón.

Niego con la cabeza. No tengo por qué acudir a la Actuación ya que acabo de cumplir los dieciséis. La ley no requiere asistencia hasta que cumplimos veinte años, pero, debido a la enfermedad de mamá, alguien debe ir en su lugar. El censo recoge que en nuestra familia hay dos adultos, así que dos de nosotros debemos asistir a la Actuación todos los años. Sin excepción. A la reina no le importa que sea menor de edad mientras nuestra familia pague con sangre noble.

—La segunda —lo corrijo.

El barón frunce el ceño.

—No parece que tenga edad suficiente.

—No la tengo.

No se lo explico, y el barón saca un pañuelo del bolsillo para limpiarse una gota de sudor que le resbala por la ceja.

—Veremos con qué nos deleita este año, ¿eh?

He intentado desterrar de mi mente lo que está por venir. Antes de que el mensajero llegara con nuestras invitaciones, me resultaba fácil fingir que este año la reina se ablandaría.

Papá dice que la Actuación empeora cada año, ya que la reina y lord Durand siempre pretenden superarse. El año pasado, la dama Ava, soprano-torturadora de la reina, cantó un hechizo de ahogamiento. Se nos encharcaron los pulmones de fluido y la gente intentó abrirse la garganta hasta que nos liberó.

Las luces se atenúan y los mayordomos cierran las puertas de la parte trasera del teatro. Todos permanecemos en silencio. Un director de orquesta delgado y vestido con el uniforme rojo de la reina se abre paso entre el público hasta llegar al podio bañado en oro al pie del escenario. Lleva un broche con forma de rayo en el pecho. No me acuerdo de si es un símbolo de la escuela de los creadores o de los elementales. Sea como sea, es un hechicero, y debe de estar de parte de la reina.

Desde mi asiento casi en primera fila soy capaz de ver el foso de la orquesta debajo del escenario, donde una multitud de músicos corrientes esperan con los instrumentos apoyados en el regazo. A pesar de no ser hechiceros, se espera que los músicos también cumplan su cometido en la función. Levantan los instrumentos a la señal del director.

Un ejecutor fornido que lleva el broche en forma de corazón rojo de los cantantes corpóreos permanece delante de la puerta que conduce a la salida del foso, bloqueando cualquier tentativa de escape por parte de la orquesta. Una máscara de ópera dorada le cubre la mayor parte de la cara y ensombrece su mirada. La reina y muchos de los que gozan de su favor la llevan para mostrar su lealtad a la diosa Odetta.

Cuando era pequeña, yo solía rezarle a Odetta, la santa patrona de la primavera, la estación en que nací. La diosa era popular en la corte, ya que la mayoría nacemos en primavera, así que la reina se ha apropiado de su culto para demostrarnos su poder.

Por aquel entonces, los seguidores de Odetta rezábamos de forma libre y alegre. Trenzábamos coronas de azucenas y celebrábamos banquetes bajo la luna nueva. Pero, desde que la reina Elene ascendió al trono, el rezo a Odetta ha cambiado; se ha vuelto más serio. Ahora todos nos acordamos de que antes de una primavera brillante hay inviernos duros, de que el renacimiento surge de la muerte.

Papá dice que elegir una diosa propia y abandonar a la que determinó tu concepción y tu nacimiento es la peor de las herejías. Los hechiceros son hijos del verano, bendecidos con magia de canto a cambio de su servicio vitalicio a Adela. La reina es una hereje. Ha profanado las tradiciones al renunciar a la diosa de su nacimiento y adjudicarse el patrocinio de Odetta.

Yo ya no rezo.

Quizá eso también me convierta en hereje a mí.

Meto la mano debajo de la falda. Me he atado una bolsa llena de caramelos de limón a la pierna. La acidez de los caramelos ayuda con las migrañas de mamá y espero que me ayude a respirar y a soportar el dolor que está por llegar. Esconder caramelos de limón bajo el vestido tampoco es un signo de rebeldía muy grande, pero consigue que el corazón me lata desbocado por el atrevimiento. Si papá se enterase, se enfadaría mucho.

Saco dos caramelos de la bolsa y me meto uno en la boca. Le propino un ligero codazo al barón. Cuando me mira, le tomo la mano y le cierro los dedos en torno al otro caramelo antes de que puedan vernos.

—Que la diosa la bendiga —susurra, y se lleva el caramelo a la boca.

La cortina de terciopelo se eleva y revela dos personas en el escenario. Una es lord Durand, el hombre de confianza de la reina. Lo reconozco del año pasado. Papá dice que Durand es el artífice de las Actuaciones. La reina quería vengarse de nosotros, pero fue él quien propuso el método y lo perfeccionó. Como recompensa, se le concedió la señoría y un patrimonio, lo que lo convertía en el único noble exento de los horrores de la Ópera.

La segunda persona, una chica, me sorprende. La reina siempre ha usado a la misma canticante para la Actuación: una hechicera elegante de pelo rojo llamada Ava, que exhibía su edad avanzada como un accesorio seleccionado con esmero. Esta chica parece mucho más joven; está encorvada y se retuerce las manos. Se aprieta contra la cortina trasera como si esperase una oportunidad para escapar. Observa al público con unos ojos bien abiertos que no dejan de moverse.

—Parece estar a punto de desmayarse —susurra el barón—. ¿Cree que si la cantante principal falleciese en el escenario se olvidarían de todo y nos mandarían a casa?

—Quizá podamos escabullirnos entre la multitud —propongo—. Subir al palco escalando, robar los pines de hechicero de algunos de esos mayordomos y obtener la libertad mediante sobornos.

—Me gusta. —El barón asiente y sus ojos avellana se iluminan. Calcula el peso de su bolsa en la mano—. Poseo algunas monedas que podrían costear tal iniciativa.

Lord Durand se coloca en el centro del escenario y se aclara la garganta.

—Estimados invitados, en nombre de Su Majestad me honra presentarles esta tarde a una nueva prodigio. Nuestra más habilidosa cantante corpórea y una encantadora *mezzosoprano* llena de vida.

Se inclina para hacer una reverencia baja, pero al levantar la cabeza esboza una sonrisa malévola. Todo este teatro me pone enferma. Saco otro caramelo de limón de la bolsa.

Sin embargo, el público aplaude educadamente. La reina debe de encontrarse por algún lado, observando el proceso detrás del escenario o escondida en uno de los palcos privados. Nadie quiere mostrar resistencia.

A pesar de que sabemos que nos observa, la reina permanece fuera de nuestra vista. Ha habido demasiados intentos de asesinato. Hace varios años, un caballero entró en el teatro armado con un mosquete. El año pasado, un grupo de plebeyos intentó echar abajo las puertas traseras para liberar a un violinista lloroso que no había querido participar en la Actuación.

La reina los ejecutó a todos.

Durand indica a la nueva cantante que se acerque y ella camina hacia él como un tímido gato de granero. Hay algo en la forma de su nariz y en la curva de su boca rosada que me resulta familiar. Es guapa, aunque parece frágil, como un pétalo de flor aplastado entre las hojas de un libro. Es menuda y de tez blanca; su piel es pálida y lleva el pelo largo y rubio recogido en una especie de corona. Un vestido verde se ciñe a su piel y un corsé con esmeraldas incrustadas le envuelve la cintura.

Estoy segura de que la he visto en otra ocasión, aunque no recuerdo dónde. No nos acercamos a la academia de hechiceros o a palacio desde hace años.

Durand empuja a la cantante hacia la luz.

—La Canticante Cadence de la Roix —presenta, y yo casi me atraganto con el caramelo de limón—. La joya de la academia de Su Majestad, lista para su primera temporada.

Empiezo a toser, pero ya ni siquiera el barón me presta atención. Cadence de la Roix. *Conozco* ese nombre.

Cuando la reina Celeste reinaba, mis padres me llevaban a palacio a menudo. Mientras ellos se reunían con los ministros y comían con la reina, yo vagaba por los pasillos sola. Por aquel entonces, a mis padres no les preocupaba mi seguridad. El palacio estaba a rebosar de guardias y hechiceros, y nadie sospechaba en esa época que nos fueran a traicionar.

Durante una de mis aventuras en el ala de los hechiceros, conocí a una niña. Nos hicimos mejores amigas e inseparables enseguida. Jugábamos en los despachos vacíos, corríamos por los grandes jardines de palacio y nos quedábamos despiertas hasta tarde casi cada noche, susurrándonos historias junto a la chimenea de la enorme biblioteca.

Recuerdo estar sentada con ella encima de la galería durante uno de los bailes majestuosos de la antigua reina. La reina Celeste se dirigía a los asistentes mientras Cadence miraba hacia la multitud de abajo, hacia mis padres y sus amigos, con una mezcla de envidia y asombro. En cuanto aprobase los exámenes se aseguraría una plaza, pero, incluso entonces, su vida siempre pertenecería a la corona. No tenía nada y, en aquellos días, cuando gobernaba la antigua reina, incluso los hechiceros entrenados eran pobres empleados públicos. Cadence jamás ganaría lo suficiente como para vestirse de seda y bailar bajo el techo de cristal de la sala de baile iluminado por las estrellas. Nos habían dicho que ese era el orden, la jerarquía que exigían las diosas cuando marcaban el destino de nuestros nacimientos.

Mientras observábamos la fiesta de debajo, le apreté los dedos sudorosos y le prometí que, cuando me convirtiera en dama, acudiríamos a los bailes juntas. Nos imaginaba en el salón bailando y riendo, siendo la envidia del resto.

Pensaba que pedirle bailar a una chica sería sencillo.

Año tras año, la encontraba cuando visitábamos la corte, hasta que un día se esfumó, como si las paredes laberínticas de palacio se la hubieran tragado. Yo me eché a llorar, pero mamá me dijo que me alegrase por ella. Sin un mecenas, Cadence quedaría en deuda con la academia y la obligarían a pagarse los estudios con lo que ganase durante el resto de su vida.

Tras esa temporada, no regresamos a palacio. Justo después de que Cadence desapareciese, la nueva reina echó a los antiguos ministros, canceló los banquetes, bailes y funciones de la corte, y empezó la guerra.

Durante estos años, no he dejado de pensar en ella. Me he preguntado si estaba a salvo, si alguien le llevaba caramelos y tartas de almendra de los confiteros a escondidas, si era feliz.

Lord Durand se inclina y le susurra a Cadence algo al oído. Ella se sonroja. Pero, cuando lord Durand retrocede, ella respira y su expresión se relaja. Agacha la cabeza y se inclina ante el público.

El barón estira la mano y me da unas palmadas en el brazo, pero yo soy incapaz de desviar la vista del rostro de Cadence. ¿Va a hacerlo de verdad? Era buena persona. La recuerdo arrodillada en un parterre de campanillas de invierno con los ojos relucientes y las mejillas teñidas de rosa por el frío. Su perro se había clavado una espina en la pata mientras nos perseguíamos la una a la otra por los jardines. Ella había canturreado una canción sanadora tan bajito que apenas pude escucharla mientras lo mecía contra su pecho. Después me rogó que no se lo dijera a nadie para que sus tutores no descubriesen que utilizaba magia fuera de clase.

No necesitaba pedírmelo. Por aquel entonces nunca hubiese revelado sus secretos. Habría hecho cualquier cosa por ella.

Siempre me la he imaginado viviendo en un tranquilo hospital de pueblo en algún lado, cuidando de pacientes; lejos de la guerra y de Cannis. Y todo este tiempo ha estado aquí, ensayando para convertirse en un monstruo.

Aprieto los puños en el regazo.

Cadence alza la barbilla y empieza a cantar. Todos respiramos hondo ante el sonido cautivador y fascinante. La dama Ava era una cantante poderosa, pero no tenía una voz bonita. No como esta. Parece que el sonido llene toda la Ópera y al principio solo siento la creciente belleza de las notas y una tristeza profunda e hiriente por la chica que las entona.

A continuación, me empiezan a arder los pies.

Siento como si el suelo de madera estuviese en llamas. A mi alrededor la gente empieza a gritar. Suelto la mano del barón, levanto los pies y me quito los zapatos. Se me forman ampollas en las plantas, que explotan, pero el calor se intensifica. Se me agrietan los talones y empiezo a sangrar. El pánico me consume. Se me va a derretir la piel, a quemarse hasta desaparecer y dejar tan solo tendón y hueso.

La gente a mi alrededor intenta escapar a rastras. Se suben por las butacas e intentan dirigirse a las puertas deprisa. Necesito salir. Las puertas del vestíbulo estarán cerradas con una reja por fuera, pero si empujamos todos juntos, seguro que ni el magicristal lo soporta.

¿Dónde está papá? Si escapo, no puedo abandonarlo aquí.

Pero, antes de poder correr, se acaba la canción.

Los gritos, no.

En el escenario, Cadence cae de rodillas. Me resulta imposible discernir si por cansancio o arrepentimiento. El daño en los pies hace que me dé vueltas la cabeza. Se me escapa un pequeño gemido.

Odio su gran fuerza.

Odio su debilidad.

Por encima de los gemidos y los sollozos, lord Durand proyecta su voz.

—Debido al poder de la canticante de hoy, a Su Majestad le complace ofrecer una segunda demostración.

A mi lado, el barón Gregor se vomita encima. ¿Una segunda canción? No. No sobreviviremos.

Pero quizá este es el final de verdad y por fin la reina ha decidido ejecutarnos. Día tras día, su ejército de paramilitares y ejecutores se consolida. Quizá ya no nos necesite para gobernar las provincias y limar asperezas en los tratados mercantiles. Escruto las filas más deprisa en busca de papá. Si muero, quiero despedirme de él.

Cadence empieza a cantar de rodillas: una melodía suave en lugar de cantar notas de soprano a viva voz. Apenas puedo oír su voz sobre las voces atemorizadas, pero el dolor de mis pies desaparece. Me observo las plantas de los pies mientras la sangre vuelve a penetrar en los poros y ocultarse bajo la piel. Dicha piel se torna rosa y mullida de nuevo.

El dolor en mi corazón persiste, más allá del alcance de cualquier canción.

El barón solloza abrazado a sí mismo. Se mece y tiembla.

—Gracias, gracias—, repite una y otra vez.

A nuestro alrededor, la gente también empieza a entonar sus palabras de agradecimiento.

—Alabada sea nuestra reina, amable y misericordiosa, que nos ha sanado, mantiene nuestro país a salvo y nos recuerda una vez más nuestro lugar.

Saco la capa de viaje arrugada de debajo de mi asiento y me cubro los hombros con ella. ¿Cómo pueden agradecérselo? La reina es un monstruo con una colección de torturadores a su entera disposición.

Me muerdo el labio. No pienso darle las gracias. Jamás lo haré.

Capítulo 3

CADENCE

Cuando regreso a mi camerino, hay tantas flores amontonadas que no logro atisbar el suelo. Orquídeas de un topacio brillante, tulipanes de todos los colores y rosas rojas como la sangre crean una alfombra frondosa y viva. Con este despliegue, casi puedo engañarme a mí misma diciéndome que esta noche no ha sido más que un concierto normal. Casi.

Me hundo en la silla frente a mi tocador y acuno un ramo de rosas recién cortadas contra mi pecho. Las flores no compensan los sonidos que he oído desde el escenario, los olores que han saturado el aire. En mi cabeza resuenan los gritos y el sonido de los pies contra el suelo con tanta intensidad que ni siquiera la música de la orquesta es capaz de ahogarlos. Huelo el ramo. Tiene un extraño aroma; un poquito demasiado dulzón, un poquito demasiado perfecto, producto de la magia.

Arrojo las flores a un lado y levanto a Nip de su cama improvisada de lirios. No vino en el carruaje con nosotros, así que Lacerde ha debido de traérmelo durante la Actuación, sabiendo que lo necesitaría después. Nip se queja cuando lo alzo, pero un suave *cantabile* enseguida lo tiene despierto del todo y moviendo el rabo de un lado al otro. Incluso de adulto es tan pequeño que me cabe sin problemas en el regazo.

A veces me siento culpable de cantarle. Nip es la única familia que me queda, y le canto con tanta frecuencia que es difícil saber cuáles de sus reacciones son sinceras. Le acaricio el pelaje y él me lame el dorso de la mano.

Alguien llama a la puerta y, entonces, Lacerde entra en la estancia apresurándose a apartar las flores de su camino con los pies.

—La reina se siente muy complacida. Dice que has estado magnífica esta noche. Hermosa, elegante y terrible —me informa Lacerde con voz monótona y cansada. Tiene la piel gris ceniza y los ojos enrojecidos.

Acerca un taburete de un rincón del camerino y se sienta detrás de mí para quitarme las horquillas del pelo. Ahora que me veo en el espejo, no creo que esté hermosa ni elegante. Terrible se acerca más. Se me humedecen los ojos con lágrimas apenas contenidas. El pelo rubio se me pega a la piel alrededor de la cara fruto del sudor. Tengo la falda cubierta de polvo de cuando he caído de rodillas en el escenario.

Pero la belleza no era el propósito de esta noche. He practicado la canción sanadora infinidad de veces. Me he pasado horas y horas con el director de coro en la biblioteca perfeccionando el ritmo para así poder deshacer todo rastro de quemaduras mágicas. Cada nota ha resultado impecable; el ritmo, sincopado con la máxima precisión, pero dudo que a nadie le haya importado eso en realidad. Nadie había vuelto cojeando a su butaca, lo cual me había bastado como aplauso.

Lacerde coge a Nip y lo vuelve a colocar sobre su camita. Me medio levanta de la silla tirándome de las caderas. Me pongo de pie y me aferro a la pared. El corsé me aprieta tanto que tengo el torso entumecido. Lacerde refunfuña y cacarea mientras deshace los lazos. Yo respiro profundamente un aire colmado de olores cuando mis músculos del abdomen se relajan al saberse con más espacio.

Levanto los brazos y ella me quita el pesado vestido por la cabeza. El golpe del aire frío de la habitación me hace estremecer dentro de la liviana camisola, pero Lacerde enseguida me enfunda en una bata gruesa de terciopelo. Nunca dejaría que cogiese demasiado frío. Si enfermase y no pudiese cantar, Elene la culparía a ella. Y ambas sabemos cómo terminaría eso.

—La reina quiere visitarte esta noche. Va a hacer que preparen la cena en la cocina de la Ópera. Creyó que podrías estar cansada después de lo de esta tarde y le gustaría comer algo antes de regresar a palacio. La dama Ava y ella siempre se daban un banquete juntas en los días de Actuación —me informa Lacerde.

—¿Tengo que ir yo?

—Su Majestad te vendrá a buscar.

Comienza a moverse de aquí para allá en el camerino, organizando las flores en arreglados montones para que no estén en medio cuando la reina llegue. Yo tarareo la coda de una canción de calor por la comisura de los labios. El ramo de rosas que lleva Lacerde en los brazos resplandece y luego se vuelve cenizas.

Profiero una risotada que bien parece un sollozo. Sienta bien usar la magia por diversión, aunque solo lo pueda hacer aquí, con Lacerde como único testigo.

—¡Por las diosas! —maldice, pero sus ojos danzan—. ¡Devuélvelas!

Me encojo de hombros, aunque apenas puedo contener una pequeña sonrisa.

—No puedo. No queda suficiente materia viva.

Es mentira. Aunque Elene no me permite dedicar mucho tiempo a practicar con plantas, soy capaz de ejecutar un sencillo hechizo rejuvenecedor. Pero, pese al tiempo que llevamos juntas, Lacerde nunca se ha interesado por conocer los límites de mi magia.

Pone los ojos en blanco.

—Eres imposible.

Otra suave llamada a la puerta. Lacerde pasa junto a mí y me pisa. Yo suelto un aullido de dolor y la atravieso con la mirada. Ni siquiera disimula para vengarse.

Abre la puerta y se inclina en una profunda reverencia. Yo me quedo sentada en la silla cuando Elene entra, aunque mis piernas botan bajo el tocador debido a los nervios. Lleva un gato blanco sujeto contra el pecho. Un lazo rosa de satén adorna su cuello; se supone que ha de ser adorable, pero lo único a lo que me recuerda es a una bonita soga. Su mirada se posa en mí y aprieta los labios. Yo trago y bajo de la silla para hacer una reverencia.

Elene me endilga el gato en los brazos. Este maúlla lastimeramente y acerca su diminuta zarpa blanca a uno de los rizos de mi pelo. Lo único que puedo hacer es no apartarlo de mí, así que me obligo a murmurar un «gracias».

La reina nunca me hace verdaderos regalos. Elene usará a esta criatura al igual que la anterior: como motivador para mi obediencia. Hace unos años, hizo que mi gato tricolor se ahogara cuando me negué a cantar una canción del corazón fuera de la casa de un ministro que se había atrevido a cuestionarla. Al final, el hombre experimentó una muerte atroz a manos de una cantante menos habilidosa y más despiadada mientras Elene me obligaba a verlo todo. Habría sido misericordiosa si hubiese obedecido y le hubiese dado una muerte apacible parándole el corazón mientras dormía.

Después de eso, me llevó de paseo hasta la colonia de los expulsados por primera vez. No me amenazó directamente —nunca lo hace—, pero tampoco le hizo falta. Siempre obtiene lo que quiere. Rehúsala y encontrará la forma de empeorar las cosas.

Soy valiosa para ella, pero hasta yo tengo un número de oportunidades limitado.

Elene frunce el ceño cuando ve el montón de ceniza.

—¿Qué ha pasado aquí?

—Tan solo un pequeño accidente —murmura Lacerde, y me siento culpable por exponerla a la ira de Elene.

Conforme el ceño de Elene se arruga, un miedo atroz me oprime el cuello como un garrote. La tranquilidad que había sentido hacía unos minutos a solas con Lacerde se esfuma.

—Lo lamento —susurro—. Lo limpiaré.

Elene alza una mano para mandarme callar. Cada una de sus uñas está pintada a juego con su máscara, con una base del verde de los cantantes y diminutas gemas púrpura. Canta un verso de una canción que conozco bien. Su voz es disonante y ronca, pero sigue habiendo magia en la discordancia de notas.

Mientras canta, las cenizas se alzan en un ciclón; un pequeño tornado que escupe pétalos, tallos y espinas. Lacerde ahoga un grito cuando un montón de rosas recién cortadas cae a sus pies.

Elene pasa al lado de su creación y me tiende una mano.

—¿Cenamos, tesoro? —pregunta en un susurro grave y peligroso.

En la cocina de la Ópera nos han preparado un banquete, pero mi apetito se marchita bajo la mirada de Elene. La mesa está preparada al viejo estilo de la corte, con más tenedores y cuchillos de los que vamos a poder usar y con las servilletas dobladas en forma de pavo real para que vayan a conjunto con el vestido de Elene. Me pregunto cuánto tiempo se habrán pasado los empleados de la Ópera preparando cada detalle de este día. Aunque ahora solo abren unos pocos días al año, el teatro sigue empleando a todos los encargados y criados de antes.

Selecciono la cuchara más pequeña para que mis cucharadas parezcan más grandes y la sumerjo en la sopa de cilantro. Hago todo un teatro con cada cucharada, asintiendo y obligándome a sonreír, aunque la sopa me deja un regusto amargo en la lengua.

Sin embargo, cuando el camarero saca el segundo plato, un jugoso filete de pato asado con una salsa oscura de ciruela roja, siento náuseas. El olor a carne humana quemada sigue grabado en mi memoria y es demasiado similar al de la crujiente piel de la pechuga de pato.

Elene da unos cuantos bocados y luego indica al camarero que se marche con un gesto de la mano. Niega con la cabeza en mi dirección.

—No tendría que haberle pedido todo esto a Ópera. Contigo es un desperdicio. A la dama Ava le encantaban nuestras comidas juntas.

Sin mucho entusiasmo, doy un sorbo al vino con la esperanza de que eso la consuele. Luego me imagino a los chefs de la Ópera desechando las sobras en cuanto nos marchemos, relegando nuestra lujosa cena a la basura. Las cocinas refinadas como esta nunca repartían las sobras con los mendigos de la calle, ya que hacerlo solo supondría animarlos a volver. Toda esa comida a la basura cuando hay tantas personas hambrientas en Cannis… Me vuelvo a llevar la cuchara a los labios, pero conforme abro la boca, mi estómago sufre una arcada. Aparto el plato a un lado.

—Esto era un regalo para ti. —Elene frunce el ceño y señala la puerta—. Márchate, pues. No lo valoras y tu amargura estropeará la comida. Cenaré sola.

No espero a que me lo repita. Me levanto de un salto y me voy.

Otro carruaje me espera detrás del edificio de la Ópera. Nuestro conductor de antes ha desaparecido y mi cochero habitual, Thomas, el sobrino desgarbado de Lacerde, me abre la puerta. Me toma de la mano para ayudarme a subir.

Cuando me siento, encuentro a Lacerde ya acomodada dentro, zurciendo una de mis medias. Apenas levanta la vista de la aguja cuando entro.

—No has cenado, ¿verdad?

—No tenía hambre. Y ella no me escucha. Había pato de segundo plato.

Como cantante corpórea que soy, mis sentidos están en armonía con las cosas que han estado vivas. Incluso en los días en los que no actúo, cuando me presentan un plato de carne, lo único en lo que puedo pensar es en lo que una vez fue. Si el animal murió asustado o sintiendo dolor, soy capaz de percibirlo por la textura y el olor de la carne. Como hechicera, Elene debería comprenderlo.

Lacerde exhala un suspiro. Aparta la costura a un lado y extiende el brazo para darme unos golpecitos en la mano.

—Esta noche has cumplido tu cometido. Negarte en rotundo no le habría acarreado nada bueno a nadie.

Tiene razón, en parte. Mientras que la dama Ava tiene talento para el espectáculo, su magia no es tan fuerte como para interpretar dos canciones seguidas para tantísima gente. Si Ava hubiera cantado la canción de calor, no habría podido curar al público después.

Giro el rostro hacia la ventanilla con los ojos anegados en lágrimas. Saberlo no mejora lo que me veo en la obligación de hacer.

Thomas chasquea la lengua a los caballos y estos parten en un trote vivaz.

Por el camino más directo, el palacio está a un trayecto corto de la Ópera. Preferiría caminar, disfrutar del aire nocturno y de la soledad, pero sigo ataviada con la bata y el viento fuera es penetrante. Además, muchos nobles se quedarán en Cannis esta noche antes de volver a casa. He sido capaz de sentir su odio mientras cantaba. Si pudieran, me lo habrían lanzado cual juego de cuchillos.

No sé cómo dispersar o refrenar a una multitud como lo hacen los ejecutores. Elene no lo ha incluido en mi formación. Necesito tiempo y calma para concentrarme, y estoy tan acostumbrada a los ensayos programados que, si diez personas se dispusieran a perseguirme, la voz bien se me podría quedar atrapada en la garganta. Me desmembrarían como a una muñeca. Puedo ser hechicera, pero solo soy una.

Los caballos comienzan a ir a medio galope y recorremos el bulevar. Hay carros mercantes y puestecillos apostados fuera del edificio de la Ópera, colocados para atraer a los nobles cuando salgan de la Actuación. No creo que obtengan muchas ganancias hoy. La gente no va a querer quedarse mucho rato a la sombra del teatro.

Al avistar los caballos blancos y la insignia de la reina en la puerta del carruaje, los mercaderes se postran de rodillas en la calle, sombreros en mano. Yo me cubro aún más los hombros con el vestido. Si supiesen que la nueva cantante principal de Elene es la que iba en el carruaje en vez de la reina, ¿mostrarían el mismo respeto?

Piensen lo que piensen sobre Elene en los recovecos más recónditos de su corazón, nadie se atreve a expresarlo por miedo a sus espías. Pero sí que sé lo que se comenta sobre la dama Ava. La llaman torturadora y demonio. Dicen que Adela le dará la espalda porque se ha burlado de su don divino. ¿Susurrarán ahora las mismas cosas sobre mí?

Una mujer blanca se acerca corriendo al carruaje con un niño pequeño acoplado a una de sus caderas. Un vestido rojo y harapiento le cuelga de los hombros y expone al frío su piel de alabastro. Desprende un ligero olor a azahar; magia que todavía se aferra a su piel como un viejo amigo convencido de una reunión imposible. Me sorprende su atrevimiento, pero ella también debe de oler mi magia y sabe que no soy la reina, o si no, no se habría acercado al carruaje. Para una nariz entrenada, el olor de nuestra magia es una marca que no podemos ocultar, por mucho perfume que llevemos.

No dice nada, pero levanta al niño para que podamos verlo mejor. Tiene los brazos enjutos.

Lacerde abre la ventana y Thomas ralentiza el carruaje. Asiento y luego retrocedo para que los rayos de luz que arrojan las farolas no me iluminen. Lacerde deposita un cuarto de penique —la máxima cantidad que podemos entregar por ley a cualquier expulsado— en los dedos extendidos de la mujer. La luz es tenue, pero podría jurar que la mujer desliza a cambio un trozo de papel entre los dedos de Lacerde. Pero sin saltarse puntada alguna, mi criada vuelve a su costura.

—Mira —exhala después de un instante, y sostiene mi media en alto—. Como nueva.

No tiene por qué remendarlas. Elene le paga un magnífico salario y le da una asignación extra para comprarme lo que me haga falta. Pero somos iguales: ambas procedemos de la calle y ninguna le ve sentido a pagar cantidades ingentes de dinero para reemplazar algo que se puede reparar con tanta facilidad.

Cuando llegamos a palacio, los guardias nos saludan al cruzar las puertas con apenas una mirada. Thomas se detiene en el jardín. Lacerde guarda su costurero y mis medias en una burjaca y luego abre la puerta del carruaje. Bajamos y nos encaminamos al interior.

—¿Llevo gachas y té a tu habitación? —me pregunta—. Yo tampoco he comido todavía.

—No —respondo, y siento una punzada de culpa ante la decepción de sus ojos. Yo también disfruto de nuestro tiempo juntas. Podemos pasarnos hasta tarde comiendo gachas de avena con manzana y leyendo—. La hermana Elizabeta me está esperando.

Unas cuantas noches a la semana, trabajo en el hospital público que regentan las monjas de Santa Izelea. Ayudar a los pobres de Cannis con mi canción es una especie de penitencia, tiempo que le devuelvo a Adela para expiar el modo en que ensucio su magia en nombre de la reina.

Los hospitales no tienen permitido ingresar a nadie que no goce del favor de la reina, así que, aunque Elene no comprende mis razones, no le importa que vaya siempre y cuando no fuerce la voz. Los hospitales públicos a menudo están saturados y huelen a podredumbre y a sangre. La mayor parte de la magia que uso allí es tediosa y rutinaria: recoloco huesos, ayudo a dar a luz a bebés… y la monotonía en ocasiones se rompe por algún caso más difícil fuera de las habilidades de su cantante habitual.

—¿Crees que es buena idea acudir esta noche? —inquiere Lacerde—. Ya has usado mucha magia hoy. Su Majestad te permite ir porque no interfiere con tu trabajo, pero, si te visita mañana y has forzado la voz o has caído enferma…

—Tengo que ir. Estoy apuntada. Me estarán esperando.

Suspira.

—Al menos come algo antes de marcharte. Y recuerda que has de informar al jefe de ejecutores por la mañana.

Suspiro, pero inclino la cabeza. Elene requiere que redacte un informe completo cada vez que visito Santa Izelea. Está convencida de que los hospitales son un hervidero secreto de problemas. Si veo a una noble encapuchada entregar monedas a las camilleras o si trato cualquier lesión causada por la magia, he de informar al jefe de ejecutores de inmediato. Ren es un sabueso, puede oler la mínima irregularidad en la narración de una persona con tanta facilidad como yo huelo la magia. Nadie le miente y se va de rositas. He visto la habitación a la que él llama Sala de las Delicias, donde interroga a los sospechosos.

Pero la hermana Elizabeta no tiene nada que ocultar. Quizá los hospitales fuera de Cannis actúen de un modo más rebelde, pero el de Santa Izelea está a un tiro de piedra de Cavalia. Elene prácticamente puede ver a las monjas desde su balcón. Sería estúpido por su parte actuar en contra de la corona.

—Siempre lo hago —digo.

Lacerde me da un apretón en el hombro. Su contacto se prolonga y el alivio me embarga. Las lágrimas que he intentado contener durante todo el día fluyen a su antojo. Tan solo por un momento siento el impulso infantil de lanzarme a sus brazos. En cambio, me abrazo a mí misma.

—Te traeré un poco de caldo y te prepararé la ropa —concluye.

Capítulo 4

REMI

Una vez la canción sanadora acaba, lord Durand ayuda a Cadence a levantarse. Ella abandona el escenario tambaleándose y apoyada en el brazo que él le ofrece. El barón me presta un pañuelo limpio para secarme los restos de sudor y lágrimas de la cara.

En cuanto se acaba la Actuación mágica, la orquesta toca un programa entero, con canciones hermosas y desprovistas de magia. Apenas presto atención, ya que aprovecho la hora para arreglarme el pelo y pintarme los labios de rojo.

No puedo permitir que papá me vea con mocos saliéndome de la nariz. Ya se siente demasiado culpable sabiendo que debo asistir a la función antes de lo requerido. Quizá le diga que en mi sección de la Ópera la canción no ha sonado tan fuerte. Que apenas la hemos podido escuchar. Al fin y al cabo, es la primera temporada de Cadence, por lo que puede que me crea.

Una vez finalizan y los lacayos de la reina abren las puertas de la Ópera, papá me espera en el vestíbulo. Es tan alto que puedo distinguir su nuca pelirroja entre la multitud. Lleva un chaleco negro que, a pesar de ser antiguo, le hace parecer elegante y le sienta como un guante. El resto del público se apresura a salir mientras él me observa de arriba abajo antes de envolverme en un abrazo.

Le tiembla la mano sobre mi espalda.

—Lo siento, Remi.

—¿Qué sientes? —le pregunto, y entierro la cara en la calidez de su pecho.

Papá frunce el ceño.

—No deberías pasar por esto, ¡ninguno debería! Es...

Le tiro del brazo y lo saco de la Ópera. Si se ofusca, puede que diga cosas que no queremos que ni la reina ni sus guardias escuchen. En lo que respecta a mi seguridad, no mide sus palabras. Puede que yo asuma algunos riesgos, pero no puedo ni concebir que arrestasen a papá.

Echo un vistazo a las puertas abiertas de la Ópera. Los criados ya se mueven entre filas, limpiando. Yo quiero alejarme lo máximo posible. Si nos quedamos merodeando por aquí, puede que vuelva a ver a Cadence. Cuanto antes empiece a olvidar que mi amiga de la infancia me ha torturado, mejor. Sin embargo, no puedo evitar preguntarme: si me hubiera reconocido, ¿lo habría lamentado? ¿O la reina la ha transformado tanto que no sentiría siquiera un ápice de remordimiento?

Caminamos por el vestíbulo y salimos a las atestadas calles de Cannis. Son amplias y están repletas de carruajes y personas. Los edificios se han remodelado hace poco; las fachadas exhiben unas piedras de color rosa que se han puesto de moda y le gustan a la reina. He oído que el interior de esos edificios se cae a pedazos, pero que la reina solo destina dinero a las partes de la ciudad que puede ver desde su castillo sobre la colina.

A nuestro alrededor, docenas de nobles suben a coches de caballos de alquiler. La línea de carruajes se extiende hasta doblar la esquina y hasta donde puedo ver del final de la calle. Los mendigos se apilan con las manos extendidas mostrando bebés desnutridos y cubos en busca de monedas.

Yo aparto la mirada, pero papá le da un billete arrugado a una mujer con dos niños pequeños, sucios y flacos a sus pies.

—No desvíes la mirada —exclama con suavidad una vez que la mujer se va—. Todos lo hicimos durante mucho tiempo. Es la razón por la que ahora estamos en esta situación.

Me muerdo el interior de la mejilla. A papá le gusta decir que, en los días de la antigua reina, en la corte solo se ocupaban de ellos mismos; estaban demasiado centrados en su propia situación como para comprender lo que sucedía en el resto del país. Los hechiceros se mostraban ofendidos y los plebeyos nos odiaban, por lo que no acudieron en nuestra ayuda cuando la reina Elene asesinó a quien hizo falta hasta hacerse con el trono y apartarnos de su camino. Para cuando los plebeyos estuvieron listos para ayudarnos, la reina y sus hechiceros ya habían derrotado a nuestros ejércitos y habían consolidado su control en Cannis. Fue demasiado tarde.

—Le he ordenado a Rook que aparcase el carruaje al final de la calle. He de pasar por el sastre. Tu madre quiere que recojamos algo —me informa papá mientras niega con la cabeza y emite una risa forzada—. Solo está a unas manzanas de distancia. No te importa caminar, ¿verdad?

Bajo la mirada hasta los zapatos: tacones delicados de raso con lazos verdes y ribetes blancos. Son lo único bueno que he visto hoy e, irónicamente, lo que más ha peligrado durante la Actuación. Pero, tras lo soportado, caminar resulta indulgente e incluso rebelde. Asiento.

Paseamos juntos por la calle. Papá intercambia miradas escuetas con varias personas que reconozco, pero no se detiene a saludar. Ahora que estamos fuera, respirando aire fresco, recuerda mostrarse cuidadoso. Justo después de una Actuación, los espías de la reina pululan por todo el bulevar, atentos a cualquier indicio de rebelión. El más simple saludo se puede interpretar de cientos de maneras distintas y tergiversarse hasta resultar incriminatorio.

No le hablaré de la bolsita de caramelos de limón en este momento.

Mientras caminamos, no me molesto en esquivar los charcos que salpican las calles. El agua me empapa los zapatos y las medias y resulta refrescante contra la piel regenerada de las plantas de los pies. Papá pone los ojos en blanco cuando piso un charco particularmente profundo y me mancho el dobladillo del vestido.

Quiero volver a casa y alejarme de esta ciudad, de la reina asesina y de Cadence, pero no venimos a Cannis a menudo. Mamá ha sido una de las clientas de maese Dupois desde que era pequeña y solo confía en él para nuestra ropa formal y de noche. Y, a pesar de que mamá puede viajar, tendríamos que planificar una ruta con hoteles en los que poder detenernos de camino, razón por la que no hace viajes breves para comprar ropa. Realiza sus pedidos mediante un mensajero y papá los recoge cuando viene a la ciudad por asuntos de trabajo o en los días de Actuación.

En cuanto recorremos varias manzanas, las calles se tornan más silenciosas. Los mercaderes merodean fuera de sus tiendas y los perros flacos se tumban al sol. Una florista se acerca a nosotros y posa un ramillete en la mano de papá a cambio de un penique. Él me prende el ramillete en la solapa.

La tienda del sastre se encuentra al final de una larga calle. Antaño la calle estaba flanqueada por puestos de frutas exóticas y joyeros, pero ahora el único comercio es la tienda de Dupois. Nuestro carruaje ya está aparcado frente a la tienda y ensombrece una parte de la descascarillada fachada azul. El conductor de papá, Rook, duerme tumbado en el banco del carruaje, mientras nuestros dos caballos negros mastican narcisos de la jardinera del escaparate.

El maniquí al otro lado del cristal muestra el mismo vestido precioso de gasa dorada con perlas incrustadas que vi hace varios meses en la tienda cuando acompañé a papá a la ciudad para conocer al hijo de uno de sus innumerables conocidos. Maese Dupois se encuentra sentado a su lado, observando un reloj de bolsillo de bronce de forma distraída. Se trata de un hombre bajo y calvo de tez blanca, con dedos nerviosos y ágiles para buscar hilos sueltos en vestidos ya de por sí perfectos.

—¡Dupois! —lo saluda papá, con voz cansada pero amistosa.

Al oírnos, el comerciante se apresura en salir. Se inclina ante papá antes de estrecharnos las manos con entusiasmo.

—Un placer, vizconde, como siempre.

Ya no se requiere formalidad por ley, pero muchos comerciantes la mantienen con la esperanza de que sus clientes nobles se ablanden y estén más dispuestos a gastar. Dupois nos lleva adentro. Yo echo un vistazo en derredor mientras papá espera el pedido de mamá al lado del mostrador. Hay menos rollos de tejido lujoso de los que recuerdo y las estanterías, que antaño mostraban sombreros y bolsos de todos los estilos, están casi vacías.

El único ayudante de Dupois permanece sentado en una banqueta, cosiéndole abalorios a un corsé. Es un chico desgarbado, todo piernas, con ojos de color ámbar y un pequeño corte sobre el ojo izquierdo. El corsé me recuerda a la ropa que llevaba Cadence sobre el escenario y me vuelvo deprisa.

Desenrollo una bufanda de seda lila y le quito la capa de polvo que la recubre. La suavidad del tejido es increíble, y lleva bordadas flores verdes y rosas.

—Le ofrezco un precio excelente por ella —exclama maese Dupois.

Le entrega un paquete envuelto con gran cuidado a papá desde el otro lado del mostrador.

—¿Se cambia de local? —pregunto—. No hay mucha mercancía aquí.

Dupois y papá intercambian una mirada.

—No. —Dupois traga saliva—. La reina suele recurrir a sus propios sastres en palacio. Prefiere entrenar a hechiceros de la escuela de los creadores que controlen las fibras del hilo en lugar de emplear artesanos más tradicionales. Estos últimos años han sido duros. Mi tienda tenía una reputación y ahora...

Su voz se apaga, pero le entiendo. Cannis ya no es la sede del derroche de la corte de Bordea. Un sastre talentoso como Dupois habría tenido antaño trabajo interminable. Ahora, la mayoría de los nobles solo acuden a la ciudad cuando se les convoca para las Actuaciones y contratan los servicios de otros sastres nuevos y más cercanos a sus casas. Nosotros criamos cabras mansas en nuestra propiedad y mandamos su lana de cachemira al extranjero para venderla a mejor precio, ya que ahora mismo la mayor parte de las casas no se la pueden permitir. De no ser por el negocio de papá, nosotros también evitaríamos venir a la ciudad y mamá tendría que comprar en tiendas más cercanas a casa. Me pregunto por qué Dupois no decide irse de la capital y montar su negocio en otra parte.

Vuelvo a admirar la bufanda, pero por el rabillo del ojo veo que Dupois entrega otro paquete más pequeño a papá. Enarco una ceja.

—Un regalo por tu onomástica —me dice papá al tiempo que me guiña un ojo al ver mi expresión. Se guarda el paquete en el abrigo y saca el monedero. Cuenta doce monedas de oro y las arrastra por el mostrador hacia Dupois.

—¡Vizconde, es demasiado! ¡Su mujer y yo acordamos seis! —farfulla el comerciante.

47

—También nos llevamos la bufanda —responde papá—. Se coloca el paquete de mamá bajo el robusto brazo y me dirige a la puerta—. Remi también debería tener algo bonito. —Suelta una carcajada ronca, esta más natural—. Y también es para suplir sus preciosas flores, ya que me temo que mi conductor se ha descuidado y nuestros caballos han llenado el estómago.

—Gracias, señor. —Dupois se inclina hasta casi el suelo y no alza la cabeza hasta que salimos de la tienda.

Rook se despierta sobresaltado cuando papá chasquea la lengua. El joven se sienta deprisa y toma las riendas. Hay una flor amarilla que sobresale de la comisura de la boca de una de las yeguas. Yo se la quito antes de que papá se percate y Rook me lanza una sonrisa de agradecimiento.

Papá me ayuda a subir al carruaje. En el interior, me acomodo en los asientos de cuero rojo con un suspiro. Él se sienta a mi lado y cierra la puerta del carruaje. Se le hunden los hombros por el alivio. Rook agita las riendas y los dos caballos empiezan a moverse a trote conduciéndonos por el callejón en dirección a casa.

Cubro la ventana del carruaje con las cortinas. No tengo ganas de ver más de Cannis hoy. Me cubro las piernas y la falda con una manta de franela. Hay cuatro horas de camino hasta nuestro castillo y lo único que pienso hacer es dormir.

Recuerdo el año que comenzaron las Actuaciones. Yo tenía unos nueve años y me sentía furiosa porque mis padres me dejasen en casa mientras ellos iban a la ciudad. La nueva reina llevaba dos años en el trono y desde su ascenso no habíamos ido a nuestros aposentos en Cannis, pero nadie me explicaba por qué.

Echaba de menos mi habitación allí, que daba al jardín de invierno de palacio, y el bullicio y la emoción de la corte. Echaba de menos a Cadence y me preocupaba por ella. No entendía por qué mamá no me permitía escribirle o, al menos, a su nuevo mecenas para pedir permiso de visitarla. Creía que las Actuaciones de las que hablaban entre susurros debían de ser las mayores fiestas de todas. ¿Por qué si no planeaba la reina reunir a todos los nobles en el aniversario de su coronación? ¿Por qué si no todas las amigas de mamá empezaban a hablar de ello en cuanto pensaban que me había ido a la cama?

El día que mis padres debían regresar de Cannis, yo me encontraba sentada junto a la ventana de mi habitación observando el camino largo y salpicado de maleza que se extendía desde el patio adoquinado hasta la verja que había más allá del campo de árboles frutales. Los imaginaba a caballo, a medio galope por el camino, desmontando con gesto triunfal entre seda y terciopelo y riéndose al volver a casa, como siempre que visitaban la ciudad, exultantes.

Al ver el carruaje atravesar la verja de hierro, apreté las manos y la cara contra el cristal. Esperaba ver a mis padres montando tras él, felices y con la respiración entrecortada por haber venido galopando. Les encantaba hacer carreras en el último tramo hasta casa. Pero, al percatarme de lo lento que rodaba el carruaje, supe que algo iba mal.

Me levanté tan deprisa que desgarré el dobladillo de encaje de mi falda nueva. Bajé corriendo las escaleras y abrí las pesadas puertas de latón que conducían al patio. El lacayo de papá me persiguió, pero yo fui como el agua, me escabullí de entre sus dedos extendidos. Perdí los zapatos y corrí por el camino.

El carruaje se había detenido. Papá bajó de él cuando lo alcancé. Se agarró la espalda y cojeó hacia mí con las piernas temblándole a cada paso que daba. Cuando papá caminaba, solía mostrarse erguido y orgulloso. Sus ojos verdes estaban extrañamente enrojecidos y la piel a su alrededor, hinchada.

Aun así, me levantó del suelo y me dio una vuelta poco entusiasta. Mamá desplazó las cortinas negras de la ventana del carruaje a un lado con manos temblorosas y nos miró.

—¿Qué haces aquí fuera, cielo? —preguntó papá. Me ayudó a subir al carruaje—. ¿Y tus zapatos?

Cuando entré, mamá se desplomó contra el lateral del carruaje, con una manta cubriéndola hasta la barbilla. Papá cerró la puerta del carruaje detrás de nosotros. El conductor chasqueó la lengua a los caballos, que comenzaron a tirar del carro a trote, impulsados por la promesa de comida y un establo caliente. Mamá se encogió de dolor.

—¿Qué sucede?

Me subí a su regazo y me apreté contra su cuerpo.

Ella me acarició el pelo y juntó nuestras frentes.

—Nada. No te preocupes.

Papá estiró un brazo por encima de mí y apretó el hombro de mamá. El carruaje traqueteó por el camino.

Más tarde aquella noche, después de que me arropasen en la cama, los escuché gritar. Por aquel entonces nunca discutían. Me escondí bajo la manta, temerosa de lo que pudiera significar que estuviesen enfadados el uno con el otro.

Todo el mundo siempre había dicho que mis padres habían tenido un amor de cuento de hadas. Papá había sido un caballero joven y escandaloso, tercer hijo, que había estudiado derecho en la ciudad. Mamá había sido una de las camareras de la antigua reina. Cuando papá fue a palacio a realizar sus exámenes, mamá lo vio en la larga fila de estudiantes expectantes, con las gafas torcidas y la capa de montar desarreglada. Se había chocado con él a propósito y le había robado la caja de bolígrafos para poder entrar en la sala de exámenes y devolvérsela con la excusa de haberla encontrado en el suelo. Se había vestido con sus mejores galas y, además de los bolígrafos, también le había robado el corazón.

Los gritos continuaron en el piso de abajo. Alzaron las voces más y más. El comedor se encontraba justo debajo de mi habitación y no pude distraerme del ruido. Salí de la cama y me coloqué junto a la chimenea vacía para escuchar mejor.

—Estás histérica —gritó papá—. Esto no durará para siempre. No puede ser. Nadie permitirá que vuelva a suceder. Ya lo verás. Para el año que viene, esa bruja habrá abandonado el trono.

—Eso no lo sabes, Claude —contestó mamá—. No tienes forma de saberlo.

—No, pero espero que así sea —dijo papá con voz más suave—. Todos lo esperamos. Si mantenemos la esperanza...

—¡La esperanza no va a arreglarlo! ¡Tenemos que luchar! Pero, mientras tanto, no podemos tener más hijos. Ahora no. No cuando puede que tengan que enfrentarse a esto.

—¿Quieres que Remi crezca sola?

—Tal y como están las cosas, no quiero que Remi crezca en absoluto —gruñó mamá. Y después estalló en sollozos—. Si crece, tendrá… tendremos que llevarla…

—Esto es una bendición —insistió papá—. Lo hemos intentado durante tanto tiempo…

—¿Una bendición o un mal augurio? —exclamó mamá—. Nacería en otoño. Ya sabes lo extraño que es que Marena bendiga a nuestra sangre con una concepción en esta época del año. Tendría el don de la guerra. ¿Qué supondría eso para un bebé en una época como esta?

—Siempre he tenido la esperanza de que concibiéramos otro. Un hermano para ella. —La voz de papá sonaba distante y triste—. ¿No puedes pensártelo? ¿Una semana más, al menos?

Mamá sorbió por la nariz.

—Quizá algún día. Cuando todo esto acabe. Pero, Claude, hasta entonces no. No podemos permitirnos postergarlo. Empezará a notárseme pronto y, entonces, ¿qué haremos? Ya conoces las leyes que la reina quiere establecer. Mandaremos llamar al hechicero mañana.

—Es decisión tuya —respondió papá con la voz tomada por las lágrimas.

Volví a la cama y me abracé a mí misma. Siempre había deseado una hermana con quien correr por los terrenos, a la que enseñar a montar y a disparar. A veces el castillo me parecía solitario sin otros niños y deseaba el bullicio de la corte y la risa silenciosa de Cadence. Pero fuera lo que fuere que hubiese sucedido ese día, había perturbado a mis padres hasta lo más profundo. Jamás los había oído tan derrotados.

Capítulo 5

CADENCE

Me acerco a la jofaina y me limpio el maquillaje de la cara mientras Lacerde coloca una túnica negra y unas calzas de lana sobre la cama. Una vez pertenecieron a una moza de cuadra, pero lo único que me hizo falta fue una suave canción para dormirla el tiempo suficiente como para poder arrebatarle la ropa. La túnica me queda un poco apretada y la melena rubia apenas me cabe bajo el gorro prestado, pero, por la noche, no creo que nadie se fije demasiado. Enmascaro el olor de mi magia lo mejor posible, aplicándome colonia detrás de las orejas y en las muñecas. No serviría para engañar a un hechicero de palacio, pero debería funcionar con la gente que no me conoce bien.

Lacerde me pasa una burjaca de piel que no he visto antes. Introduzco la mano dentro y mis dedos se topan con algo frío. Suspiro y saco una daga corta y con el mango de cristal.

¿Qué se cree que voy a hacer con esto? La daga es apenas más larga que un abridor de cartas. Y los cuchillos son muy engorrosos.

—¿Y si te asustas demasiado como para proferir algún sonido? —exige saber en tono defensivo. Se me calientan las mejillas. No quiero admitir que yo también me he planteado esa posibilidad—. ¿Y si te cubren la boca para asfixiarte? Esta noche debes tomar precauciones. Cógelo.

—¿De dónde la has sacado? —murmuro.

Las armas no están permitidas en los terrenos de palacio. Para nosotros, los hechiceros, nuestra voz es nuestra arma. Elene dice que los que deben ir armados, ya lo están. Hay canciones contra las armas en las puertas de entrada, así que la daga debería haber resultado imposible de esconder.

—Esta vez, intenta regresar antes del amanecer. Tienes que dormir —prosigue Lacerde haciendo caso omiso de mi pregunta. Abre las puertas dobles que van de mis aposentos al pasillo.

Un hombre me espera fuera, apoyado contra la pared. Escudriño su esbelta figura, sus pómulos altos y angulares y sus ojos de un azul vivo, y el miedo me atenaza por dentro. El aroma a canela se percibe en el aire. Va ataviado con una sencilla túnica del verde de los cantantes, sin distintivo alguno de su escuela.

—Vaya, saludos, mi pequeña corchea —exclama Ren. Su voz melódica y dicharachera contrasta con su cruda mirada, que me está taladrando—. ¿A dónde crees que vas a estas horas de la noche?

—A... al hospital —tartamudeo. Ya sabe a dónde voy, ¿por qué está aquí? Miro a Lacerde en busca de ayuda—. Tengo permiso.

—Ah, ¿sí? —inquiere Ren. Se cruza de brazos y me dedica una mirada seria y hasta casi paternal—. Me envía Su Majestad. Dice que has estado muy bien esta noche, aunque le preocupa tu apetito. Quizá debieras descansar. No me cabe duda de que estás agotada.

—Lo estoy —admito. Me llevo los dedos hasta la gema de oración que tengo en el cuello—. Pero prometí que iría.

—Su Majestad dice que te mostraste... vacilante... antes de que se corriera el telón esta noche.

Mis manos se vuelven pegajosas debido al sudor frío. Creía que Elene lo habría dejado pasar después de que cantase para ella esta noche. Tiro del gorro hasta cubrirme los ojos. ¿Está aquí para castigarme? No sería la primera vez.

—Yo solo quiero ir al hospital —susurro.

—Por supuesto que sí. —Se mete las manos en los bolsillos de la túnica—. Pero si hiciera que te siguieran esta noche, ¿dirían mis espías que es allí adonde has ido?

—¿A dónde más iba a ir?

El jefe de ejecutores me vuelve a inspeccionar con la mirada, más despacio esta vez. Sus ojos vacilan sobre la burjaca marrón y yo casi me encojo de miedo al imaginarme lo que hará si descubre la daga de su interior.

Ren ya ha usado hechizos contra mí en otras ocasiones. La mayoría leves, solo para darme dolores o picores, sin hacerme daño de verdad. Sin la orden expresa de Elene, no puede causarme daños duraderos. Pero una vez usó un hechizo de rotura y me partió la muñeca cuando creyó que había omitido información en el informe.

Fue la única vez que Elene intervino para protegerme. Cuando se enteró del hechizo de Ren, lo expulsó de palacio y no lo dejó volver en semanas. Si su motivación fue fruto de la ira que sintió al ver cómo había tratado algo que le pertenecía o si de verdad sentía algo por mí, nunca lo sabré. Pero, durante unos pocos días dichosos, me atreví a fantasear con que lo había enviado a la colonia de los expulsados y que nunca regresaría.

Ahora que mi magia es más avanzada que la de Ren, ya no lo intenta con tanta frecuencia. Su voz no tiene el mismo poder que la mía, pero es rápido, y lo que le falta en habilidad, lo compensa con una horripilante creatividad. No quiero ponerlo a prueba.

—Bueno —exclama al final, y me dedica una pequeña reverencia—. Asegúrate de no salirte de las calles bien iluminadas, canticante.

Aunque no está lejos, para cuando llego a las puertas del hospital, estoy sudorosa y sin aliento. Mis reservas de magia deben de estar más bajas de lo que creía tras la Actuación y el agotamiento consigue que se me nuble la visión por los lados. Pero prometí venir y mi diosa me está observando.

El Hospital de Santa Izelea se encuentra en una casa señorial abandonada y donada a las monjas por la gracia de Elene después de que sus antiguos residentes huyeran al campo. Al igual que Elene, estas monjas, versadas en las artes sanadoras, están comprometidas con la diosa Odetta y creo que siente cierta afinidad hacia ellas, aunque crea que los hospitales sean un criadero de rebeldes. Este barrio antaño era la cumbre de la moda, pero ahora muchos hogares grandiosos permanecen vacíos, tan solo con ratas y malas hierbas como residentes habituales.

Durante los primeros años en los que Elene ascendió al trono, las Actuaciones ocurrían a su antojo. Su odio por la nobleza es legendario incluso ahora, pero durante aquellos años, no hizo nada por contenerlo ni disimularlo. Si una noticia le disgustaba, obligaba a los nobles a asistir a su sala de conciertos en el ala de los hechiceros para un concierto privado. De pequeña, había visto a los guardias arrastrar a familias enteras a lo largo de los jardines de palacio a través de la ventana de mi estudio. A veces salían vivos, aunque tambaleantes y perturbados. Otras veces solo los volvía a ver cuando un carro venía a recoger los cadáveres.

Nunca me he atrevido a preguntárselo a Elene, pero Lacerde me contó la historia de por qué odiaba tanto a los nobles. Cuando era una joven hechicera, rebosante de potencial, se enamoró de un joven vizconde. La familia del noble no contaba con el favor de la corte y tenían prohibido poner los pies allí por culpa de la traición de un familiar lejano. La antigua reina no iba a permitir que su familia se recuperase, frustrando así todas las ambiciones del vizconde.

Elene fue una de las estudiantes con más talento que habían salido nunca de la academia y quería algo más que una vida de servidumbre a la corona.

Juntos, conspiraron para derrocar a la antigua reina. El vizconde reuniría el apoyo de la clase alta. La reina Celeste tenía fama de ser débil y todos despreciaban su política de impuestos y sus carísimas guerras con Solidad. No sabía cómo manejar la creciente división cultural entre el pueblo y los nobles en sus fincas. Elene persuadiría a los hechiceros ofreciéndoles la oportunidad de unirse a la corte como iguales a los nobles.

Pero la antigua reina perdonó a la familia del noble. Libre una vez más para ejercer roles importantes en el gobierno y recuperar su posición en la corte, el vizconde abandonó a Elene. Se casó con otra: una mujer de su clase. Y cuando Elene se negó a desaparecer sin más, a desechar meses de planificación y la promesa de una nueva vida, él la atrajo hasta la finca de su padre y la encerró en una torre.

Demasiado asustado como para volverla a liberar, no fuera que ella sesgara su vida con una canción o expusiera su traición a la reina Celeste, incendió la torre. Si Elene hubiese muerto, todos podrían haber creído que se había tratado de un accidente. Un terrible y trágico accidente que había sufrido una estudiante prometedora. Y habrían sentido lástima por el vizconde, un muchacho que había alimentado un amor imposible en secreto con la esperanza de poder ocultar a Elene de su padre y de su prometida. La torre era antigua, con un tejado de madera y vigas podridas. La gente se lo habría creído.

Pero Elene había sobrevivido y lo había destruido.

Después de tantos años en palacio junto a Elene, la conozco bien. Podría haber perdonado al vizconde por abandonar su amor, pero nunca le podría haber perdonado la traición a su ambición.

A Elene le gusta decir que, cuando asesinó a la anterior reina a sangre fría, empaló el cadáver carbonizado del vizconde en una pica, lo exhibió en la plaza de la ciudad y tomó el trono, lo hizo para devolver el control a quien pertenecía por derecho. Al fin y al cabo, el cuarteto divino había otorgado la magia a nosotros, los hechiceros, no a los nobles.

—Y, desde luego, si las diosas hubiesen querido que los nobles gobernaran —murmuraba Elene—, les habrían otorgado algo más que la simple ilusión del poder.

Yo tengo fe en el cuarteto divino y sé que todos somos instrumentos de su voluntad, pero hasta a mí me cuesta creer que las diosas quisiesen que Bordea se convirtiera en lo que es.

Atravieso con dificultad el descuidado jardín que precede a las puertas del hospital. Las monjas están tan atareadas con sus pacientes que no pueden ocuparse de mantener el antiguo esplendor del jardín, así que crecen malas hierbas entre los adoquines y la fuente está agrietada, por lo que el agua cae directamente sobre el camino y se forma un charco de barro. Un manto de algas cubre los escalones delanteros. Cruzo el jardín con cuidado y de puntillas, procurando mantenerme lo más seca posible.

Cuando llamo a la puerta, la hermana Elizabeta responde casi de inmediato. Su semblante, normalmente rosado y jubiloso, está lleno de preocupación.

—Gracias a las divinas —exhala y me toma de las manos para hacerme entrar—. Creemos que una de las pacientes tiene un tumor. Nuestra canticante no está a la altura.

Los tumores requieren una finura especial. A menudo, la cantante debe componer un cantamiento nuevo para cada caso e, incluso así, no es extraño que el paciente muera de todas formas. Los cánceres de la sangre o de médula no tienen cura, ni siquiera con magia.

Conozco a la canticante del hospital de nuestros días juntas en la academia. Mercedes nunca ha destacado por su fuerza o sus habilidades. De hecho, casi le dieron una calificación insuficiente en los exámenes y sus habilidades apenas si llegan para la sanación. Cualquier forma de cáncer está fuera del alcance de su poder.

Me quito el gorro y lo cuelgo en el gancho que hay junto a la puerta. La hermana Elizabeta me desliza una bata de hospital blanca por encima de los hombros y me coloca la pequeña corona blanca ceremonial de la orden de Santa Izelea en el pelo. No tengo que vestir el hábito cuando estoy aquí —Mercedes nunca lo hace—, pero me hace sentir más cerca de las diosas, como si formase parte de algo mayor.

En palacio, todos competimos por el favor de Elene. Ren no es el único hechicero al que le molesta mi posición. El resto de cantantes corpóreos me detestan por haber sido elegida cantante principal. Piensan que soy demasiado joven e inexperta y me odian por la fuerza de mi don mágico.

No siempre ha sido así. Cuando era más joven, los novicios nos ayudábamos los unos a los otros. Jugábamos, recibíamos lecciones y comíamos juntos. Pero los vi crecer y transformarse de niños despreocupados en armas perfeccionadas bajo el mando de Elene.

No me he acercado a ningún otro hechicero desde que Elene envió a Marie al campo a trabajar como moza de labranza en las fincas reales. Marie fue lo más cercano que tuve a una amante, e incluso nuestro tiempo juntas a veces estaba enturbiado por los celos. Durante un tiempo, nuestra relación lo fue todo para mí. Nos robábamos momentos a solas, ocultas tras los estantes de la biblioteca, donde usábamos las manos y la boca para explorarnos. Pero entonces volvíamos a nuestras clases y exámenes y nos veíamos en la obligación de enfrentarnos al grandísimo abismo que nuestros resultados habían ido cavando entre nosotras.

Cuando la academia me acogió, era demasiado joven como para mantener el contacto con mis amigos del hogar de menores de la ciudad. Mi única amiga fuera de la academia de hechiceros había sido Remi. Pero su madre era condesa e íntima de la anterior reina, así que su familia fue la primera en huir de sus aposentos del ala este.

A veces sigo subiendo hasta la galería de palacio con vistas al gran salón de baile donde tantas horas pasamos juntas. Ahora siempre está vacía, y cubierta de polvo, pero recuerdo el peso del hombro de Remi contra el mío, la calidez de su muslo cuando nos sentábamos allí juntas, con los dedos entrelazados, mientras observábamos a todas aquellas damas elegantes. Nuestra amistad era muy sencilla.

Nadie me da la mano ahora. Nadie sueña con hacerlo, excepto quizás Lacerde. Y, si supiera en lo que me he convertido, lo más probable es que a Remi le diera asco tocarme. Al menos puedo estar segura de que no me ha visto en la Actuación, ya que aún es demasiado joven como para asistir a la Ópera.

La hermana Elizabeta no me pregunta cómo ha ido la Actuación. Sabe que me veo en la obligación de informar sobre ella, así que nunca habla de Elene ni de los sucesos que ocurren fuera del hospital. Aquí soy sanadora, una penitente que busca servir al cuarteto con su canción. Aquí, por un ratito al menos, puedo fingir.

Sigo a la monja por el pasillo apenas iluminado. Usan velas de sebo para enmascarar el olor a muerte, pero incluso el olor a grasa quemada es incapaz de ocultar la descomposición. Enormes alfombras antiguas se hallan enrolladas contra los rodapiés de madera. Agujeros de clavos salpican las paredes donde antaño colgaban cuadros. La decoración de las monjas consiste en estantes llenos de libros médicos sobre anatomía y hechizos y tanques de alcohol para esterilizar instrumentos y para limpiar la ropa de cama. El grave y constante murmullo de dolor acompaña nuestros pasos.

Elizabeta me lleva escaleras arriba hasta llegar a una habitación privada al fondo de la antigua casa. Una niña pequeña y rubia yace en un catre junto a la ventana ataviada solo con un camisón marrón y andrajoso. No puede tener más de diez años.

Su pecho esquelético sube y baja demasiado despacio. Mercedes se encuentra sentada en una silla junto a ella, cantándole con suavidad para paliar el dolor, pero no parece estar sirviéndole de mucho. La chica se sacude en la cama, retorciendo las sábanas con sus manitas.

Al principio me quedo rezagada en el umbral al creer que podría tratarse de una Expulsada, pero no hay cicatriz alguna en su garganta. Es simplemente una de las tantísimas personas pobres de Cannis. Como yo lo fui una vez.

Cuando repara en mí, Mercedes se pone de pie y me ofrece su silla. Me siento junto a la niña y le aparto un mechón sudoroso de la cara. No tiene fiebre. Es el dolor lo que la hace sudar.

—¿Dónde está? —le pregunto a Mercedes. Aunque no tenga las habilidades suficientes para tratar el tumor, debería ser capaz de encontrar su ubicación.

—En la cabeza —susurra Mercedes—. Detrás del ojo izquierdo.

Respiro hondo. La magia precisa me supone un desafío mucho mayor que cantar para toda una estancia. Causar dolor es sencillo. Sanar es mucho más difícil. El cerebro no se parece en nada a las plantas de los pies. Cualquier error, cualquier incisión, y la chica podría morir. Con la sanación en la Actuación, me podía permitir no ser perfecta. Ahora es lo único que debo ser.

—¿Puede traerme un vaso de agua? —le pregunto a la hermana Elizabeta.

La monja asiente y sale de la habitación. Yo tiemblo de pies a cabeza. Cuando estaba sobre el escenario, la luz de la araña de la Ópera me ha cegado. Mi magia desarrolló una imagen de la fuerza vital de la audiencia, pero yo no podía verles el rostro. Ahora puedo ver la carita de la niña con demasiada claridad.

Los hechiceros corpóreos cualificados solían estudiar anatomía y viajar al extranjero, a las grandes universidades de Solidad y Osara, donde aprendían las artes cirujanas para potenciar su pericia mágica. Yo no tengo tal formación. La nueva universidad de Cannis que abrió Elene para el pueblo no enseña esas cosas. Y, aunque cruzar la frontera fuera aún posible, Elene nunca me permitiría viajar tan lejos de ella. No tengo la suficiente habilidad ni confianza como para hacerle un corte a la cabeza de esta niña y quitarle el tumor tal cual. Así que he perfeccionado un método distinto. Localizo el cáncer y mato sus tejidos desde dentro, para que se marchite y muera. El cuerpo de la chica lo destruirá con el tiempo.

Elizabeta regresa con una taza llena de agua. Doy un gran sorbo y luego la dejo a un lado. Mi estómago vacío gruñe.

Empiezo a tararear con suavidad para extraer un perfil del cuerpo de la niña. Además del tumor casi del tamaño de un puño que le crece detrás del ojo, tiene una fractura mal curada en el metatarso de un pie. No debía de poder caminar muy bien, incluso antes de que el cáncer la atacara.

La canción congelante es difícil de cantar y está fuera de mi rango natural y cómodo. Estoy mejor versada en las canciones de calor y en hechizos inmovilizantes, pero el frío es más fácil de controlar que el calor en trabajos donde se requiere precisión, y es menos dado a dañar el tejido que rodea el tumor. El tejido humano, aprendí enseguida en la academia, se puede congelar durante cortos periodos de tiempo y luego recuperarse. No siempre sucede lo mismo con el calor.

Comienzo con vacilación, intentando mantener la imagen del tumor en la mente en todo momento mientras canto. Me tiembla la voz y sueno insegura —Elene nunca me habría permitido cantar así en público—, pero la magia funciona igual. Mi canción envuelve sus raíces heladas alrededor del tumor y lo congela. La niña profiere un quejido y su pequeño cuerpo tiembla.

Durante un terrorífico momento, me pregunto si he imbuido demasiada fuerza a la canción. Pero si me detengo ahora, la curación incompleta podría dañar su cerebro. Así que prosigo. Me permito perderme en la magia y en la melodía de la canción. Mis reservas de poder casi se han extinguido, y tengo la garganta en carne viva. Si por la mañana puedo hablar, será un milagro.

El tumor se enfría más que el metal en contacto con la nieve. Mi canción se torna más y más aguda. Siento el cáncer contraerse y morir.

—Creo que está funcionando —susurra Mercedes desde la esquina.

La niña pequeña me observa con ojos despiertos. Dejo de cantar y me llevo la mano a la garganta inflamada. Mercedes tararea una melodía diferente para hacer que la criatura se duerma. Ahora tendrá que descansar para que su cuerpo pueda luchar.

Paso una mano sobre la frente de la chica. Las comisuras de sus labios se curvan hacia arriba. Algo parecido a la felicidad me inunda el pecho. «Gracias», le digo mentalmente mientras duerme, «por dejar que mi canción cause algo más que dolor».

Capítulo 6

CADENCE

Paso la mayor parte de la semana siguiente en el establo, evitando a mis padres.

Cuando papá y yo llegamos a casa, mamá se encontraba esperando para abrazarme con los dedos manchados de tinta tras haber estado escribiendo en el libro de contabilidad de nuestra propiedad, pero, en cuanto subí a la segunda planta, mis padres empezaron a discutir.

Mamá no quiere que vaya a la Ópera y la reemplace, aunque sepa que podría morir. Papá no lo piensa permitir. Para él dejar que yo asista a la Ópera resulta un gran sacrificio, pero lo que no soportaría sería perderla a ella.

Después de esa primera noche, papá se recluye en su estudio de la tercera planta. Mamá se ocupa de bordar en su sala, punzando furiosamente el tejido del dechado con la aguja.

El establo, con su olor térreo y dulzón a cuero y heno, es mi refugio. Robo azúcar de la cocina, me espolvoreo las manos y voy de compartimiento en compartimento dejando que los caballos me las limpien a lengüetazos. Los mozos de cuadra notan mi estado de ánimo y se esfuman.

Hay dos caballos que son míos: un fornido caballo percherón blanco y negro, llamado Chance, el cual adoro, y una elegante palafrén marrón y patilarga, llamada Eloise, que es la que le gusta a papá. Yo misma compré a Chance en un mercado ambulante que se instaló a las afueras de nuestra propiedad. Es robusto como un caballo de tiro pequeño, tiene las patas fuertes, el lomo ancho y una espesa crin que le llega a las rodillas.

Papá me dijo que no lo comprara —que las damas no montan caballos de tiro—, pero sus expresivos ojos azulados bordeados de blanco me robaron el corazón. Lo pagué yo misma, así que es mío de una manera que Eloise no lo es. Se le entrenó para que tirara de una carreta, no para que lo montaran, pero está mejorando con entrenamiento.

Guardo un bolsillo entero de azúcar para Chance. Le permito lamerlo de mi palma y sus bigotes largos me hacen cosquillas en la piel de la muñeca. Mientras él se afana en limpiarse el azúcar de los dientes, yo coloco la silla en su sitio y afianzo la cincha. Después, levanto cada uno de sus cascos y retiro las piedras.

—Ejem.

Me yergo y alzo la mirada cuando alguien se aclara la garganta. Papá está fuera del compartimento de Chance con una alforja negra en las manos.

—La comida —me informa levantando la bolsa—. He pensado que podríamos ir hoy a caballo hasta la ciudad. —Estira la mano para darle unas palmadas al cuello rollizo de Chance—. Hasta te dejaré montar a este.

Frunzo el ceño, desconfiada. Montar es más rápido que ir en carruaje, pero hay al menos tres horas de viaje hasta Cannis. Ya es mediodía, así que no podremos regresar antes de que caiga la noche. Papá no planearía un viaje así de improviso.

—Debo reunirme con un conocido por trabajo. Ha habido problemas con el último cargamento a la hora de cruzar la frontera —explica—. Ya he informado al mayordomo. Nos seguirá con el carruaje y nuestras cosas.

—¿Y quieres que vaya contigo?

Intento reprimir una sonrisa. La Actuación ya pasó y, a estas alturas, los ejecutores habrán vuelto a sus puestos de siempre. Podríamos explorar la ciudad. Yo podría ir a los puestos de lazos, los mercados de caballos…

Me mira de arriba abajo, evaluándome.

—No creo que tengas que cambiarte. Pareces limpia.

Chance me da un empujón en el hombro y me mancha la manga del vestido con baba y unos trozos de heno mordisqueado. Papá contrae el gesto.

Me cruzo de brazos y lo atravieso con la mirada. Papá me ha llevado a varias reuniones de negocios, sobre todo en pueblos cerca de nuestra propiedad. Pero, en estos últimos tiempos y demasiado a menudo, esas reuniones se han convertido en presentaciones incómodas de posibles pretendientes. Está deseando que me case con un plebeyo porque, si me caso con alguien por debajo de mi posición actual, perderé el título. Y, al hacerlo, me libraré de la obligación de asistir a las Actuaciones.

Odio la cortesía, el flirteo programado, pero papá no me quiere casar por tierras ni por dinero. Ya tenemos suficiente de eso. Cree que es la única manera de mantenerme a salvo.

Papá se encoge de hombros levemente, pero después frunce el ceño y exclama con voz apremiante:

—Remi, sé que tu madre y yo siempre te hemos animado a que te tomes tu tiempo, pero esa cantante de la Actuación… no es como los demás hechiceros de la reina. Jamás he visto un poder igual y esta ha sido su primera temporada. Se volverá más poderosa. Nos destruirá.

Mencionar a Cadence es como retorcerme un cuchillo en la tripa. He intentado olvidarla con todas mis fuerzas. Recuerdo al barón Foutain y cómo sollozaba, agradecido, y la forma en la que el público le dio las gracias a la reina.

—La mayoría ya casi estamos así.

—Sabes a lo que me refiero. Ya he asistido a ocho Actuaciones. Ocho. La de la semana pasada fue la peor de todas. Creo que la dama Ava no sería capaz de algo así. La reina siempre intenta ir a más, por lo que el año que viene será peor. —Papá niega con la cabeza y le ofrece la mano a Chance para que la huela—. No quiero que pases por ello. No quiero que soportes una vida así.

—La conozco —admito—. A la cantante. La reconocí cuando lord Durand la presentó.

—¿Qué? —susurra papá.

—¿Recuerdas que había una niña con la que siempre jugaba en el ala de los hechiceros cuando nos quedábamos en palacio? Es ella —digo, con la ira ahogándome la voz—. Mamá me decía que había encontrado un mecenas. Supongo que así fue.

—¿Esa niña dulce y rubia que tenía un perrito blanco y marrón?

Trago saliva con fuerza.

—La misma.

—Cuando nos fuimos de palacio, tenías muchas ganas de saber a dónde había ido. Durante meses, le pediste a tu madre poder mandarle una carta. —Papá se frota la frente y después suspira—. ¿Saber lo que le ha pasado ha sido peor o mejor?

—Peor.

La imagen de ella sobre el escenario con los hombros encorvados y la expresión desolada se filtra en mis pensamientos. Me muerdo el interior de la mejilla. Éramos amigas. Mejores amigas. Y me ha hecho daño. ¿Por qué me importa que ella también lo esté pasando mal?

Papá me aprieta el hombro.

—Vamos. Conozco a Jon desde hace años. Es un buen hombre. Quizá su chico te guste. Creo que Nolan es bien parecido y le va muy bien de aprendiz. Algún día será un maestro albañil.

—Quizá.

Agacho la cabeza y me distraigo afianzando la ahogadera de Chance para que papá no vea lo mucho que aprieto los labios.

Nolan puede ser muy atractivo y la profesión de maestro artesano no es nada desdeñable, pero jamás me han interesado los chicos. Me encapriché de mi amiga Elspeth hace unos años, pero cuando se lo confesé, ella dejó de hablarme.

—La gente de nuestra clase no comete esos actos depravados— me dijo con los ojos entrecerrados y los labios curvados en una mueca de asco. Sus palabras me dolieron.

Aquí en Bordea los hechiceros y los plebeyos aman y se casan con quien quieren, no se preocupan por cosas como las herencias o los linajes. A los niños no se les obliga a obedecer pensamientos anticuados de la Era del Zafiro sobre la sexualidad o el género o los matrimonios concertados en busca de una dote o de beneficios políticos. Sin embargo, durante generaciones, todas las familias de nobles que conocemos se han resistido al cambio.

Si hubiera nacido hechicera, habría sido libre de coquetear con chicas guapas y nadie me habría juzgado por ello. A veces he fantaseado con ello: pasear por el mercado con el broche de los hechiceros, guiñándole el ojo a las comerciantes o seduciendo a taberneras pelirrojas mientras me bebía una jarra de cerveza. Aunque no es que sepa mucho de seducir.

Jamás he hablado de esto con mis padres. A veces dudo si decírselo a mamá. Cuando estamos sentadas en su sala, habla acerca de los pensamientos progresistas de los hechiceros y de que Bordea se fortalecería si los incorporara con un líder distinto. Pero entonces me acuerdo de Elspeth y la mirada de asco que me dirigió. No quiero que mamá me mire así nunca.

Me pregunto qué diría Elspeth si supiera que mis padres me están intentando casar con un plebeyo. No es algo común entre «la gente de nuestra clase». Quizá algún día sea capaz de confiar en mi familia y pueda contarles la verdad.

Pero... hoy no.

Esbozo una sonrisa y me giro hacia papá.

—Estaré lista para partir en unos minutos.

—Bien —responde papá asintiendo—. Nos vemos en el patio.

Viajamos a galope casi todo el camino hasta Cannis y solo nos detenemos una vez para aliviarnos y permitir que los caballos beban. La yegua de papá es alta y de paso largo, por lo que Chance debe ir a medio galope para mantenerse a la par. Para cuando llegamos a la taberna donde papá ha organizado el encuentro, a mi caballo le cuesta levantar las patas. Deja caer la cabeza tirando de la rienda, yo siento el peso en las manos y me dan calambres en el hombro. Cuando por fin desmonto, suspira aliviado y ni siquiera se inquieta cuando lo ato al poste.

—Rook llegará pronto con el carruaje —me informa papá mientras nos volvemos para entrar—. Solo estamos a unas manzanas del hotel. Él llevará los caballos allí. He pensado que caminar estaría bien.

Asiento. Me duele la zona interna de las piernas. Ir a pie me sentará bien. Chance tiene un galope cómodo y pesado, pero su lomo es tan ancho que tengo que estirar las piernas para envolverlo. Al final lo entrenaré para montarlo a mujeriegas, pero por ahora, mientras está verde y aún le asustan las sombras del camino, lo monto a horcajadas.

Me pregunto cómo será Nolan. Todos los jóvenes que me ha presentado papá hasta la fecha han sido muy agradables, de buenos modales y bien parecidos. No me resulta nada complicado pasar una hora en su compañía a pesar de no sentir nada romántico hacia ellos, pero papá comienza cada reunión con tanta esperanza en la mirada que odio que esta se transforme luego en decepción cuando vuelvo a rechazar a otro chico y pierdo otra oportunidad para escapar.

—¿Estás nerviosa? —me pregunta papá.

Yo pongo los ojos en blanco y él sonríe, confundiendo la razón de mi vergüenza.

—No te preocupes —exclama—. Hoy tengo asuntos que discutir con Jon, así que hablaremos de negocios. No os escucharemos a hurtadillas a Nolan y a ti.

Llegamos a la taberna y yo sigo a papá a través del jardín exterior. Papá abre la puerta y nos envuelve un aire cálido y olor a humo de nogal. La taberna tiene un ambiente funcional pero distendido a la vez, con mesas hechas de madera sin tratar y una barra de bar con barriles de cerveza apilados encima. Los clientes parecen en su mayoría comerciantes y artesanos que cuentan historias a viva voz entre platos de pescado frito y patatas asadas. Algunos alzan la mirada y observan a papá cerrar la puerta a nuestra espalda. Algo avergonzada, me froto la manga, donde aún se puede ver la baba de Chance.

Papá se pone de puntillas sobre las cabezas de otros clientes y me conduce hacia una mesa en una esquina. Hay dos hombres negros recostados en las mejores sillas, con respaldo de cuero, bebiendo a sorbos pequeños de unas jarras grises. Se ponen de pie cuando nos acercamos a ellos.

El más joven de los dos es de mi edad. Tiene la piel oscura, suave y hermosa, el pelo negro y rizado y unas pestañas increíblemente largas que acentúan sus ojos avellana. Sus hombros son todo músculo y exhibe una sonrisa abierta y amistosa. Es, de lejos, el pretendiente más guapo que me ha presentado papá. Aunque su imagen no es que me afecte más allá de una objetiva apreciación de su físico.

Nolan hace una pequeña reverencia y separa la silla a su lado.

Papá se agacha y me susurra al oído:

—Dale una oportunidad de verdad. Por mí. Por favor.

Asiento y me acomodo en la silla al tiempo que me obligo a sonreír.

—Claude —saluda el mayor. Da un paso hacia delante apoyándose en un bastón y estrecha la mano de papá con un gesto amistoso.

Papá le da una palmada en la espalda.

—Jon. Ha pasado mucho tiempo. ¿Cómo estás, viejo amigo?

Después de sentarnos, papá llama a una camarera a nuestra mesa. Había estado atendiendo a un grupo de artesanos, pero tras un vistazo a la ropa cara que llevamos papá y yo se apresura a venir. La reina nos ha convertido en ermitaños que viven aislados en castillos y pueblos, pero seguimos teniendo dinero y la camarera lo sabe. Papá pide un surtido de emparedados para la mesa. Yo me trago la decepción. Después de un viaje tan largo, me apetece la cerveza que beben los artesanos en la taberna y un buen pastel de carne. Pero papá querrá que impresione a este chico, y resultaría difícil hacerlo con los dedos llenos de salsa.

—Esperaba haberte visto la semana pasada por lo del cargamento —dice Jon, y después se aclara la garganta—. Pero dadas las circunstancias... La Ópera...

En cuanto Jon pronuncia esas palabras, me empiezan a picar las plantas de los pies al recordar la canción.

Papá asiente con brusquedad. Odia hablar de la Actuación con sus contactos de negocios. Hay demasiados plebeyos con opiniones diversas: algunos que sufrieron por culpa de las leyes de los lores locales se alegran de la brutal forma de control de la reina, mientras que a otros les resulta repulsivo. Jon muestra una expresión amable, pero si hay algo que papá no soporta de sus amigos es la pena.

La camarera regresa con una bandeja de plata llena de bocaditos diminutos. Nolan pone una mueca antes de que su padre lo mire con severidad desde el otro lado de la mesa. Yo escondo una sonrisa detrás de la mano. Quizá vaya mejor de lo esperado. Al menos tenemos algo en común.

—Disfrutemos de la comida. Remi y yo no deseamos revivir esos momentos horribles —comenta papá mientras se lleva un bocadito de pepino a la boca.

—S-señorita Remi —tartamudea el joven. Se vuelve hacia mí con ojos tan serios que hasta me da pena.

Papá se ha esforzado por buscarme a alguien que me guste; resulta obvio que este chico es atractivo. Cuando muestra los dientes blancos, desearía poder sentir algo —ese torrente de calor, timidez y aturdimiento que describen algunas de mis amigas—, pero no es así. Es más probable que sienta algo por Cadence, por muy monstruo que sea, con ese pelo largo y rubio, esa cadera de curvas sutiles y su sonrisa tímida. Y, por mucho que me mantuviera a salvo, papá no permitiría que me casase con el hijo de Jon a menos que me hiciese feliz.

La inmunidad que siento frente al encanto de este chico me sabe a decepción.

—Señor —respondo, y le ofrezco una mano para que la bese. Nuestros padres giran las sillas a un lado y empiezan a debatir el precio del cargamento de nuestra última remesa de seda.

—Me llamo Nolan. Pero supongo que ya lo sabía. —El joven se aclara la garganta y mira en derredor—. ¿Le gustaría… caminar por la sala?

No lo puedo evitar. Estallo en carcajadas. La taberna está tan llena de gente que ni siquiera puedo ver el otro lado, y mucho menos por dónde caminar. Nuestros padres cesan la conversación y nos miran alarmados.

Nolan se muerde el labio inferior y se ríe también.

—Mi madre me ha aconsejado que se lo pidiese —me explica—. Dice que es algo que pedirían las personas de alta cuna.

Su padre suspira y pone los ojos en blanco. Yo me quito el abrigo y miro hacia la barra. Después del viaje, quiero tumbarme en la cama junto a la chimenea y dormir, pero, por papá, me esforzaré. Además, puede que me dé la oportunidad de obtener lo que quiero de verdad.

—A ver qué te parece —ofrezco—. Enfréntate a la multitud conmigo y cómprame un pastel de carne y daremos esa vuelta.

Nolan se pone de pie con una gran sonrisa y me ofrece el brazo. Yo lo agarro y, aún riéndome, voy con él en busca de una buena cerveza cargada y un buen pastel recién hecho.

Capítulo 7

CADENCE

Me encuentro sentada con las piernas cruzadas en el suelo de la biblioteca y las manos bien sujetas en el regazo mientras intento fingir interés por Anette, que está practicando la escala. Madam Guillard me ha suplicado que le haga un favor, así que aquí me hallo atrapada, supervisando a estudiantes de tercer año incompetentes, aunque lo que me apetece de verdad es pasar el día sola.

Anette es como yo: una huérfana que llegó a la academia de hechiceros con lo puesto. Sus padres eran marineros mercantes, no obstante, así que sus circunstancias no siempre han sido tan funestas como en mi caso. Todo lo que poseían estaba amarrado en su barco. Cuando este se hundió, Anette se quedó sola y sin un penique, condenada a vivir en el mismo hogar de menores que me vio crecer a mí.

Elene la está considerando. Anette es la única cantante corpórea de su clase y a Elene le gusta reclutar a unos cuantos de nosotros cada año. Los ejecutores disfrutan de un buen salario, pero es una posición peligrosa, así que todos los años necesitan reponer sus filas.

Los grandes ojos verdes de la chica se fijan en mí cuando canta, me escudriña en busca de algún atisbo de aprobación por mi parte. Viste un caro vestido de terciopelo del verde esmeralda de los cantantes que es probable que le haya regalado Elene como promesa de interés. La prenda la hace parecer una muñeca; su diminuto cuerpecito de nueve años casi ni se entrevé entre pliegues y pliegues de tela. Sus rizos castaños están meticulosamente peinados y fijados con lazos verdes. Me pregunto si se los ha colocado ella misma y cuánto tiempo se habrá pasado preparándose para esta audiencia informal con la cantante principal de la reina.

No tengo corazón para decirle que no gozo de influencia alguna en las selecciones de Elene.

Anette posee un timbre delicado y un rango vocal impresionante para su edad, pero su magia es débil. Se supone que ha de congelar el cuenco con caldo de pollo que descansa en el suelo junto a mí. Su canción conjura la más delgada película de hielo sobre la superficie del caldo, pero se queda muy lejos de convertirlo en un trozo sólido de hielo.

Elene quedará decepcionada. No quiero pensar lo que eso podría significar para el futuro de Anette. Madam Guillard siempre intenta retener a los niños que decepcionan a Elene hasta los exámenes, pero no siempre lo consigue. Imaginarme a Anette despojada de sus elegantes ropas y forzada a regresar al hogar de menores, a una vida de hambre y pulgas, hace que se me forme un nudo en la garganta.

Como Anette es una niña, puede que Elene hasta le permita conservar la voz, para así poder ganarse unos cuantos peniques vendiendo magia barata en la calle. Pero ni siquiera eso es una garantía. También hay muchos niños en la colonia de los expulsados.

Al otro lado de la biblioteca, hay dos estudiantes de último año apiñadas en una mesa larga cubierta de libros abiertos. Nos observan y se ríen. Ambas llevan un broche con un anillo de cobre alrededor que las señala como novicias que han aprobado la primera ronda de exámenes. Una es una hechicera elemental, la otra es una cantante corpórea como yo. En sexto curso, la mayor parte de los estudiantes decentes son capaces de detectar el nivel de magia en la canción de otro hechicero. Saben que Anette no es fuerte.

Ambas tienen las mejillas redondeadas, el cabello lustroso y la mirada desenfadada de unas chicas que nunca han conocido el hambre. Sus burlas consiguen que una llamarada protectora estalle en mi interior. Anette y yo compartimos el mismo apellido, de la Roix, porque ambas pertenecemos a Elene. En cierto modo, somos familia. Arrugo el ceño en dirección a las estudiantes y ellas palidecen y devuelven enseguida la atención a los libros.

Anette termina la canción y me dedica una profunda reverencia.

Hace un buen rato que se me han dormido las piernas, pero consigo ponerme de pie y aplaudo.

—¡Bravo! —exclamo—. ¡Muy bien interpretado!

El rostro de la pequeña se ruboriza, complacida. Vuelve a dedicarme una reverencia, aunque casi se cae de la emoción, y murmura:

—Gracias, principal.

Algún día, alguien le dirá a Anette que su voz no es poderosa. Quizá esté siendo amable o quizá solo egoísta, pero no voy a ser yo la que le destruya las esperanzas a esta niña pequeña. Si tiene suerte y Elene no la expulsa, puede que consiga una nota suficiente y pueda trabajar como guardia de palacio o como sanadora subalterna en algún pueblecito provincial.

Si pudiese ayudarla a ser más fuerte, lo haría. Pero, aunque pueda darle instrucciones a Anette en cuanto a técnica, Adela otorga la magia a su antojo. Su don apenas ha rozado a Anette. No la colma como una segunda alma, como un ente vivo, como lo hace conmigo. La diosa ha elegido no hacer a Anette poderosa y no hay nada que pueda hacer yo para cambiarlo.

Envuelvo un brazo alrededor de los hombros de la niña.

—Cantas de un modo muy hermoso. Pero cuando empieces el estribillo, asegúrate de estar concentrada realmente en el cuenco. Creo que la atención se te dispersó hacia mí unas cuantas veces. No puedes perder concentración, ni siquiera por un instante. Proyecta tu voz de verdad. Y asegúrate de encender las velas de rezar. Cada noche.

Las puertas de la biblioteca se abren de golpe y un hombre se adentra, ataviado con la librea amarilla canario característica del gremio de los mensajeros. Porta una carta plegada en sus manos extendidas. Me encojo al ver que el hombre va dejando un rastro de barro limoso en el refinado suelo de mármol. Los hechiceros novicios son los que se ocupan del mantenimiento de la academia. Recuerdo demasiado bien haber frotado el suelo de la biblioteca muchas veces.

—Madam Guillard se ausentará toda la tarde —digo, apresurándome hacia él para que no deje más huellas—. Si tiene una entrega para ella, puede dejársela en su estudio. Le mostraré el camino.

El mensajero le da la vuelta a la carta y examina de cerca la caligrafía formal.

—No. Va dirigida a *mademoiselle* Cadence de la Roix, cantante principal. Me dijeron que la encontraría aquí cuando pregunté en la entrada.

Le quito la carta de las manos. El mensajero, sorprendido, se queda boquiabierto.

Me ruborizo.

—Yo soy Cadence de la Roix —pronuncio entre dientes, haciendo hincapié en el «yo».

Las novicias se estiran para ver mejor. ¿Quién puede haberme escrito? Huelo el papel con recelo para comprobar si hay algún atisbo de magia peligrosa o desconocida. Aparte del hospital, no tengo amigos en la ciudad.

—Excelente. —El mensajero rebusca en su burjaca y saca un libro mayor. La página exhibe una lista de diferentes sellos en lacre, algunos con firmas a su lado. Da un golpecito con el dedo en un blasón verde ornamentado con una clave de sol, la marca del hospital. Inspiro y me precipito a garabatear mi nombre a su lado.

Cuando el mensajero se ha marchado, le doy la espalda a las novicias y abro la carta. La hermana Elizabeta nunca me escribe. Siempre acordamos el horario de mis visitas en persona. No tengo que volver a Santa Izelea hasta finales de semana.

Ojeo su misiva. Es directa y concisa:

Cadence:

Hemos recibido a un paciente que ha sufrido un accidente de caballo. Tiene las costillas destrozadas y la carne de su vientre se está tornando púrpura. Mercedes no está a la altura de la tarea. Temo que vayamos a perderlo. Es amigo mío. Si puedes, por favor, ven de inmediato al hospital.

E.

El hospital pierde a pacientes con frecuencia. Incluso yo he sido incapaz de salvar a algunas de las almas con las que me he topado en mis turnos. Varias enfermedades y heridas están fuera del alcance de la magia. Pese a que muchísimos hechiceros dedican años y años al estudio, seguimos sin haber encontrado las canciones adecuadas para curar una sencilla gripe común. Recluida en el interior de Santa Izelea, dudo que la hermana Elizabeta haya tenido mucha oportunidad de hacer amigos. Supongo que el hombre podría ser un familiar, alguien a quien conoció antes de comprometerse a servir a Odetta y a una vida dentro de las paredes del hospital.

Arrugo la nota y me giro hacia Anette.

—Lo siento, voy a tener que dar por finalizado nuestro ensayo de hoy.

Anette baja el mentón, le tiembla la voz cuando habla.

—Por supuesto, principal. Seguiré trabajando en proyectar la voz.

—Comunícale a Madam Guillard que volveré a practicar contigo —le digo, y le propino un golpecito en el hombro—. Mañana, si tus lecciones lo permiten.

Me dedica una sonrisa ancha y sus ojos se iluminan con esperanza.

Quizá pueda persuadir a Elene de que me permita retenerla hasta los exámenes. No es inusual en los cantantes de mi rango que tomen a una aprendiz. Lord Durand ya me ha enviado un libro con partituras a mi estudio, ideas para la Actuación del próximo año. Si canto alto y dejo que los espías de Ren me oigan practicar, hay una posibilidad de que Elene acceda.

Camino despacio hacia las puertas de la biblioteca y luego, una vez fuera, me dirijo rauda a mi habitación. Lacerde está durmiendo junto al fuego con Nip en su regazo. En cuanto me oye, mi perro da un salto y empieza a menear el rabo con energía. Me arrodillo y lo estrecho entre mis brazos.

—Creía que ibas a ayudar a Madam Guillard esta mañana —me dice Lacerde, y abre un ojo.

—La estudiante no se siente bien —respondo con una punzada de culpabilidad—. Gripe, tal vez.

—¿Y te lo creíste? —Lacerde pone los ojos en blanco—. Mira el tiempo que hace. ¿Nunca has fingido estar enferma para ir a jugar bajo el sol? ¿A esa edad?

—Nunca me atreví —murmuro. Cuando tenía la edad de Anette, ya no gozaba del lujo de practicar en la biblioteca de la academia cuando mejor me parecía. Elene ya había demostrado tener un interés muy personal en mi educación. Enferma o no, practicaba todos los días.

La mirada de Lacerde aterriza sobre la carta que llevo en la mano.

—¿Qué es eso?

—Nada —digo, y tiro la nota, con el sello hacia abajo, sobre la cama. Por alguna razón, la urgencia de la misiva de la hermana Elizabeta la hace parecer privada. Puede que tenga que hablarle de ella a Ren luego, en mi informe, pero quiero oír primero la historia de la hermana Elizabeta. No está bien visto que las monjas se aferren a familiares y amigos del mundo exterior, pero no es ningún delito. Mi gesto despreocupado alivia la sospecha en el rostro de Lacerde. Se vuelve a recostar en el sillón.

Nip me acaricia el semblante con el hocico. Lo sujeto contra una de mis caderas con un brazo y cojo una pesada capa de lana del perchero.

—Voy a sacarlo un rato. Sí que hace un día estupendo.

—¿Ha sido la niña la que ha fingido tener gripe o tú? —se ríe Lacerde—. Tómatelo con calma, eso sí, y cántale algo para el dolor. La artritis lo está molestando.

Me observa y se lleva una mano a la garganta.

—Y por el amor de la diosa, ponte una bufanda. Sé que no te gusta que los otros sanadores te alteren la voz, pero sigues sonando un poco ronca de la Actuación de la semana pasada. La reina no estará contenta si te oye.

Deposito a Nip sobre la cama mientras me coloco la capa y me hago con una de las bufandas tejidas a mano por Lacerde de mi armario. Tiene razón. No confío en los sanadores de palacio en lo que a mi voz se refiere, no cuando cualquiera de ellos me cortaría encantado el cuello por tener la oportunidad de ser el cantante principal. Mercedes es incompetente, así que tampoco voy a dejarla curarme.

Intercambio las zapatillas que llevo en palacio en por un par de botas de trabajo arañadas, zapatos que nadie asociaría con una hechicera de palacio. Luego, tras asegurarme de que los ojos de Lacerde vuelven a estar cerrados, recojo la carta y la escondo bien adentro del bolsillo de la capa. Nip ladra emocionado. Todo su cuerpecito se menea con la fuerza del movimiento de su rabo.

Cuando llego al hospital, la hermana Elizabeta me espera en la puerta. Lanza una mirada furtiva por encima de mi hombro y luego me precipita al interior con el rostro pálido como la tiza y perlado de sudor. Una monja novicia, ataviada de pies a cabeza con ropa de lino blanca, aúpa a Nip y, ante mi inclinación de cabeza, se aleja con él. Pasará la tarde recibiendo mimos y alimentándose de las sobras de las monjas. También suelen bañarlo y, cuando lo recojo, siempre huele a rosas.

—Vamos —me insta la hermana Elizabeta—. No hay tiempo para que te cambies hoy, me temo. Está en el dormitorio de arriba. Su respiración es superficial y no está respondiendo.

—¿De quién se trata? —Me quito la capa y la cuelgo sobre uno de mis brazos. El ambiente en el hospital es de una calidez sofocante—. ¿Qué relación os une?

—Un querido amigo —murmura la hermana Elizabeta.

Quiero preguntar más, pero un leve quejido proveniente de la planta superior hace que me apresure a llegar a la escalera. En el dormitorio del fondo, un hombre joven y blanco gime sobre el catre. Le han cortado el gabán y la camisa para poder exponer la piel. La carne de alabastro de su pecho, vientre y abdomen se ha vuelto de un oscuro tono púrpura de la gran cantidad de sangre acumulada en su interior. Su respiración es dificultosa, pero cuando me ve, profiere un amortiguado grito de temor.

Sus ropas son muy elegantes, pero dan la impresión de haber sido confeccionadas para otra persona. No es un noble. De eso estoy segura. Sus piernas muestran una ligera curvatura, común en la gente de los barrios bajos que de niños no tienen suficiente para comer. Entonces ¿cómo sabe quién soy? ¿Y por qué tiene miedo?

Mercedes se halla sentada en la silla junto a él, tomándolo de la mano, sin siquiera intentar cantarle. Hay dos monjas novicias de pie, una a cada lado de la cama, arrojando puñados y puñados de cenizas al aire.

Huelo el aire y arqueo una ceja. Las cenizas están hechas de pino. Conozco todas las supersticiones de los campesinos relacionadas con la magia de mi niñez. Algunos de los cuentos tradicionales sugieren que el efecto del poder de una canción puede diluirse arrojando cenizas de pino al aire. No tiene sentido, por supuesto, pero si Mercedes está teniendo problemas para curar al muchacho, ¿por qué están arrojando las cenizas?

Desvío la mirada hacia la hermana Elizabeta. Ella se mueve ligeramente bajo mi escrutinio, con las manos agarradas en la espalda.

—No ha sido un accidente de caballo, ¿verdad? —inquiero.

El miedo me atenaza el corazón. No tendría que haber venido.

—¡Te dije que no tendrías que haberle escrito! —gimotea Mercedes—. Es mejor que muera que dejar que la reina se entere…

—Silencio, niña —la regaña la anciana monja. Levanta el mentón y me inspecciona casi desafiante—. No, Cadence, no ha sido un accidente de caballo.

Me doblo hacia delante e inhalo el olor a magia que se halla unido al pecho del muchacho. Reconozco el Constrictor, un hechizo diseñado para ir tensándose poco a poco hasta que las costillas de la víctima se rompen y sus pulmones dejan de recibir aire. Puede llevar días. Un hechizo tan potente como este, que provoca una muerte tan agonizante, lenta y refrenada, solo podría haber sido obra de un cantante corpóreo experimentado y fuerte.

Esta magia tiene un ligero aroma a canela y me deja un regusto metálico en la boca.

Cierro los ojos.

—¿Cómo te has visto envuelto con el jefe de ejecutores?

—Cuanto menos sepas, mejor —susurra la hermana Elizabeta.

Sé que debería huir y dejar que el paciente se encuentre con su destino. Si trato a este muchacho, Ren podría oler su propia magia en mí cuando vaya a informarle.

El chico tose una mancha de sangre y yo permanezco inmóvil.

Como plebeyo, no tiene prohibida la entrada al hospital por nacimiento. Quizá pueda convencer a Elene de que estaba confundida, de que no reconocí el olor de la magia de Ren… Para cuando hiciera el informe, el paciente ya podría estar muy lejos. Las monjas también podrían defender su inocencia. Ellas son simples plebeyas. No se espera que sepan reconocer un hechizo constrictor.

Tengo la sensación de haber tragado arena. No puedo mentirle a Ren a la cara. Se dará cuenta y, si Elene sospecha siquiera que he omitido algo, me llevará directa a él. Pero en teoría hoy no tenía que venir al hospital. Si me doy prisa, quizá nadie tenga por qué saberlo.

La elección de este cantamiento es típica de Ren. Elene lo eligió jefe de ejecutores por su sadismo. Lacerde me dijo una vez que el dolor alimentaba a Ren tanto como la comida. Nadie quiere verse frente al tribunal superior y quedar a merced de la idea de justicia de Ren. Hay rumores de que sale por la noche, solo, con el propósito de encontrar nuevas víctimas en la calle cuando el tribunal municipal no se las provee, aunque es lo suficientemente inteligente como para no dejar que Elene encuentre pruebas de ello. Quizá este joven solo estuviera en el sitio equivocado.

—¿Es un delincuente? —pregunto.

—No. Pero, aunque lo fuera, ¿crees que se merece esto?

—Ni siquiera me percaté del hechizo al principio —resuella el muchacho—. Yo continué con mi vida, pero siguió apretándose…

Miro por encima del hombro hacia la puerta. Aún no me he involucrado. Puedo marcharme a casa y regresar a mis aposentos. Lacerde piensa que solo he ido a dar un paseo, y esa excusa todavía se sostiene…

Echar un vistazo no es delito como lo sería ayudar, así que canturreo las palabras de un hechizo revelador. La magia de Ren resiste y se enfrenta a la mía, pero alzo la voz y brilla frente a mis ojos, extendida por todo el torso del muchacho en forma de una serpiente enorme y contorsionada. Su lengua bífida sale y prueba el aire. Uno de sus viperinos ojos verdes rueda hasta fijarse en mí.

Respiro hondo antes de hablar.

—Necesito que me traigáis unas tijeras de podar.

La novicia más cercana a mí mira fijamente a la serpiente resplandeciente que envuelve la cintura del paciente.

—¿T-tijeras de podar, canticante? —tartamudea.

Sonrío despacio. Usar tijeras y cuchillos como talismanes visuales en los que centrar mi canción es un truco que me enseñó Madam Guillard hace unos meses. Mi canción sigue haciendo el trabajo, pero las tijeras de podar me ayudarán con la concentración.

La novicia se aleja rauda y Mercedes se coloca a mi lado, observando embelesada cómo presiono la mejilla contra el pecho del muchacho. El dolor rebota en mi mentón, pero rechino los dientes y comienzo a canturrear el hechizo sanador. El joven profiere un grito cuando mi canción manipula una costilla rota y la coloca de nuevo en su lugar.

La hermana Elizabeta nunca me ha puesto en esta tesitura. Nunca me ha pedido que acepte un caso que viole la ley o pueda ponernos en peligro. Nunca se ha negado a compartir conmigo los detalles de un paciente. Mercedes parece estar entre asombrada por mi pericia y aterrorizada porque pueda descubrir la identidad del joven. Este es su hospital, pero yo vengo todas las semanas. Que me esté mirando ahora tal y como lo hace, como a una extraña, me duele.

Un escalofrío me recorre la espalda. Las monjas son lo más parecido que tengo a unas amigas. Los hospitales que incumplen las leyes de Elene, tratando a rebeldes o a nobles, corren el riesgo de cerrar, y las monjas, de dispersarse. La adoración por Odetta que las monjas comparten con Elene no las protegerá si el chico resulta ser un rebelde. Como directora del Hospital de Santa Izelea, la hermana Elizabeta podría enfrentarse a una condena de prisión o a algo peor. Mercedes podría ser condenada a unirse a los expulsados. No soporto pensar en que alguna de ellas termine pudriéndose en los calabozos bajo palacio o haya de enfrentarse a Ren.

La hermana Elizabeta tiene razón. No quiero saber nada de este chico. No puedo contarle a Ren lo que no sé.

Oigo el retumbar de unas pisadas al subir las escaleras. Con un jadeo, la novicia me tiende un par de tijeras de podar. Es evidente que no las han usado desde hace algún tiempo. Las hojas están oxidadas y apenas se pueden separar. Al menos la magia no puede gangrenarse.

Me llevo las tijeras a los labios y comienzo a interpretar una canción de calor. Canto y canto hasta que las hojas de metal se colorean de un rojo brillante y hago caso omiso al dolor punzante que siento en la garganta. Las deslizo alrededor del cuello de la pitón y, respirando hondo cuando esta sisea, las cierro con tanta fuerza como albergo, separando la cabeza de la criatura. La magia de Ren se disuelve. Conforme la presión se afloja, el muchacho profiere un gemido de alivio.

—Ven. —Le hago un gesto a Mercedes—. Si bloqueas su dolor, me encargaré de las heridas más graves.

Mercedes asiente. Se aclara la garganta y comienza a articular las palabras de una canción sanadora. Tiene una voz suave, con un tono alto y casi infantil. Es bastante bonita, pero al igual que Anette, no alberga verdadera fuerza en ella. El torso del chico permanece de color púrpura, con las costillas rotas, pero pone los ojos en blanco y suspira cuando Mercedes consigue aliviar la mayor parte de su dolor.

—Con tu permiso —le digo al chico—, me gustaría dormirte. Será más fácil para nosotras curarte así.

El muchacho asiente en un gesto breve. Sus ojos han empezado a empañarse de la impresión y del súbito alivio. Mercedes deja de cantar en una nueva muestra de respeto hacia mí.

Susurro las palabras de una canción de sueño. El muchacho se duerme con una pacífica sonrisa en los labios. Luego inclino la cabeza y murmuro una oración a Adela. Siempre le doy las gracias antes de curar a alguien, pero esta vez también le suplico protección. Por el bien de todos nosotros, Elene no puede enterarse de lo que he hecho hoy.

Capítulo 8

REMI

Permanezco en el bar del hotel con una copa de vino caliente con especias mucho después de que papá se vaya a la cama. Pienso en Nolan y en sus preciosos ojos llenos de esperanza y a continuación, otra vez en la Actuación de la semana pasada. Quizá pueda ser feliz con él. No sería la mujer casada más desdichada, eso seguro. Y papá tiene razón. Si me caso con Nolan, tendré cierta libertad. No tendré que sufrir debido a mi posición nunca más.

Pero ¿puedo dejar que Nolan use mi cuerpo como se nos enseña que requiere un matrimonio? ¿Le podría dar herederos? Pensar en hacer «eso» con un hombre me repugna. Y desconozco si podré soportar ver la luz ilusionada de su interior apagarse al percatarse de lo decepcionante que seré como esposa. Él quiere una mujer que lo ame. Se lo merece.

Inclino la copa y me llevo a la boca los posos del vino caliente y aromático. Ya no duermo bien en la ciudad por culpa de las farolas y el ruido. De pequeña, en la cama rosa con dosel de palacio, el murmullo de la ciudad me dormía muy rápido. Era un sonido de seguridad. Pero desde que asistí a la Actuación el año pasado, los ruidos de la ciudad solo consiguen que se me revuelva el estómago. Si me voy a la cama, permaneceré despierta durante horas, reviviendo lo sucedido en la Ópera.

Agarró el monedero y me lo pienso. Al inicio del año, mamá incrementó mi asignación al cumplir los dieciséis, pero dado que ya no se celebran fiestas, he sido bastante frugal. Miro por la ventana del hotel. El cielo nocturno está despejado. Podría serenarme montando un rato a caballo, y quizá alguna de las lujosas confiterías por las que hemos pasado siga abierta.

Me coloco la arrugada capa de montar en los hombros y le dejo una pequeña pila de monedas al camarero. Compruebo mi reflejo en el espejo del vestíbulo y me arreglo el pelo caoba y rebelde. Mi piel tiene un matiz bronceado por haber pasado el verano al aire libre con los caballos; las pecas de la nariz, herencia de papá, se notan más. Unas mejillas redondeadas y los cálidos ojos castaños de mamá me devuelven la mirada. Froto la mancha de la manga y veo que es inútil. A continuación, me dirijo al bloque de establos del hotel.

Chance está en una caballeriza al fondo del edificio. Su compartimento no tiene ventana, pero sí un estante repleto de heno. Me da pena que esté escondido al final del establo. El hotel es el más lujoso de Cannis. Deben de pensar que Chance es feo y querrán alejarlo de la vista del resto de los clientes. Los caballos píos no están muy de moda y el hotel no querrá que la gente se lleve una impresión equivocada sobre los clientes que lo frecuentan.

Camino de costado en el compartimento para envolver mis brazos en torno a su cuello. Él me huele el hombro y me mordisquea el pelo. Huele a hierba fresca y a casa. Por un momento, tengo ganas de tumbarme en la paja a su lado y pasar la noche aquí, escuchando a los caballos.

Chance pone las orejas tiesas cuando le quito la manta y la lanzo a un lado. Se calma en cuanto saco sus arreos de la zona de almacenamiento de la parte delantera del compartimento. En casa pasa la mayor parte del día en el prado con el resto de los caballos. Su compartimento en nuestro establo es espacioso, está bien ventilado y tiene vistas al patio. Creo que él también está deseando irse de Cannis. Le paso la silla por el lomo y le coloco la embocadura en la boca. Lo saco del establo y me subo a él.

Al menos aquí en la ciudad no tengo que preocuparme por montar sola. La gente teme a los ejecutores de la reina. Aquellos que infringen la ley suelen desaparecer para no volver o aparecen muertos semanas más tarde con señales de haber sufrido una magia horrible. Y después están los rumores de la magia de la propia reina. Nadie sabe de qué es capaz en realidad sin su grupo de cantantes, pero la gente especula. Algunas de las amigas de mamá opinan que la reina Elene es la hechicera más poderosa desde Arriah, la Disonante, en el siglo cinco, a pesar de ser una hereje.

Incluso Cadence, con su increíble poder, parecía temerosa sobre el escenario. Recuerdo cómo merodeaba junto al telón y la forma en que cayó de rodillas al acabar. ¿Qué le hará la reina en cuanto cae el telón? ¿Los ejecutores también la espían a ella? No puedo evitar preguntarme cómo se sentía al escuchar nuestros gritos.

El centro de la ciudad está oscuro y casi desierto. Para decepción mía, la mayoría de las tiendas están cerradas. La reina impone unas leyes estrictas que prohíben reunirse al anochecer, pero no pensaba que los bares y los puestos de comida cerrasen tan pronto.

Suspiro cuando pasamos a trote por delante de una pastelería. En el escaparate se exhiben tartas preciosas, glaseadas para parecer castillos o paisajes de invierno. Puedo oler la vainilla, el azúcar y la nuez moscada en el aire.

Varios transeúntes ebrios se tambalean en dirección a sus hogares a la vez que se apoyan en los edificios. Un grupo de niños se cobija bajo la pequeña calidez que proveen las farolas. Sus sombras consiguen que Chance se mueva hacia un lado.

Chance tira de las riendas. Después de haber permanecido encerrado toda la tarde, quiere galopar. La carretera está bastante vacía, así que las aflojo y él se mueve a galope. Sus cascos golpean el empedrado llenando el silencio de la noche y salpicando la acera con los charcos. Algunos de los transeúntes ebrios agitan el puño hacia mí cuando pasamos por su lado.

Ambos respiramos con dificultad cuando nos detenemos. Ya no distingo la calle. Nos hemos alejado del centro de la ciudad y nos hemos internado en uno de los muchos vecindarios abandonados de Cannis.

La calle está flanqueada por unas casas destartaladas. Antaño habrían sido tan majestuosas como nuestro palacio en miniatura. El vecindario habría vivido un frenesí de fiestas y vida, a rebosar de la élite de Cannis. Ahora la mayoría de las casas están tapiadas e incluso la propia calle empieza a deteriorarse, con el empedrado alisado por el uso y los hierbajos creciendo entre las grietas. El palacio está subiendo la colina por detrás de la línea de los tejados.

Sin embargo, hay una casa casi al final de la calle que arroja luz a través de las ventanas. Un letrero cuelga de la fachada con una clave de sol verde en él. El símbolo universal de los hospitales en Bordea. Y, a pesar de saber que no debería, aliento a Chance hacia delante con el talón y escruto la fachada de la casa a través de la verja oxidada de hierro. Me percato, sobresaltada, de que reconozco esta casa de mi infancia. Hace tiempo la familia Frelene, ahora todos muertos, vivía aquí.

Bajo la clave de sol el letrero reza: HERMANAS DE SANTA IZELEA.

Me llevo la mano a la boca. Conozco este sitio. Hace unos años, mamá sufrió convulsiones la mañana de la Actuación. Llevaba enferma varios años, desde que el hechicero sanador local se negó a realizarle un aborto seguro y ella tuvo que buscarse otra forma con la comadrona. Las hierbas que le introdujeron en el útero se le filtraron a la sangre y la hicieron más propensa a dolores de cabeza, a la debilidad muscular y a las convulsiones esporádicas. Desesperado, papá la llevó a uno de los hospitales de la ciudad, los cuales por ley deberían haberlos rechazado. Pero las monjas, a pesar del peligro, aceptaron a mamá.

No fueron capaces de curarla, pero la magia la fortaleció lo suficiente como para aguantar el dolor de la Ópera aquel día.

La discusión de mis padres en cuanto regresaron a casa hizo que las otras palidecieran en comparación.

—¡Otra Actuación como esa te matará! —gritó papá.

—No la puedes llevar —respondió mamá—. No te lo permitiré.

—Te necesito. Necesito que vivas —exclamó papá con voz rota. Escuché sus pasos deambular por el comedor. Cuando volvió a hablar usó un tono seco y fuerte—: Si tengo que ordenar a los mayordomos que te encierren en casa, lo haré.

No oí la respuesta de mamá por la rejilla de la chimenea, pero por la mañana papá me informó de que yo ocuparía su lugar el año siguiente.

Desde entonces, las cosas entre ellos no están igual. Mamá duerme en su vestidor y se pasa los días escribiéndole a amigos lejanos para evitar hablar con su marido, sentado en el sofá frente a ella.

Sin embargo, mi familia sigue en deuda con estas monjas. Agarro las riendas con una mano y cojo el monedero. Jamás podré pagarles lo mucho que se arriesgaron con mi familia, pero el viejo edificio está desaliñado. La entrada, que antaño se mantenía impoluta, luce repleta de ortigas. La fuente está estancada y le crece musgo en el borde. Los insectos revolotean alrededor del agua sucia.

La fachada de la casa no está mejor. Bajo el mantenimiento estricto de *lady* Frelene, las columnas de mármol y las gárgolas relucían. Pero, tras años de abandono, la piedra blanca de la casa se ha vuelto de un gris apagado. Puedo hacer una donación que alivie la carga de algunas de las monjas. Ni siquiera tengo que darles mi nombre.

Miro por encima del hombro hacia la calle vacía y oscura. No escucho voces ni pisadas, así que no creo que me hayan seguido. Desmonto y acerco a Chance a un establo vacío y polvoriento en la cochera abandonada. No hay heno que le pueda ofrecer, pero no tengo la intención de quedarme mucho tiempo. El caballo me da un suave empujón en el hombro y después mira el estante de heno vacío.

—Lo siento, chico —susurró mientras acaricio su cuello sudoroso—. Robaré una manzana para ti en el desayuno de mañana.

Aquello no parece aplacarlo. Chance da un pisotón y vuelve a empujarme el hombro, esta vez con más fuerza. Suspiro y le doy una última palmada, a pesar de que su resoplido decepcionado me parte el corazón. Cierro la puerta del compartimento y me acerco a la entrada del hospital.

Un pestillo cerrado cruza la puerta de roble. Es lo único de la casa que parece bien mantenido. El pestillo es un modelo mágico nuevo que permite al propietario utilizarlo por medio de órdenes con la voz. Debe de ser un regalo de la reina para ayudar a que la gente como yo no entre. Tomo una gran bocanada de aire y estiro la mano hacia la aldaba de bronce.

Chance relincha desde el otro lado del patio. Oigo a la gente hacer ruido en el interior y también unos gritos de dolor más alejados.

Se me acelera el corazón. ¿Y si alguien me reconoce?

El pestillo se ilumina de color rojo y después desaparece. La puerta se abre y la luz inunda el jardín descuidado. Es demasiado tarde para cambiar de parecer. Una monja de mejillas demacradas se halla en el umbral con un surtido de toallas bajo el brazo. Sus ojos pasan por mi capa de montar, mi vestido y el medallón dorado sobre mi cuello. Aprieta los labios y se cruza de brazos.

—¿Puedo ayudarla?

Se mueve para colocarse delante de la puerta y bloquearme el paso.

—He venido a ver a Mercedes —digo y, antes de que pueda reaccionar, camino hasta pasar al recibidor.

La monja mira hacia el patio y después cierra la puerta detrás de mí. Pone los brazos en jarras y pasea la mirada por el vestíbulo vacío.

—No debería estar aquí —exclama de mala manera—. Sabe que no debería estar aquí. ¿Cómo conoce a Mercedes? ¿Por qué quiere verla?

Sus ojos se detienen en mi vientre y su ligera forma redonda visible incluso a través del ceñido corpiño.

—Si está embarazada, no podemos ayudarla.

Rechino los dientes. Siempre he sido rolliza, pero jamás me muestro cohibida ante ello. Ni siquiera me importa que me llamen gorda si lo constatan como un hecho en vez de ser un insulto. Pero esta monja está comportándose de forma grosera a propósito. Aunque se supone que no debo estar aquí, no pienso tolerarlo.

—No estoy embarazada —gruño, y me muerdo el interior de la mejilla. Saco el monedero del bolsillo de la capa—. Estoy aquí para saldar una deuda. Mercedes salvó la vida de mi madre.

Vacila y después me lleva por un pasillo vacío hasta llegar a un pequeño despacho con un escritorio y dos sillas desvencijadas. Me indica que me siente y cierra la puerta del despacho.

—¿Cómo se llama su madre?

No sé si debería contestar a la pregunta. Si se lo digo, quedará un registro de mi presencia aquí. Quizá esta monja sea la guarda, enviada aquí por la reina para vigilar el hospital. Aparte de la ropa, no tiene pruebas sobre mi linaje.

Pero, si me entrega, el hospital podría perder a su cantante y el apoyo de la reina. La canticante Mercedes infringió la ley por primera vez hace años al acceder a ayudar a mamá. Dada la situación, dudo que puedan permitirse perderla.

Decido probar suerte. Alzo la barbilla y contesto:

—Laurel, condesa de Bordelain.

Su expresión dura se suaviza.

—La recuerdo. Estaba trabajando la noche en la que sus padres vinieron. Siento haberme comportado así —se disculpa—. Debemos tener cuidado. Muchas mujeres nobles vienen en busca de Mercedes con motivo de un embarazo no deseado. No podemos tener reputación de ayudar con eso o con ninguna otra cosa. Sé que lo comprende. La reina…

—¿Puedo verla?

—Ahora se encuentra con un paciente —explica la monja—. Espere aquí y la traeré en cuanto acabe.

Se marcha de la sala y se le cae una toalla por el camino. Yo me agacho para recogerla, pero retrocedo. La parte inferior de la toalla blanca está cubierta de una mucosidad espesa y verde además de sangre marrón. Aprieto mi pañuelo contra la nariz.

Tengo que pagarle a Mercedes y marcharme. No tengo estómago para la sangre y la muerte. Sopeso el monedero que tengo en la mano. Podría dejarlo en el escritorio e irme. Saldaría la deuda. El hospital no necesita mi gratitud, sino mi dinero.

Vuelvo a guardarme el monedero en el bolsillo. He llegado hasta aquí y quiero hablar con la cantante. Quiero saber cómo llegó a dedicarse a la sanación y si sigue siendo compasiva a pesar de las leyes de la reina. Quiero saber por qué puede hacerlo ella y Cadence no.

El reloj de la pared hace tictac despacio. Me inclino sobre el escritorio y paso las hojas del libro mayor. La primera hoja muestra una lista de pacientes y sus tratamientos. Aparecen en la página dolencias que van desde verrugas en el dedo gordo del pie hasta pérdidas de bebé o huesos rotos. La mayoría de las filas registran el nombre de Mercedes como la cantante responsable del tratamiento, junto con una firma en floritura que me hace sonreír. Pero no todas. No hay firma en varias entradas, las relacionadas con los casos más complicados. Algunos de los pacientes aparecen como fallecidos.

Doy un respingo cuando una canción suena en la habitación de arriba. Es suave: baja y reconfortante, como una nana o una balada… nada que ver con las notas a viva voz de la Actuación, pero consigue que me estremezca. Dejo el libro mayor a un lado.

Nunca he visto trabajar a una cantante corpórea aparte de en la Actuación. No de cerca, al menos, aunque recuerdo verlas recolocar huesos desde lejos en una competición deportiva cuando la corte las celebraba. El poder que tenían, a pesar de no resultar visible, me asustaba. No me gusta que una chica pequeña y frágil como Cadence pueda poner de rodillas a cientos de personas con una mera canción. Hay hechiceros más débiles que siguen trabajando a las afueras de Cannis, pero su poder no es nada comparado con lo que los hechiceros de la reina son capaces de hacer.

Antes de que la reina Elene ascendiera al trono, mamá solía tener muchos amigos que eran hechiceros. Insiste en que la mayoría son decentes a pesar de temer a la reina y obedecerla por miedo, en que su magia es bella a su manera. Si Mercedes accede a verme, quizá pueda observarla de cerca mientras trata a un paciente. Quizá, si veo cantar a una cantante en un escenario menos lujoso, como es la cama de un hospital, el miedo desaparezca.

De cerca, puede que descubra que también tienen debilidades. A la reina no le gustaría. Sonrío y la emoción de cometer tal acto de rebelión me pone de pie. Sigo la melodía por las escaleras de caoba del hospital.

Los contornos de viejos retratos ya descolgados se aferran a las paredes cual fantasmas. La lámpara de gas titila. Este sitio clama a gritos una remodelación. El pasillo huele a sangre, excrementos, moho y a algo dulzón que no identifico con exactitud, como a miel y jabón. Huele como me imagino que olería una alcantarilla bajo un baño público. Me vuelvo a apretar el pañuelo contra la nariz.

La canción me lleva a una habitación al final del pasillo del segundo piso. La puerta está entreabierta y yo la empujo con el hombro. Hay dos personas en el interior supervisando una cama sencilla. Una es una monja que viste ropa blanca. La otra debe de ser la cantante. Va vestida de terciopelo morado y tiene el cabello pelirrojo y largo, con unos rizos perfectos. Lleva guantes de jardinero para protegerse las manos del enfermo.

Observan a un joven retorcerse entre las sabanas. Sé quién es. Es el aprendiz que conocí en la tienda de Dupois después de la Actuación. Tiene la camisa abierta, una de las costillas le sobresale en un ángulo extraño y su piel se ha tornado morada por la zona del pecho. ¿Lo han atropellado en la calle? ¿Lo ha golpeado un caballo?

Mi instinto me dice que me acerque y me siente a su lado para reconfortarlo, pero una canción mágica resuena por la pequeña habitación. Siento su fuerza, chocando con mi piel como el agua fría y aligerándome los músculos. Sin embargo, la boca de la hechicera no parece moverse.

Entrecierro los ojos y veo a otra hechicera sentada detrás de la monja. No le puedo ver la cara. Permanece sentada con la cabeza inclinada, como si rezase, y le cae pelo rubio y largo por el semblante.

Los ojos del aprendiz se abren durante un segundo y me mira. Su mirada brilla al reconocerme. Frunce el ceño a modo de interrogante, pero Mercedes tararea una melodía y él sucumbe al sueño.

La otra cantante se pone de pie y soy incapaz de reprimir el jadeo que se me escapa de los labios. La monja y las otras dos cantantes se vuelven hacia la puerta. Fijan sus ojos en mí.

Capítulo 9

CADENCE

Termino la canción sanadora y, al levantar la mirada, veo a una chica de pie, junto al marco de la puerta, observándome. Tiene unos ojos marrones intensos y llamativos y unos rizos cobrizos que enmarcan su semblante redondo. Un relicario de oro cuelga sobre su enorme pecho. Tiene un aspecto mucho más pudiente, y limpio, que mis pacientes habituales en el hospital.

Cuando repara en mi mirada fija, huye presta por la oscuridad del pasillo. La hermana Elizabeta corre tras ella. Intercambian algunos susurros enojados, pero sin usar más magia, no oigo lo que dicen.

Mercedes me da un apretón en el brazo. Se me seca la garganta, que ya estaba dañada. Me ha visto y ha echado a correr. ¿Es una de los espías de Ren? ¿Le contará lo que he hecho aquí? Si Ren se entera de que he deshecho su maldición constrictora, si se lo cuenta a Elene…

Algo en ella me resulta familiar. Sus ropas parecen marcarla como noble. El miedo me hace estremecer. ¿Estuvo en la Ópera? ¿Me ha seguido hasta aquí para hacerme daño?

La hermana Elizabeta, con expresión adusta, trae a la espía de vuelta a la estancia tirando de ella con delicadeza. Yo doy un sorbo de agua e intento asentar el estómago. Es demasiado joven, estoy segura, como para tratarse de una asesina a sueldo. La chica no parecer ser mayor que yo. Pero mientras soy delgada y pálida como la cáscara de un huevo —un espectro, como Elene me llama a menudo cuando está de un humor menos indulgente—, ella tiene unas curvas generosas y pronunciadas y una piel algo rosada y bronceada. La hermana Elizabeta la sujeta con una mano en el brazo.

—Ha venido a pagarle una deuda a Mercedes —informa Elizabeta. Junta los labios y frunce el ceño—. Le dijeron que esperase en la oficina de abajo.

La chica da un paso hacia delante, desasiéndose de la mano de Elizabeta y haciendo caso omiso de Mercedes.

—Te conozco —dice de forma acusadora.

Doy otro sorbo de agua para intentar ganar tiempo. Por sus ropas, su dicción entrecortada, su acento y la mirada acusadora que me está lanzando, tiene que tratarse de una noble. Quizá sea mayor de lo que pienso. Encontrarme cara a cara con una de mis víctimas no es algo que hubiese planeado. Al menos, no así. Me los he imaginado arrinconándome en algún callejón oscuro, en alguna parte oculta de Cannis, mientras me arrojan piedras y me gritan. Pero, por alguna extraña razón, esto es peor.

¿Qué puedo decir ahora?

¿Y por qué me resulta tan familiar?

Miro a la hermana Elizabeta en busca de ayuda.

—Yo...

—Y no solo de la Actuación —prosigue la chica—. De palacio, cuando éramos niñas. Solíamos jugar juntas todo el tiempo. —Escupe el recuerdo como si fuese veneno para su voz.

Mientras me atraviesa con la mirada, momentos y recuerdos me inundan con una inmensa ola de emociones. Su voz tiene un timbre distinto del que recuerdo, pero el ritmo de sus palabras es el mismo. Sus ojos tampoco han cambiado. Y aunque la mayor parte de mis recuerdos son como bocetos en blanco y negro, trazos sin color ni profundidad, la recuerdo.

No puede ser. Sé que no es lo bastante mayor, al menos por unos pocos años. Pero el tenue olor conocido de mi propia magia está impregnado en su piel como un perfume indeseado. Estuvo allí. Bajo la vista hasta sus pies y me llevo una mano a la garganta cuando la bilis amenaza con abandonar mi estómago.

No hay escapatoria a lo que he hecho.

—Me acuerdo —susurro, y me pongo de pie.

Una parte de mí quiere abrazarla. La he echado muchísimo de menos. Pero tiene una expresión desencajada e iracunda. En cambio, subo la manta hasta cubrir los hombros del muchacho.

—¿Qué te ha pasado? —exige saber. Sus hombros empiezan a sacudirse debido a la rabia apenas contenida—. Al no encontrarte en palacio, mi madre me dijo que habrías encontrado a un mecenas en el campo. Me dijo que debería estar feliz por ti. Esperaba que te hubieses marchado a un lugar bonito. Nunca pensé… —Aprieta los puños a los lados el cuerpo y su voz se vuelve más fría—. Nunca pensé que te convertirías en el monstruo de la reina.

Una parte de mí quiere defenderse. No sabía que estaría en la Ópera y quiero creer que nunca le habría hecho daño a conciencia.

Pero no lo puedo saber a ciencia cierta.

¿Cómo me ha encontrado aquí? Echo un vistazo a la puerta, esperando ver a uno de los ejecutores de Ren, ataviados con una túnica verde, aguardándome en el vestíbulo. Elene podría haber enviado a Remi para ponerme a prueba. Ya lo ha hecho antes, les ofrece un descanso de uno o dos años de la Actuación a jóvenes nobles a cambio de ayudar a atrapar a una cantante de la que tiene sospechas.

—¿Qué haces aquí? —inquiero.

Remi arroja un pequeño monedero a los pies de Mercedes. Este hace un ruido metálico cuando golpea el suelo de madera, repleto de monedas.

—He venido para recompensar al hospital por ayudar a mi madre. Habría muerto en la Ópera si no la hubiesen ayudado hace varios años.

—Has ocupado su puesto —susurro. Elene lleva el censo. Sabe cuántos adultos siguen vivos en cada familia noble y requiere que ese mismo número asista a la Actuación cada año, a menos que alguien se case fuera de su clase. A Elene le da igual quién asista de cada familia, siempre y cuando el número sea correcto y sean nobles de nacimiento. Ya he oído de niños que han ocupado el lugar de sus padres cuando estos caen enfermos o envejecen demasiado como para soportar la canción, o cuando se pudren en los calabozos de Elene.

—No habría sobrevivido si hubiese tenido que pasar por ello un año más. —Le tiembla el mentón.

Me encojo de dolor y aparto la mirada.

—¿Por qué lo has hecho? —susurra. La ira ha empezado a abandonarla, y ahora es el miedo el que ha ocupado su lugar, lo cual consigue que el corazón me duela en el pecho.

—No tuve elección. Si no lo hubiese hecho, lo habría hecho otra persona. Y entonces habría sido peor.

—¿Peor? —ladra con una risotada—. Para ti, quizá.

—Elene habría traído de nuevo a la dama Ava. Ava no es tan fuerte como para cantar dos canciones. La primera ya se había decidido hace un año, así que la habría interpretado y se habría marchado. El efecto puede que no hubiese sido tan poderoso, pero no habría habido sanación después. Habría sido peor para mí si me hubiese negado, tienes razón, pero si no lo hubiese hecho, ¡tú seguirías herida! —espeto—. ¿No te alegras, pues, de que haya sido yo?

Sus ojos brillan, empañados.

—No —responde—. No me alegro, la verdad.

El paciente se remueve en la cama con un gemido. Mercedes le canta para que se vuelva a dormir y la hermana Elizabeta se interpone entre Remi y yo.

—Señorita —tercia la monja, con la voz tensa e incisiva—. Le hemos permitido entrar en el edificio con la premisa de hacerle una visita breve a la canticante Mercedes. No para que hostigue a una de nuestras cantantes.

—Ella no es una de sus cantantes —sisea Remi. Respira hondo, se dobla en una rígida reverencia y se gira hacia Mercedes—. Lo siento. He venido para darte las gracias. No esperaba encontrarme aquí con una de las criaturas de la reina.

El comentario me duele. Me muerdo el labio y me abrazo a mí misma con fuerza.

Mercedes se agacha y recoge el monedero del suelo. Lo sopesa en la mano con atención.

—Sea por lo que sea esto, estoy segura de que es demasiado.

—Hace dos años, mi padre trajo a mi madre aquí antes de la Actuación. Estaba sufriendo convulsiones. Si no la hubieses tratado, habría muerto ese día en la ceremonia.

Mercedes no dice nada. Lo que Remi describe es una violación de una de las leyes más distinguidas de Elene. «La magia», dice, «debería pertenecer a la gente, no a los ladrones que nos

han robado el país para su propio beneficio durante siglos».
Sabiendo lo cerca que estoy de la reina y lo que he visto hoy
aquí, Mercedes no admitirá haber quebrantado otra ley si puede evitarlo.

Remi pasa como una exhalación junto a la hermana Elizabeta. Cierra los dedos de Mercedes alrededor del monedero.

—Es tuyo —insiste—. Puedes quedártelo o donarlo a este
lugar. No me importa.

—Muy bien. —La hermana Elizabeta toma a Remi por ambos hombros y la guía hasta la puerta—. Ya ha hecho lo que ha
venido a hacer. Creo que sería mejor que se marchase ahora.

—No —la interrumpí. Había renunciado a toda esperanza
de volver a ver a Remi, pero ahora no puedo dejarla marchar
sin más, odiándome como lo hace. Durante mucho tiempo, me
he aferrado a la idea de que en algún lugar de Bordea hay una
persona que todavía piensa bien de mí. No estoy preparada
para dejar ir ese pensamiento—. Deje que se quede. Quiero...
hablar con ella.

Remi resopla.

—No estoy segura de que eso sea muy sensato —dice la
hermana Elizabeta, y Mercedes asiente—. Ni siquiera debería
estar aquí. Debería marcharse antes de que nadie más la vea, y
tú deberías volver a palacio.

—¿Quieres recompensarlas? —inquiero, haciendo caso
omiso de la monja y atravesando a Remi con la mirada a través
de las lágrimas que amenazan con caer por mis mejillas—. Me
voy a quedar. El hospital está desbordado y hay tres monjas que
han salido a repartir limosnas esta noche. Puedes ayudarme. Si
es que piensas de verdad lo que dices sobre querer agradecérselo y no les lanzas dinero solo porque a ti no te hace falta.

La rabia que siento no es justa —yo soy la que le ha hecho
daño— y, sin embargo, me sigue quemando por dentro. Aunque
hayan pasado años, Remi debería saber que yo nunca cantaría
para la reina Elene porque quisiera. Debería marcharme antes
de que Ren o cualquier otro de sus espías repare en mi ausencia,
pero ahora mismo no puedo irme.

—Está bien —responde Remi. Entorna los ojos y se remanga—. Manos a la obra.

El silencio se cierne sobre nosotras como la neblina en un día encapotado, pero soy incapaz de negar que Remi es una buena trabajadora. La vi dar una arcada cuando pasamos junto a un paciente con una mano gangrenosa. Como hija de una dama de bien, supongo que no está acostumbrada a cosas así. Pero ya sea pura cabezonería o un sentido inquebrantable del deber lo que la obliga a continuar, lleva trabajando más de una hora y aún no ha intentado salir corriendo. No obstante, aparte de algunas respuestas cortas a mis instrucciones médicas, tampoco ha intentado hablar conmigo. Y, hasta en el atestado pabellón público, las monjas nos evitan.

Nos sentamos junto a un paciente que se queja de unos dolores en el pecho tan fuertes que los siente en la zona baja de la espalda. En casos así, es difícil saber si la fuente del dolor procede del pecho o de la espalda. Remi lo sostiene derecho mientras él farfulla sobre sus síntomas.

Aunque podría diagnosticarlo sin escuchar toda su cháchara, he aprendido a ser paciente. No solo los nobles temen la fuerza de mi magia. La gente no quiere creer que puedo saber cómo funciona su cuerpo en el espacio de unas pocas notas susurradas. Los relaja contarme sus problemas, como si fuese una cirujana en vez de una hechicera. Al final, me ahorra tiempo.

—Lo siento aquí —gime el hombre presionándose en la parte superior de la caja torácica con una mano sucia—. Apenas puedo caminar o incorporarme.

—¿Cómo es tu respiración? —le pregunto—. ¿Superficial?

Niega con la cabeza.

—No, es normal.

Suena más a una hernia discal que a un problema de corazón. Desvío la cabeza y tarareo entre dientes para verificar el diagnóstico, tan bajito que él no me oye. Mi canción conforma una imagen difusa de su columna vertebral y de los músculos de alrededor.

—Gíralo —le indico a Remi—. No creo que sea en el pecho.

—Acabo de decir que es en el pecho —farfulla el hombre, encogiéndose de dolor a la vez que trata de incorporarse él solo sin la ayuda de Remi—. ¿Qué te hace pensar que no lo es?

—Muchos músculos del pecho se extienden por el cuerpo —explico, y le doy un golpecito en el hombro—. Todo está conectado. Es anatomía, no magia. Tan solo ciencia.

—Sí, ciencia.

El paciente asiente, convencido de que está a salvo siempre que sea la ciencia, y no la magia, la que guíe mi mano. Se reclina contra los brazos de Remi. Ella le desabotona la camisa con dedos fuertes y luego le da la vuelta para que quede bocabajo.

El recuerdo de sus manos regordetas infantiles frotando la barriga de Nip cruza mi mente sin comerlo ni beberlo y me vuelven a picar los ojos. Me pregunto si Nip la reconocería.

Aquellos dedos de niña solían tener dificultad para interpretar los fortes más sencillos a piano. ¿Cuándo se habían vuelto tan fuertes y gráciles? Escruto su rostro de reojo. Remi está centrada por completo en el paciente, frotándole la espalda a modo de consuelo. Está un poquitín guapa así: resuelta y mordiéndose el labio inferior con sus blanquísimos dientes.

Trago saliva y bajo la mirada hacia el paciente. Después de lo que le he hecho, no debo tener esos pensamientos.

—Vas a sentir mucho calor —advierto al hombre. A mi lado, Remi se tensa.

Recorro la piel expuesta de su columna con los dedos. El hombre también se tensa, pero cuando empiezo a cantar, sus músculos obedecen la orden de relajarse. Mi voz sale como un chirrido ronco, lo cual me hace encogerme de dolor. El sonido no es encantador, pero no importa.

El paciente profiere un pequeño gemido de placer y se hunde en el colchón. Mi canción relaja los músculos que se han tensado alrededor de su columna y realinea la hernia discal.

—Sí —exclama con los ojos en blanco—. Es justo ahí.

—¿Qué se siente al recibir esta clase de magia? —pregunta Remi de pronto, desconcentrándome.

El paciente levanta un brazo sin mucha fuerza.

—Chsss. No la interrumpas. Es agradable.

—¿Quieres dormir? —pregunto.

Cuando mis pacientes no están en un estado crítico, siempre les pregunto. Quitarles la consciencia sin consentimiento se me antoja una violación. Él, medio aturdido, me dedica una inclinación de cabeza, y yo lo sumo en un sueño placentero.

—¿Qué se siente? —repite Remi.

—Ya te he curado antes —digo en voz queda—. Es más o menos igual.

—Estaba distraída, ya sabes… por el dolor abrumador.

Me estremezco al oír sus palabras y centro la misma canción sanadora en Remi. Ella pega un bote cuando la magia se filtra en su interior y luego se queda lacia en la silla, como si todos sus huesos se hubiesen vuelto mantequilla. Le cuelga la cabeza y uno de los rizos le cae directamente sobre la cara. Sin pensarlo, alargo el brazo y se lo aparto.

Ella se aleja con un estremecimiento, alerta de nuevo en un segundo, pese a la tranquilidad de mi canción.

—No puedes hacer esto —dice, gesticulando hacia el pabellón abierto del hospital—, y pensar que anula todo lo demás.

—Yo no quería actuar —susurro, girándome en la silla para quedar frente a ella—. No quiero hacer nada de eso. Pero llevo años muy cerca de Elene. Si intentas resistirte, todo empeora. Se asegura de ello.

—¡Pero tienes magia! Seguro que…

—Elene también la tiene. Nadie sabe cuánta con certeza. —Extiendo el brazo para asir una toalla limpia y, con rabia, la hago una bola—. Y tiene un ejército de ejecutores a los que les gusta que haya una hechicera en el trono de Bordea. Me han entrenado con un solo propósito. No sé cómo enfrentarme a un ejército. Si me resisto, terminaré en la colonia junto a los demás expulsados. Podría terminar muerta.

Remi se cruza de brazos.

—Mejor morir que ser cómplice.

—Para ti es fácil decirlo —espeto—. ¿Cuándo has pasado por penurias?

Sus ojos resplandecen de furia.

—¿Tienes el descaro de decirme eso después de lo que nos hiciste pasar en la Actuación?

—Yo respondo ante Elene todos los días. Cada día es una nueva oportunidad de contrariarla y terminar en las calles de nuevo, o muerta. ¿Alguna vez has pasado hambre? ¿Has dormido en una cama infestada de pulgas, sin saber a ciencia cierta si ibas a despertar por la mañana debido al frío que hace? Vosotros sufrís una vez al año y luego volvéis a vuestros castillos, a vuestros palacetes. Yo vivo aquí. Tu pesadilla anual es mi día a día.

Elevo la voz y todo el pabellón, monjas y pacientes por igual, se giran para mirarnos. Me cubro la boca con una mano y bufo.

—He visto cómo obligan a niños a entrar a un auditorio y cómo sacan luego sus cadáveres para meterlos en un carro como si fuesen basura. He visto a poderosos hechiceros reducidos a meros sollozos, incapaces de volver a cantar y condenados a vivir en la miseria. No entiendes nada… y aun así me juzgas.

—¿Alguna vez has intentado oponerte a ella?

—Cuando puedo. A mi manera.

—Directamente, me refiero. No en estúpidas pequeñeces.

—Una vez —susurro—. Me opuse una vez. Quería que matase a uno de sus ministros mientras dormía. Y tendría que haberlo hecho, porque al final, sufrió. Murió a manos de otra y en agonía.

Por fin, Remi aparta la mirada.

—Pude percibir que tenías miedo. En el escenario.

Me arrebolo de vergüenza.

—Sí.

Piense lo que piense de mí, sienta bien admitírselo a alguien. Siempre estoy demasiado asustada como para hacer algo. Y después de esta noche, tengo toda la razón del mundo para estarlo. He ayudado a un potencial fugitivo. He pasado la noche en compañía de una enemiga de la corona.

Apesto a magia prohibida.

Pero entonces Remi esboza la más leve de las sonrisas y me percato de que, en este momento, no tengo miedo.

Nos interrumpe la hermana Elizabeta. La monja nos tiende a ambas una taza humeante de té y señala la ventana. La luz anaranjada del sol bien temprano por la mañana se filtra a través de ella, bañando el suelo del hospital de luz y calor. Remi deja el té a un lado y se pone de pie de un salto.

—Mi caballo estará furioso —bromea y se tira de uno de los rizos—. Lo dejé sin nada de heno para pasar la noche. Y mi padre me estará esperando.

—Bueno, no querríamos que tu caballo se enfadase —murmuro—. Yo también he de marcharme, antes de que los demás se despierten.

Ella arroja su delantal prestado al montón de ropa blanca y se precipita hacia la puerta. Quiero preguntarle dónde se aloja, para ver si podemos vernos otra vez. Pero el adiós se queda atrapado en mis labios cobardes.

Capítulo 10

CADENCE

Apenas me da tiempo a llegar a palacio y meterme en la cama cuando dos criados abren las puertas dobles de mi dormitorio sujetando, cada uno, una bandeja plateada con las manos cubiertas por guantes blancos. Se me cierra el estómago. No es normal que me traigan el desayuno antes de que lo pida, lo cual implica que Elene tiene pensado hacerme una visita.

Me siento y me llevo una mano a la garganta. Está tan irritada que ni siquiera logro articular un gracias ronco. Me duelen incluso los oídos, pero debo fingir que estoy bien. Elene no debe enterarse de que fui anoche al hospital o me llevará directa ante Ren para que haga el informe.

Los criados colocan sendas bandejas en la mesilla y levantan las tapas con una floritura. Tomo aire y el olor a pan recién hecho, a mantequilla caliente y a surtido de quesos y frutas inunda mis fosas nasales. Al menos hoy Elene ha decidido no torturarme con platos de carne. Debe de encontrarse de buen humor. Los criados se inclinan y abandonan la habitación cerrando las puertas tras ellos.

Me ato la bata y me acerco a la mesa. Las rodillas me tiemblan y amenazan con ceder. Después de toda la energía que he usado en el hospital, mis reservas de magia se han agotado. No sería capaz ni de curar a alguien que se hubiera cortado con una hoja de papel.

Si Elene me visita ahora, sabrá que sucede algo. Levanto el brazo e inhalo. Aún hay leves rastros de canela sobre mi piel. La magia de Ren ha dejado huella en mí.

Me dejo caer con un quejido en la silla dorada de formas barrocas que hay junto a la mesa. Silbo para llamar a Nip y este corre hasta mi lado. Con una mueca de dolor, tarareo varios compases de una canción mitigante para su artritis. Después de pasar el día con las monjas —seguro que le dieron tartas y golosinas— parece muy ágil esta mañana; sin embargo, la única manera de deshacerme del tufo a Ren en mi piel es cubrirlo con mi propia magia. Mi hechizo es débil y envuelve sigilosamente el pelaje de Nip sin efecto alguno. Gime y ladea la cabeza.

Debería haber ignorado la nota de la hermana Elizabeta. Pero, de haberlo hecho, lo más probable es que el chico hubiera muerto. Y yo jamás habría vuelto a ver a Remi.

Al pensar en su nombre se me acelera el corazón. La niña con el hueco entre los dientes y las rodillas huesudas que conocí de pequeña ya no lo es. Cuando me sonrió, se me llenó el alma. Durante un minuto no me sentí tan monstruo.

Nip me empuja la pantorrilla con la cabeza. Me mira y después fija la vista en la comida intacta sobre la mesa. Soy incapaz de resistirme a esos ojos marrones y enternecedores. Suspiro, rompo un trozo de pan y se lo lanzo. La nueva gatita blanca nos observa desde detrás de mi cama. Le tiro el último trozo de queso, pero se niega a acercarse. El cuenco de comida que Lacerde dejó para ella en el suelo permanece intacto.

Me acabo lo que me queda de desayuno y a continuación me acerco a la ventana para ventilar la habitación. El fuego crepita en la chimenea. Lacerde lo mantiene encendido día y noche, sea verano o invierno, para que no caiga enferma. Es más probable que me muera asada de calor que por un resfriado. Abro la ventana y entra una corriente de aire fresco que huele a piedra húmeda y a pétalos de rosa.

Me quito la bata y me visto con una túnica sencilla de lino blanco y unas calzas de color crema. Al echar un vistazo al espejo de la pared, veo que la ropa blanca me hace parecer más pálida de lo normal.

El protocolo exige que cuando aparezca en público me vista de forma adecuada, pero a Elene no le importa lo que me ponga en palacio. Sabe tan bien como yo que los corpiños ceñidos de los vestidos modernos y refinados limitan nuestra respiración y dificultan el canto. Algunos de los hechiceros más mayores especulan incluso con que fueron los nobles celosos los que diseñaron tal moda justo por esa razón.

Siento la garganta como si me hubiera tragado una piña entera. Esperan que me dirija a mi estudio para ensayar. Incluso la más mínima divergencia en mi rutina infundiría sospechas en Elene, así que suspiro y agarro el libro de partituras del escritorio junto a la ventana.

Al abrir las puertas de mi dormitorio, veo a dos criadas esperándome. Ambas son blancas y llevan faldas azules a juego y sendas cabelleras rubias y largas trenzadas. Una sujeta una jarra de agua y la otra un surtido de quesos y panes dulces. Me seguirán al estudio y colocarán allí el festín. Elene no esconde que quiere cebarme.

Una vez escuché a Elene decirle a Lacerde: «Es intolerable que mi canticante principal parezca estar al borde de la muerte». Los cantantes debemos parecer fuertes y sanos, la viva imagen del poder y la salud. Creo que desearía que me pareciera a Remi. En su plenitud, la dama Ava contaba con unas magníficas curvas voluptuosas y una postura recta y arrogante. En el escenario no se mostraba como un espectro cobarde. Y estoy segura de que tampoco sufría arcadas en el posterior festín privado con la reina.

A una parte de mí siempre le ha tentado el hecho de usar un cantamiento sobre mí misma. Uno simple, para darme un toque de color en las mejillas e iluminarme los ojos, o para tener unas caderas más voluptuosas. Pero las consecuencias de hechizarse a uno mismo pueden ser nefastas. Es lo que nos enseñan el primer día en la academia. Resulta muy difícil mantener la concentración cuando empiezas a sentir los efectos de la magia en tu propio cuerpo. Como cantes una nota demasiado deprisa o en un tono demasiado alto, puedes congelarte viva.

Hace unos siglos, cuando éramos más, los hospitales y los asilos estaban llenos de cantantes corpóreos que intentaron cambiar algo de sí mismos.

Trazo con los dedos la forma de los huesos de mi clavícula. El peligro no hace que la tentación se esfume.

Las criadas me siguen por el pasillo hasta mi estudio, que se encuentra al fondo. El espacio es pequeño, pero está bien iluminado gracias a un gran ventanal en saliente que da al patio de palacio. Apenas está amueblado, lo que me deja espacio suficiente para moverme mientras ensayo. En una de las esquinas hay un pequeño piano y la pared más lejana está cubierta por una enorme estantería de roble. Sobre el piano hay un ramo de margaritas en floración que unos hechiceros habilidosos cultivaron para que se mantuvieran frescas durante años. Las criadas colocan el agua y la bandeja de comida sobre el piano y quedan a la espera, expectantes.

—Podéis marcharos —exclamo mientras señalo la puerta. Se me quiebra la voz al hablar. Una de las chicas pone una mueca.

Nunca les he pedido que esperen, no desde que vivo en palacio, pero siempre debo decirles que se vayan. Incluso cuando saben que me duele, no me hablan. Al principio me preguntaba si Elene habría invitado a las Expulsadas a palacio para trabajar, pero las he escuchado reírse en el pasillo cuando creen que no las oigo. Así que debe de ser el miedo lo que las mantiene calladas y tan observadoras. Me dedican una profunda reverencia y se dirigen al pasillo con la cabeza gacha.

Una vez que me quedo sola, escojo un libro de la estantería de madera y me siento con la espalda contra la pared. La cubierta es de un volumen de teoría musical —composición—, pero he arrancado el interior e introducido una novela. La hermana Elizabeta me las compra en el mercado a veces y me las da en el hospital.

No es que Elene me prohíba comprarlas. Pero no le agradaría que algo me distrajera de los ensayos, así que las mantengo escondidas, no sea que me ordene deshacerme de ellas. Aprecio las pequeñas cosas que me permiten ver cómo sería tener una vida plena. Sé que la vida real, incluso para aquellos que viven fuera del dominio de Elene, no sigue tales trayectorias de ensueño, pero los libros me hacen sonreír de todas maneras.

Las novelas que más me gustan describen duelos de espadas y armas automáticas. ¿Cómo sería luchar con armas en lugar de canciones? Imagino mis dedos en torno a un trozo de acero frío y mis labios apretados por la concentración. ¿Cómo sería que alguien estuviese dispuesto a luchar por mí?

Pero los guerreros con espadas y los finales felices, como los que narran en los libros, son para las dulces damas recatadas que bordan y montan a caballo por los parques que huelen bien. No para las criaturas que torturan a la gente con sus canciones.

Abrazo el libro contra el pecho y contemplo el techo.

Alguien llama a la puerta. Hago una mueca y devuelvo deprisa la novela romántica al volumen donde lo guardo. Esnifo el aire. El aroma de la magia de Elene se cuela por debajo de la puerta. Se me cae el alma a los pies, pero esbozo una sonrisa acartonada.

No puede sospechar nada. De hacerlo, la gente del hospital, Remi y yo tendremos problemas.

Tomo asiento en la banqueta del piano y me sirvo un vaso de agua. Bebo un sorbo y pronuncio con voz ronca:

—Adelante.

Me encojo ante el sonido de mi voz.

Dos lacayos abren la puerta y se internan en mi pequeño santuario. Se sitúan a ambos lados de la puerta y me saludan rígidos y en posición de firmes. La reina entra a continuación; lleva un vestido de color marfil y una máscara de encaje blanco y plumas de cisne.

Hago una reverencia y agacho la cabeza. Hiervo de rabia al verla. Me ha dejado en paz durante la semana posterior a la Actuación, pero no he olvidado lo que me obligó a hacer. Ni el desvío que obligó a tomar al conductor antes de llegar a la Ópera.

Elene me abraza con fuerza y después se separa de mí para besarme las mejillas. Se lo permito, pero ni siquiera por el bien del engaño soy capaz de mostrar calidez alguna.

Ella entrecierra los ojos detrás de la máscara, pero dice:

—Soy incapaz de olvidar lo increíble que estuviste la semana pasada.

Aparece un tercer lacayo en el umbral portando una silla dorada con cojines de terciopelo. La coloca en medio de la sala y Elene toma asiento como si de un gato se tratase.

—Simplemente perfecta —prosigue—. Recuerdo habértelo comentado en la cena posterior, pero estabas tan cansada e indispuesta que pensé que necesitarías unos días de descanso. Me alegro de que vuelvas a ensayar. ¿Durand te ha mandado las nuevas partituras ya?

Asiento con los ojos fijos en el suelo. Si hablo, se percatará de lo ronca que tengo la voz. Cuanto antes se vaya, mejor.

Pero Elene agudiza la mirada y curva la comisura de la boca. Mi seguridad se desvanece de un plumazo.

—Escuchemos algunas escalas —exclama con una sonrisa más amplia—. Las canciones de tu Actuación fueron preciosas, pero no tan perfectas técnicamente como podrían haberlo sido. Quizá pueda ayudarte.

Doy un pequeño empujón al volumen de teoría con el pie y respondo con voz ronca:

—Estoy leyendo.

Ella se inclina ante mí y se tapa la boca con la mano, preocupada.

—Cadence, suenas fatal. ¿Tan mal tienes la voz? Muéstramelo.

Canto algunos compases, lo cual no la tranquiliza en absoluto.

—¿Se ha olvidado Lacerde de abrigarte? Fuera hace mucho frío. Sé que te encanta pasear a ese perro. Si la criada te ha hecho enfermar…

—No lo ha hecho.

—Te juro que, si has enfermado porque te ha descuidado, la echaré inmediatamente.

—Solo estoy cansada.

—¿Las monjas te dejan agotada en el hospital?

—Hace días que no voy. —Es la primera mentira que le he contado jamás.

Elene se levanta y pasea por la habitación antes de acercarse a mí. Me alza la barbilla con una mano y me cubre el estómago con la otra.

—Cuando cantes debes alzar la mirada —me enseña—. Proyecta tu voz. Siempre te miras los pies. Vuelve a intentarlo. Una nota alta.

Cierro los ojos por el dolor y canto lo más alto que puedo. Su esfuerzo no ayuda mucho. No soy una novicia; a mi postura no le pasa nada. La canción suena como un chirrido. Me llevo la mano a la garganta.

Fulmino con la mirada a Elene. Podría curarme en lugar de hacernos seguir a ambas con esta pantomima, pero no se arriesga a mostrar sus habilidades delante de nadie —y mucho menos de mí—, y yo no se lo pediría a otro cantante. Es la única hechicera que no compite contra mí; el resto intentaría cualquier cosa por encontrarse en mi posición.

Sin mi voz no le soy de utilidad a Elene. Y me aterra pensar que otro hechicero la manipule.

Elene suspira con pesadez.

—Esto es inadmisible. ¿Llevas así toda la semana? Sí que me preguntaba si dos canciones serían buena idea. —Vuelve a tomar asiento y se alisa la falda de color marfil—. Quizá deberíamos haber omitido la canción sanadora. Actuar con dos canciones mágicas para tanta gente es mucho para cualquiera. El año que viene, prepararemos solo una.

Recuerdo la Actuación, los gritos mientras cantaba, la forma en que la gente se arrastraba sobre los asientos para alejarse de mí a pesar de estar atrapados por culpa de las puertas de magicristal. Mi canción los despellejó. Si hubiéramos prescindido de la canción sanadora, se les podrían haber infectado las heridas. Algunos no habrían sido capaces de volver a caminar.

Y ahora que sé que Remi se encontraba entre ellos, me siento mil veces peor.

La rabia consigue tensarme. ¿Cómo pretende Elene que lo sobrelleve? Ningún otro cantante a su servicio es capaz de la magia de la que hice gala yo en la Actuación. Nadie podría haber logrado interpretar dos canciones sobre tanta gente a la vez; ni siquiera Ren. No puedo negarme a obedecerla de pleno, pero sí que tengo poder suficiente como para negociar.

Miro a Elene a los ojos y murmuro:

—Si me obligas a actuar de nuevo, los curaré, sin importar lo que digas al respecto.

Uno de los lacayos no cabe en su asombro.

—Lo que dices es traición.

La sangre me late con tanta fuerza que la siento en los oídos. Encuadro los hombros y espero a que Elene me mande a los calabozos o por fin use su tan famosa magia conmigo. Nunca me he enfrentado a ella salvo aquella noche fuera de la mansión del ministro. Pero aún oigo las palabras acusatorias de Remi repitiéndose en mi cabeza: «Mejor morir que ser cómplice».

Sin embargo, Elene no reacciona. Se limita a juntar los dedos y contestar en voz baja:

—Me alegro de que por fin veas que eres una hechicera y no un ratón. —Se recoge la falda para ponerse de pie y señala la silla a uno de los lacayos—. Pero recuerda que toda magia tiene sus límites. Ten cuidado con los tuyos.

—Estaba pensando en escoger a una aprendiz.

Me preparo para la negativa, pero ahora tengo su favor. No durará, así que debo preguntar mientras pueda.

—Ah, ¿sí? —sonríe Elene—. Me alegra saber que te interesa formar a una pupila. ¿Has pensado en alguien en concreto?

Me resulta difícil pensar en Anette como pupila. Jamás estará en el escenario de la Ópera ni arrasará con su canción, por supuesto. Pero, si me hago cargo de ella, estará a salvo hasta completar sus exámenes. Quizá la hermana Elizabeta le permita trabajar después en Santa Izelea. Podría llevar las toallas y vaciar bacinillas a pesar de que su magia no tenga fuerza para sanar a nadie.

—Hay una alumna de tercer año que podría servir —respondo—. Madam Guillard me pidió que la instruyese. Creo que tiene potencial.

—Maravilloso —exclama Elene—. Pondré en marcha los preparativos.

Les chasquea los dedos a los lacayos. Después de mirarme mal, el que me ha acusado de traición abre la puerta. Elene sale al pasillo, pero se vuelve.

—Y haremos planes para cenar esta semana. Le comunicaré cuándo a Lacerde.

Una vez se cierran las puertas, me dejo caer de rodillas y recojo el libro. Lo agarro con tanta fuerza que rompo la esquina de la cubierta. Con Elene resulta difícil saber si he ganado la batalla o si la he perdido sin saberlo todavía.

Los criados de palacio esperan que pase todo el día en el estudio, pero soy incapaz de concentrarme en la novela. Ensayar es imposible, ya que necesito que la voz se me cure.

Saco algunos volúmenes de teoría real de las estanterías. Cuando vine a la academia, mi aptitud innata hizo que no fuese una novicia de verdad como lo es Anette, pero algunos de mis antiguos libros puede que la ayuden con la técnica. Puedo idear un plan de estudios y podríamos ensayar las canciones específicas que necesitará para aprobar los exámenes.

Quizá nunca sea poderosa, pero con suficientes ensayos y tiempo, cabe la posibilidad de que reciba un aprobado justo. Me sorprende lo entusiasmada que me siento. Enseñar puede resultar divertido y, aunque solo pueda salvar a la niña de las consecuencias de decepcionar a Elene, algo es algo.

Con los brazos llenos de libros, tomo asiento bajo el sol que se cuela por la ventana y me permito sonreír.

Capítulo 11

CADENCE

Regreso a mi dormitorio por la tarde con el volumen de teoría musical bajo el brazo. Es arriesgado traerme de vuelta a mi habitación el libro que he modificado, donde los sirvientes lo moverán de un lado a otro cuando limpien, pero lo único que quiero hacer durante el resto de la tarde y de la noche es leer en la cama con Nip acurrucado en el regazo. Quizá también me haga amiga de la nueva gata, si consigo hacerla abandonar su escondrijo por fin.

Cuando abro las puertas de mi habitación, la gatita se precipita hacia mí. Estoy acostumbrada a que Nip me salude con efusividad, pero ahora no lo veo por ninguna parte.

Me agacho para aupar a la gata y ella ronronea contra mi mejilla. Tiene la pata izquierda cubierta de sangre, roja y pegajosa. Mientras se retuerce, le aparto el pelaje para examinarle la pata. No parece tener ningún corte ni herida y no se encoge de dolor cuando le doy un pequeño apretón.

Una criada cambia las sábanas de mi cama. No me mira a los ojos cuando la saludo. Algo va mal. Contraigo las manos. El temor me hace enrojecer y me congela al mismo tiempo.

—¿Nip? —lo llamo por la habitación—. Venga, perezoso —digo con el corazón en un puño mientras me acerco al lugar donde duerme—. Te he echado de menos.

Nip yace en su cama, empapado de sangre. Doy un traspié hacia atrás y me embargan las náuseas. El olor dulzón y enfermizo de la sangre mezclado con el de la canela en el aire aún se ciernen sobre él como el humo de una vela al apagarse.

—Lo siento —se lamenta la criada. Arroja las sábanas a un lado—. Principal, me dijo que no debía decírselo antes de que lo viera. Dijo que lo sabría si yo...

No tiene que decirme quién. Me llevo una mano al estómago y vomito sobre la alfombra. Nip. La única familia que me quedaba. Esto es obra de Ren, pero sé de dónde procede la orden. ¿A esto se refería Elene con lo de «límites»?

La criada da un paso hacia delante. Me agarra del brazo y me ayuda a sentarme.

—Lo limpiaré —susurra señalando el estropicio—. ¿Por qué no baja a las cocinas? Alguien le preparará una taza de té.

La gata se intenta liberar de mi abrazo y maúlla. Inconscientemente, había apretado el agarre y la estaba aplastando. Se la pongo a la criada en las manos.

—Yo lo limpiaré. Llévatela. Llévatela a casa y que ni la reina ni yo la volvamos a ver.

—Pero, señorita…

—¡Hazlo! —grito.

Ella se dobla para dedicarme una reverencia y sale a trompicones de la habitación.

Me quedo mirando fijamente el cuerpo de Nip. Tiene los labios retraídos y los dientes manchados de rojo. La sangre sigue fluyendo de su boca, espesa como el sirope. Es reciente. Elene no quería que nadie tuviese la oportunidad de limpiarlo antes de que yo lo encontrase. Si me hubiese dado prisa en volver del estudio, podría haber pillado a Ren a tiempo.

Entierro el rostro en las manos y comienzo a cantar. El dolor se arremolina en mi garganta, pero hago caso omiso de él. Despacio, la sangre invierte su curso, adentrándose de nuevo en el cuerpo de mi perrito hasta que no hay señal alguna de muerte en el suelo. Me aferro al collar de mi madre. Cuando el hechizo se ha completado, Nip casi parece estar vivo otra vez, pero no hay ninguna llama en su interior. Susurro su nombre, pero no se mueve.

Me siento en el suelo a su lado y luego doblo las rodillas, me las pego contra el pecho y empiezo a llorar. Puedo arreglar su cuerpo roto, pero no puedo devolverle la vida.

Tendría que haber sabido que Elene haría algo, que nunca pasaría por alto lo que le dije para hacerla marchar. Tendría que haber regresado directa a mi habitación. Tendría que haber estado aquí para protegerlo.

Fuera de la ventana oigo voces iracundas y el crujido de algo al ser arrastrado sobre la gravilla. El grito de un niño atraviesa el jardín: agudo, nítido y asustado.

Me tiemblan las piernas y me atraviesa otra ola de náuseas. No puedo ponerme de pie.

El grito vuelve a sonar, más desesperado esta vez, y más alejado. Despacio, me levanto y me agarro a la silla frente al escritorio para mantener el equilibrio. Abro la ventana. La luz del sol casi puesto me molesta en los ojos, llenos de lágrimas, mientras inspecciono el jardín.

Dos guardias ataviados con la librea roja del batallón personal de Elene arrastran a una pequeña figura por el camino que lleva hacia el auditorio de la academia. El niño está vestido de negro y un saco le cubre la cabeza.

He visto esta imagen tantas veces antes que, al principio, mi primer impulso es cerrar la ventana. No sé quién es el niño, solo que su vida en palacio ha terminado. Cuando vuelva a emerger del auditorio, lo lanzarán a un carro, mudo, y lo mandarán a la colonia.

Pero hoy no voy a dejar que eso ocurra. Las lágrimas de rabia forman dos ríos ardientes en mis mejillas. Elene me ha arrebatado una vida. Yo voy a salvar otra de ella.

Me asomo tanto como puedo por la ventana y me araño los codos en las tejas rugosas del tejado de abajo.

—¡Deteneos! —Mi voz ronca apenas pasa del susurro. Carraspeo y grito—: ¡Deteneos!

Uno de los guardias mira por encima del hombro, a mi ventana. Frunce el ceño, confundido, pero luego se encoge de hombros y sigue caminando, arrastrando al niño con él.

Intento cantar para llamar a las enredaderas que trepan por la fachada del auditorio y hacer que bloqueen la puerta. Pero en cuanto la primera nota escapa de mis labios, los guardias abren las puertas del auditorio y lanzan al prisionero dentro.

Caigo de rodillas en el suelo.

He llegado demasiado tarde.

Siempre llego demasiado tarde.

Capítulo 12

REMI

—Tienes un aspecto horrible —exclama papá sentándose a mi lado en el desayuno—. ¿Te fuiste a dormir tarde? ¿La habitación estaba bien?

—He sido incapaz de dormir —murmuro mientras unto mermelada en la tostada. De haber querido, habría podido dormir unas horas antes del desayuno, pero no había podido dejar de rememorar lo sucedido en el hospital una y otra vez.

—¿Pensando en Nolan? —pregunta papá, quizá con demasiado entusiasmo.

—No, qué asco. —Pongo los ojos en blanco, hago una bola de pan y se la tiro.

Él alza las manos a modo de rendición, pero una sonrisa se asoma por sus labios.

—Vale, vale. Demasiado viniendo de tu padre. Lo entiendo. Pero ayer parecía que os llevabais bien.

—Fue agradable —contesto—. Y me compró pastel de carne.

—Un buen partido, entonces —bromea papá—. Quizá podría invitar a Jon al castillo. Puede que a Nolan y a ti os ayude conoceros lejos de Cannis.

Asiento con tanto entusiasmo como soy capaz de demostrar.

Ojalá pudiera decirle lo que me parecen los hombres, pero temo que me mire con el mismo asco que vi en el rostro de Elspeth. Soy su única hija. No quiero decepcionarlo. Además, es evidente que papá cree que estoy prendada de Nolan. No tengo el valor para aclarárselo. Aún no.

Abro un huevo con el borde de la cuchara. Han pasado varias horas, pero sigo sintiendo el cosquilleo de la canción sanadora de Cadence en mi cuerpo. El corazón me palpita y me siento extrañamente liviana, como si flotase en agua. A pesar de no haber dormido y tener ojeras, siento como si pudiera moverme más rápido que un caballo. No me extraña que la reina no nos permita tener acceso a la magia. Con tanta energía, cualquiera podría comenzar una rebelión.

No dejo de pensar en que Cadence intentó tocarme. Me alejé, aunque una parte de mí quiso sentir el roce de sus dedos contra mi mejilla. Anhelo saber cómo es que te toque una chica, sea un monstruo de la reina o no. Y, a pesar de su gran poder, hay algo dulce y casi inocente en ella. Algo que no quiero destruir.

—¿Nos ponemos en camino? Seguro que a tu madre le alegrará que volvamos a casa —dice papá. Se limpia la comisura de la boca con una servilleta y después aparta el plato a un lado—. Y a mí me alegrará alejarme de esta ciudad. Odio Cannis.

De pequeña, la temporada de Cannis había sido lo que más le gustaba a papá. Le encantaban los bailes, las fiestas de disfraces y los banquetes; el carrusel de diplomáticos y los asuntos de estado. Mamá y él parloteaban como dos petirrojos en la parte trasera del carruaje, organizando entusiasmados un calendario lleno de compromisos sociales.

Le aprieto la mano.

—Quizá un día te vuelva a gustar.

Él suspira y presiona el émbolo de la prensa de café.

—Quizá. Si supiese a ciencia cierta que estarías a salvo.

Cojo la prensa y me sirvo una taza de café humeante.

—No sé cómo sobrellevaría dejaros a mamá y a ti.

—Nosotros te metimos en esto —responde contundente—. De haberlo sabido... Si nos hubiésemos percatado de que la gente que gobernábamos sufría, lo molestos que estaban los hechiceros con nosotros... quizá nada de esto estaría sucediendo. No deberíamos haber permitido que coronaran a una asesina. Eras muy pequeña. No es culpa tuya.

—Tampoco tuya. No podías saber en lo que la reina Elene se terminaría convirtiendo.

Mira en derredor. El bar del hotel está prácticamente vacío, salvo por nosotros y un caballero negro ya mayor que está sentado en una mesa, solo, en un rincón de la estancia. Papá susurra:

113

—No digas esas cosas aquí. Será más seguro cuando estemos en casa, a kilómetros de aquí, pero en Cannis... mucha gente adora a la reina. No nos guardarán el secreto.

Hago un gesto con el hombro hacia el anciano, que está dándose un festín con una cesta de pan, ajeno a todo y con los ojos cerrados de placer.

—¿Crees que es un espía? Parece un ejecutor —me río.

Papá se ríe tan fuerte que casi escupe el café. Acabamos el desayuno en un silencio cómodo; después, él se levanta para pagar la cuenta del hotel. Me coloco la capa de montar alrededor de los hombros a pesar de que a través de la ventana se aprecia una mañana de otoño soleada.

Recuerdo lo que me contó Cadence acerca del poder de la reina Elene. Tenía razón. No saber de qué es capaz la reina sí que complica las cosas. Si no sabemos cómo es su magia ni lo fuerte que es, ¿cómo podremos luchar contra ella?

Me reúno con papá en el bar del hotel. El portero ya se encuentra junto a la puerta con nuestras maletas, a la espera de transportarlas hasta nuestro carruaje.

—¿Tienes algún cuarto de penique para la mujer de la limpieza? —me pregunta papá rebuscando en su monedero.

Me llevo la mano al bolsillo de la capa antes de acordarme de que le entregué mi monedero entero a Mercedes.

—Lo siento, creo que lo guardé en la maleta.

—Típico. —Papá pone los ojos en blanco. Deja dos monedas de oro sobre el mostrador. Los ojos del portero se abren y los dedos del tabernero se crispan hacia ellas. Papá sacude la cabeza al verlos.

—Compártanlo con el personal.

El carruaje nos espera en el patio del hotel. Llegó anoche a la ciudad. Yo encontré la ropa esperándome, fuera del equipaje, cuando entré tambaleante a la habitación de madrugada. Rook vuelve a estar dormitando en el asiento del conductor, pero cuando nos escucha llegar se yergue y toma las riendas.

Chance está atado a la parte trasera del carruaje con un ronzal junto con el caballo castrado marrón de papá. Mordisquea la cuerda con tanta intensidad que me preocupa que se pueda soltar antes de que lleguemos a casa. Otros caballos seguirían al carruaje incluso sueltos, pero Chance no es uno de ellos. Galoparía directo al cobertizo de grano de algún pobre granjero y lo encontraríamos zampándose todo su cultivo de maíz.

Papá sube al carruaje, pero yo me dirijo a Chance y le hago un nudo doble a la cuerda. Él me mordisquea el brazo y yo le doy una palmada en el cuello. Sigue sin perdonarme que lo haya dejado una noche entera en un compartimento sin comida.

Al volverme para subir al carruaje, diviso que un grupo de jinetes entra al patio a galope. Llevan la librea de la reina con la insignia de su máscara estampada en el pecho. Los caballos echan espuma por la boca y tienen el lomo cubierto de polvo y sudor. Los jinetes forman un semicírculo en torno a nuestro carruaje. Yo me oculto en la sombra de Chance y los espío por encima de su cuello.

Sin embargo, el líder se queda mirándonos a Chance y a mí en cuanto desmonta. Un brazalete plateado indica que se trata del capitán del ejército real. Mi tío solía llevarlo antes de que a los nobles se les prohibiese servir en él. El capitán señala mi caballo y uno de sus hombres desmonta para agarrar la brida de Chance. Dos más golpean la puerta del carruaje de papá y después lo arrastran al patio.

—¿A qué viene esto? —inquiere papá en tono suave. Abre los brazos para que vean que no intenta buscar ninguna arma. Si la reina ha enviado a alguien a por nosotros, lo mejor que podemos hacer es acompañarlos sin armar barullo—. ¿En qué se basan para arrestarnos?

Los jinetes ignoran sus preguntas. El hombre que tengo más cerca libera la rienda de Chance, me agarra del brazo y me arrastra frente a su líder. Siento un hormigueo por la espalda. Alguien debió de verme en el hospital. Es la única explicación que hay. Pero tuve mucho cuidado…

El capitán da un sorbo a la petaca que guarda en su cintura. Sus soldados obligan a papá a arrodillarse en el suelo empedrado. Papá esboza una mueca de dolor. Hace años se rompió la rótula izquierda en un accidente de caza y aún le cuesta doblarla. Aprieto los puños. ¿Cómo se atreven?

Me libero del agarre de mi captor.

—¡No me toque! ¡Suéltelo!

Sé que debería mantenerme callada y dócil, pero no puedo quedarme quieta viendo cómo tratan a mi padre así. No cuando todo esto es culpa mía.

—Remi —susurra mi padre, aunque yo ignoro su advertencia.

—Cuénteme qué sucede. —A pesar de que el capitán es más alto que yo, lo miro a los ojos, severos—. Tengo derecho a saber de qué se me acusa.

—Ese percherón —explica el capitán señalando a Chance con el dedo— fue visto en el exterior del Hospital de Santa Izelea anoche. El informante cuenta que llegó tarde y no se movió hasta esta mañana. Su padre es sospechoso de pertenecer a la resistencia. Lo llevamos vigilando bastante tiempo, pero no pensamos que sería tan osado como para llevar a cabo sus actividades en la ciudad.

A pesar de no haberme ceñido mucho el corsé, de repente lo siento demasiado pequeño. Tomo una bocanada de aire, atónita. Sabía que esto podría pasar, pero pensaba que, si alguien relataba la situación, sería alguien del hospital porque me hubiese visto con Cadence. No había pensado que mi caballo de apariencia extraña me pudiese delatar antes de haber puesto siquiera un pie en el interior.

¿Papá? ¿Miembro de la resistencia? De ser cierto, nunca me lo ha contado. Lo miro, pero sigue con los ojos fijos en el empedrado y la mandíbula tensa. Su silencio me dice todo cuanto debo saber. Cada quincena acude a reuniones en Cannis y suele venir solo. Recuerdo el paquete misterioso que recibió de Dupois justo después de la Actuación. Me dijo que era un regalo por mi onomástica, pero…

¿Qué sabe mamá?

—Eso es imposible. —Mantengo la voz todo lo firme que puedo a pesar de que el corazón me late acelerado—. Mi padre y yo permanecimos aquí toda la noche. Nos encontramos con unos amigos en el bar de la Rue Railletée. Desde entonces hemos estado aquí.

—Este caballo tiene un pelaje característico —estalla el capitán—. Y el informante nos dijo que no era un animal grande, que lo montaba una persona que vestía una capa de terciopelo cara. —Mira a papá—. Dijo que el jinete montaba solo. Por la altura de tu padre no es probable que montase a una bestia así. Creo que fuiste tú la que entregaste el mensaje por él.

—No tiene pruebas.

—Es de rango noble. Santa Izelea emplea a una cantante corpórea. Le está prohibida la entrada por ley. Nuestras sospechas bastan para llevarlos a palacio. —Curva los labios en una mueca—. En cuanto a pruebas, dejo eso a los ejecutores.

No confesaré nada ante ellos. El color moteado de Chance no es normal, sobre todo para tratarse de una montura de la nobleza, pero no es único. El cargo que intenta imponerme por visitar el hospital ya es grave de por sí. Pero pertenecer a la resistencia implica traición. Alzo la barbilla.

—No esperará que me crea que este es el único caballo moteado de Cannis.

El capitán me fulmina con la mirada y a continuación se encoge de hombros.

—También hemos enviado a alguien al hospital. Traeremos a varias monjas y a la cantante para interrogarlas. Si es inocente, no tiene nada que temer.

—Cuando se trata de la reina Elene, siempre hay algo que temer —exclama papá.

El capitán señala un caballo sin jinete a sus hombres. Los soldados levantan a papá sin cuidado. Otro jinete los ayuda a colocar a papá sobre el lomo como si de un saco de harina se tratase.

Desvío la mirada con lágrimas en los ojos. Soy incapaz de ser testigo de esta humillación. Lo exhibirán por las calles como un criminal común y cualquiera, y todo es culpa mía.

El capitán le hace un gesto al soldado que me retiene.

—No trataremos a una mujer así. Dámela.

El guardia me alza y me alegra oír un gruñido escapar de sus labios debido al esfuerzo. Me gusta que mi peso le resulte un inconveniente. No envuelvo los brazos en torno al cuello del guarda para sujetarme. Dejo mi cuerpo laxo, como si de una muñeca se tratase. Que se esfuerce.

—¿De verdad? —gruñe el capitán.

Me sujeta del brazo y me sube a la silla detrás de él. Siento entonces una asquerosa sensación de agradecimiento al mirar

117

a papá, tumbado boca abajo sobre un caballo. Respiro hondo. No puedo llegar a palacio agitada. Necesito mantenerme cuerda para poder salir de esta.

En caso de que papá de verdad forme parte de la resistencia, lleva años esquivando a los guardias. ¿Y si he echado a perder todo su trabajo? Debo arreglarlo.

¿A quién llevarán para testificar?

Me niego a creer que Cadence pueda traicionarme, pero apenas sé nada de la persona en quién se ha convertido. Puede que me pidiera que me quedase y trabajase a su lado para tenderme una trampa.

—Agárreme de la cintura —me ordena el capitán. No puedo desobedecer una orden directa. La cumplo con una mueca. Desmontar no es una opción. Si intento escapar, me darán caza como a un animal callejero.

Nuestro rango ya no posee dignidad. A ojos de la reina somos menos que nada.

No tardamos mucho en llegar a palacio, aunque al cabalgar por el camino adoquinado que atraviesa el vergel de la reina me siento a punto de vomitar. No imagino cómo se debe de estar sintiendo papá, trasladado cual equipaje mientras los caballos le echan polvo y guijarros a la cara. Ojalá no hubiera ido al hospital. No merece la pena pagar con nuestras vidas lo que Mercedes hizo por mi madre. Si la reina nos declara culpables por ayudar a la resistencia, ordenará que nos ejecuten.

Nuestro pequeño séquito se detiene frente a la verja de hierro forjado de palacio. A través de las barras echo un vistazo a Cavalia, el palacio real, por primera vez desde que era una niña. Luce diferente a cómo lo recordaba. Con la antigua reina, el palacio de piedra blanca siempre parecía estar vivo y animado, decorado con estandartes coloridos y macetas con plantas moradas en cada ventana. Ahora parece una escultura de hielo: inmaculado y esculpido a la perfección, pero frío y apagado.

El capitán profiere un saludo a gritos. Un chico flacucho ataviado con un uniforme de la guardia se levanta de su asiento y se acerca a la verja.

—¿Qué asuntos os traen? —pregunta asomándose al costado del capitán para inspeccionarme.

—Llevo a estos dos a los calabozos. —El capitán señala a papá con un gesto de desdén—. Son sospechosos de acercarse a una de las cantantes de la reina… y de traición.

Me muerdo el labio. No pueden fiarse de la palabra de un comerciante que vio a mi caballo a altas horas de la noche.

Mercedes no es una de las cantantes de la reina, pero Cadence sí. Lo que dice el capitán lo confirma. Me ha traicionado: me ha vendido a los ejecutores. Aún siento su magia en los huesos y su traición se me clava casi igual de adentro.

—¿Quién? —inquiere el chico. Se frota las manos y se alisa el uniforme—. Anoche estuve de guardia en la academia. No vi entrar o salir a nadie tarde.

—No es asunto tuyo, chico —responde el capitán de malas maneras. Rebusca en su alforja y saca un documento firmado—. Ahora déjanos pasar. Estos dos tienen una cita con el jefe de los ejecutores. Estoy seguro de que llegará al fondo de todo esto.

Después de darle una breve ojeada al papel del capitán, el guardia le hace una señal a alguien que está en la parte superior del muro y la verja de hierro chirría al abrirse. El chico saluda al desfile de jinetes y entramos en la boca del infierno.

Los soldados desmontan en cuanto entramos en los terrenos de palacio. Se desprenden de las espadas y los mosquetes y los lanzan a un baúl junto a la puerta. A continuación, desatan a papá del caballo para bajarlo. Sus mejillas están salpicadas de pequeños círculos de sangre de una tonalidad roja y brillante y tiene los labios manchados de tierra.

Reprimo un sollozo. Al igual que en la Ópera, tengo que ser fuerte por él. Tenemos que volver a casa.

—Llevadlo a los calabozos inferiores con los criminales —grita el capitán—. Que permanezca con la escoria de la ciudad unas horas antes de que el jefe de los ejecutores se ponga con él. Puede que se le suelte un poco la lengua. Aunque el ejecutor es más que capaz.

Suelta una carcajada y varios de sus hombres lo imitan. Empiezan a arrastrar a papá hacia una puerta de madera bajo el muro de palacio.

—¡Esperen! —grito, desmontando del caballo del capitán—. No lo hagan. No lo lleven a ningún lado. Están equivocados. Él no tiene nada que ver con esto. Anoche salí a montar con mi caballo y el caballo se tropezó. Me dirigí al hospital para ver si disponían de vendas. No vi a ninguna cantante.

Los hombres que sujetan a papá se detienen. Mi padre me mira atónito, con los ojos verdes bien abiertos.

—¿Remi? ¿Qué? ¿Por qué no me lo has dicho?

—Quise hacerlo, pero no quería que te preocupases. No creí que tuviera importancia —balbuceo.

No sé si mis mentiras servirán, pero diré cualquier cosa con tal de que nos liberen. No me imagino, ni quiero hacerlo, a papá en una celda fría y húmeda y rodeado de ladrones y asesinos.

El capitán se encoge de hombros.

—Lleváoslo. Yo mismo llevaré a esta frente al ejecutor.

—¿Llevarlo a dónde? —chillo cuando dos guardias arrastran a papá al sótano bajo el muro y lejos de mi vista—. ¡Dígame qué van a hacer con él! Se lo repito, fui sola. ¡Él no tiene nada que ver con esto!

—Se le sigue acusando de traición. Lo hemos observado bastante tiempo, como ya he dicho. Que no esté implicado en lo que sucedió anoche no significa que sea inocente. —El capitán me dedica una sonrisa de dientes amarillos—. Solo nos ha proporcionado la excusa perfecta para arrestarlo.

Mientras yo pienso en qué contestar le hace una señal con la cabeza a uno de sus hombres.

—Llevadla a una de las celdas superiores. No queremos que le hagan daño antes de que el jefe de los ejecutores empiece con ella. Ya sabéis que a Ren le gustan frescas.

Uno de los soldados me levanta, pero esta vez yo me resisto. Me retuerzo, pataleo y le araño los ojos mientras tres hombres más se disponen enseguida a ayudarlo. Pero, al final, no importa. Me llevan a rastras a los calabozos y me confinan en la oscuridad.

Capítulo 13

CADENCE

La puerta se abre con un crujido y alguien se precipita a deslizar una bandeja tapada dentro de mis aposentos. Se une a la colección de comida intacta y rancia que ensucia el suelo. Podría haber mantenido la comida en buen estado si hubiese querido —tampoco es que me la hubiese comido—, pero me interesa más usar la magia para evitar que el cuerpecito de Nip se pudra. El olor de la comida echada a perder se combina con el incienso que he encendido para rezar, creando así una humareda acre. Me envuelvo en el edredón con más firmeza y me recuesto contra el caos de almohadas que tengo en la cama.

No quiero ver a nadie. Me he encerrado en mí misma durante casi una semana entera. Y ni siquiera Lacerde se atreve ahora a entrar a mi habitación.

Un chirrido proviene del pasillo, seguido de la estridente voz de Durand.

—Esto ya es ridículo. ¿Cuánto más va a durar? ¿Alguna de vosotras ha entrado siquiera para comprobar que esté comiendo y bebiendo?

—¡Dímelo tú! —le gritó Lacerde—. ¿Cuándo va a intervenir Su Majestad? Yo no voy a volver a entrar ahí.

Intentó hablar conmigo al inicio de mi aislamiento. Unas cuantas horas después de que encontrase el cadáver de Nip, Lacerde vino a mi habitación con un cuenco de sopa caliente. Me acarició el pelo y me habló con voz suave, y al principio me embebí en el consuelo de su contacto.

Pero luego empecé a imaginármela en el lugar de Nip en el suelo, con los ojos impregnados en muerte y la sangre rezumando de su boca abierta. Si Elene llegaba a creer que Lacerde era mi amiga y no una sirvienta sin más, su vida también estaría en peligro.

Le grité que se marchase y, cuando ella se negó, canté las palabras de un hechizo estrangulador que la dejó sin aire en el suelo, buscando desesperada la puerta.

—Esto se está descontrolando. Tranquilízate. Es una adolescente. ¿Qué es lo que temes? —espeta Durand.

—Una adolescente —repite Lacerde—. Bueno. ¿Por qué no entras tú ahí y compruebas lo inofensiva que es?

Durand profiere un chillido de indignación. No obstante, empieza a toquetear la cerradura, luego abre ambas puertas y da un paso adentro. Inspecciona el desastre del suelo. Repara en el cuerpo de Nip, perfectamente preservado, y observo cómo el color desaparece despacio de su semblante rubicundo.

Se lleva las manos, ahora temblorosas, al estómago.

—Ven, Cadence. Debes de estar hambrienta.

Me incorporo en la cama, aún envuelta en el edredón blanco. Durand se agacha para recoger la bandeja de hoy. Extiende su mano libre hacia mí y me habla como si fuese una niña pequeña… o un *perro*.

—Buena chica. ¿No tiene buen aspecto? Los chefs llevan días preparándote tus platos favoritos…

La última vez que vi a Durand me estaba empujando bajo la luz de la araña de cristal en la Ópera, obligándome a actuar. Decido darle a probar la canción que tantas ganas tenía de oír. A pesar de la energía emocional que conllevaba mantener intacto el cuerpecito de Nip, unos cuantos días en cama habían hecho maravillas con mis reservas de magia. Puedo sentir el don de Adela correr por mis venas.

Empiezo la canción de calor. A la primera nota, Durand suelta un chillido y corre hacia la puerta. Reconoce la melodía, tal y como debería, pues me escuchó practicarla bastante a menudo los días previos a la Actuación.

Pero correr no le sirve de nada. Se cae a apenas unos pasos de la puerta. Grita y se aferra los zapatos, esparciendo a la vez la comida deteriorada de las bandejas por el suelo.

No puedo evitar sonreír. Esto es justicia. Y quizá es lo que necesito hacer para poder arreglarlo todo, en vez de jugar a las enfermeras en el hospital. Remi tenía razón. No me puedo ocultar en Santa Izelea, donde uso mi magia con la esperanza de compensar todo lo que hago en nombre de la reina. Ver a Durand retorcerse me hace sentir más viva de lo que me he sentido en días. Avanza arrastrándose con las manos y yo canto hasta que consigue llegar al pasillo. No comienzo la canción sanadora.

Cuando las puertas se vuelven a cerrar, me levanto de la cama y recojo la bandeja de comida de hoy. Me siento en el suelo con las piernas cruzadas y le quito la tapa plateada al plato. Hago caso omiso del tenedor y del cuchillo junto a la bandeja y me llevo una patata frita a los labios. Un hilo de aceite me resbala por la barbilla.

Cuando termino con el último trozo de patata, las puertas se vuelven a abrir y Elene se adentra en la estancia de improviso, flanqueada por seis guardias. Durand la sigue cojeando.

Se mueve con pasos furiosos y firmes, pasando por encima de las bandejas, hasta que se halla casi encima de mí. Parece estar más enfadada de lo que la he visto nunca, con los puños apretados a los lados del cuerpo y el ceño fruncido por encima de la máscara.

Pese a que mi ira está justificada, de repente me siento como una niña desobediente a la que han pillado cometiendo una travesura. Desde el suelo, Elene parece demasiado grande ataviada con los miriñaques bajo la falda y la larga cola. Sobresale por encima de los guardias a su espalda, que me contemplan con miedo en los ojos.

Elene se sienta en una silla junto a mi escritorio antes de reacomodarse la falda rojo sangre para que caiga con elegancia a su alrededor.

—Bueno, Cadence —pronuncia con una voz preocupantemente amable, que contrastaba con la expresión furiosa y fría de su rostro—. ¿Qué quieres? Necesitamos que vuelvas a tus ensayos, a la normalidad.

Teniendo en cuenta lo que le hizo a Nip después de la última vez que discutí con ella, no esperaba que hubiese negociación.

Alzo la mirada hasta ella, y luego arqueo la ceja en un gesto idéntico al suyo.

—Quiero que me devuelvas a mi perro.

—Sabes muy bien que eso es imposible —espeta Elene—. Pero te conseguiremos otro.

—No.

Rechina los dientes.

—No puedes quedarte aquí para siempre. ¿Qué quieres? ¿Qué puede lograr que salgas de tu habitación y dejes de estar enfurruñada como una niña pequeña?

—¿Enfurruñada? —repito, poniéndome de rodillas—. Has matado a Nip. Era mi única familia. Mi único amigo.

Elene pone los ojos en blanco.

—Era un perro. Uno viejo. Habría muerto pronto de todas formas. Su muerte no merece que te quedes una semana encerrada en tu habitación. Y lo que le has hecho a Durand está fuera de lugar.

Su máscara de hoy es de un rosa brillante y exuberante que parece burlarse de mí y de mi luto. Me cruzo de brazos. Me pican los ojos por culpa de las lágrimas que amenazan con resbalar por las mejillas. Pero, si he de llorar, no dejaré que ella me vea. Ya es malo que me vea con la ropa arrugada y sucia.

—¿Y tú por qué llevas máscaras? No eres ninguna diosa. Son obscenas, sacrílegas.

Lo digo porque sé que eso la enfurecerá.

Su compostura es otra de sus máscaras y quiero despedazarla.

Los ojos de Elene centellean, pero su voz permanece calmada cuando habla.

—Sin la máscara, la gente me ve demasiado joven y de baja cuna, indigna de mi rango. Con ella, parezco la reina de Bordea. A ti te han enseñado a actuar durante toda tu vida. Deberías comprender la importancia de las apariencias.

Aparto la mirada de ella y miro por la ventana.

—Vale. Mándame a mi nueva aprendiz y ella me ayudará a bañarme.

No puedo mirar a Lacerde ahora mismo. No después de hacerle lo que le hice.

Elene no se mueve. Los guardias que la rodean se muestran agitados, inquietos, pero ella hace un barrido por la habitación, contempla el cadáver preservado de Nip, y respira hondo.

—No puedo hacerlo.

Tenso el cuerpo. Una parte de mí sabe qué es lo que está a punto de decir y, aun así, pregunto:

—¿Por qué no?

—La he echado —dice Elene—. Mandé a Ren para que la evaluara y me dijo que la chica era inútil... La expulsé la semana pasada.

Pienso en Anette, tan pequeña y optimista, abandonada en la colonia de los expulsados. ¿Seguirá dolorida tras la intervención? ¿Cuánto durará sola, en un lugar donde todos deben luchar por sobrevivir?

Quiero decirle que yo jamás le dije a Elene que fuese inútil, que solo quería protegerla. Pero ya nunca tendré la oportunidad de hacerlo.

Luego recuerdo los gritos del niño con el saco en la cabeza que arrastraron hasta el auditorio, justo debajo de mi ventana. Bien podría haberse tratado de Anette. ¿Podría haberla salvado si me hubiese puesto de pie más rápido, si hubiese cantado más fuerte?

Me seco los ojos con la manga y susurro:

—Vete.

Para mi sorpresa, Elene se levanta y se encamina hacia la puerta.

Capítulo 14

CADENCE

Dos días más tarde, Elene regresa acompañada de Ren. Por una vez, él no me mira con desprecio. No me cabe duda de que se ha enterado de lo que le hice a Durand y quizá, por fin, me tema un poco.

Elene no espera que hable:

—He de admitir que quizá mis acciones hayan sido impulsivas. Comprendo a lo que te referías en el estudio. Negar la sanación después de tal calvario hubiera resultado demasiado cruel. Incluso para ellos.

Permanezco callada. No he comido desde que me reveló lo de Anette, y siento las extremidades demasiado pesadas como para salir de la cama. Ella intenta acercar posturas y yo no estoy nada preparada para ayudarla con esa disculpa insuficiente y tardía. Si cree que unas palabras son suficientes es que nunca entendió lo mucho que Nip significaba para mí. O cuánto poder ha perdido sobre mí ahora que él ya no está. No comprende lo mucho que me vi reflejada en Anette.

Elene prosigue:

—Así que lo he estado pensando. Puede que haya llegado la hora de flexibilizar un poco los protocolos con respecto a la nobleza. Durand, Ren y yo hemos conversado y podríamos empezar a… —hace una pausa y mira a Durand en busca de apoyo.

—Reintegrarlos —acaba la frase por ella. Sale cojeando de detrás de los guardias para colocarse junto a la reina. Incluso dos días después aprieta la mandíbula del dolor. Quizá ningún otro cantante se haya atrevido a sanarlo por miedo a ser el siguiente que sufra mi ira. O puede que Elene le esté enseñando una lección sobre las consecuencias que traía fracasar. Sea como fuere, me alegro de que lo pase mal—. Ha llegado la hora. Muchos de la anterior generación corrupta ya han muerto o están a punto de hacerlo. Sus hijos han crecido mostrando el suficiente respeto hacia la corona, su magia y la ley.

Ren resopla.

—¿Respeto hacia la ley? De ser cierto…

Elene lo silencia fulminándolo con la mirada.

Entrecierro los ojos. Desde que la conozco, Elene ha aborrecido a la nobleza; a todos, e incluso aborrece pensar en ellos, en las generaciones pasadas, las futuras y los que llevan mucho tiempo muertos. No ha perdonado al vizconde que la traicionó ni a la clase de gente que la rechazó. Los evita a toda costa; incluso prefiere mantenerse oculta en un palco privado en la Ópera antes que dejarse ver. No tienen permitida la entrada a la corte, ni siquiera para hacer peticiones. ¿Por qué ahora? ¿Qué espera conseguir con esto?

—He pensado que podríamos celebrar un baile de máscaras —ofrece Elene. Me dedica una sonrisa ladina—, para honrar a Odetta como la patrona del reino. Sería una demostración pública de la nueva era de mi reinado…

—Y una pesadilla para la seguridad —murmura Ren.

—Podrías interpretar una canción sanadora en varias personas que sufran de enfermedades. Podrías reparar alguna pierna rota o algo así. Será una muestra diferente de nuestro poder.

Qué fácil sería creer lo que dice Elene, que quiere empezar un proceso largo para restablecer la relación con los nobles. Pero la conozco demasiado bien.

—No tengo nada que decirte. Fuera.

—Es una pena —musita Elene—. Ren me ha comentado que tiene a una amiga tuya en los calabozos. Había pensado que podíamos invitarla. Tenía la intención de charlar con ella más tarde para ver si quería convertirse en tu acompañante en lugar de pudrirse allí abajo en una celda.

¿Una amiga mía? Elene es consciente de lo que el resto de los hechiceros murmuran sobre mí y la competición que existe. Las amigas más cercanas que tengo son las monjas de Santa Izelea, y yo no iría tan lejos como para llamar amigas a Mercedes o a la hermana Elizabeta, a pesar del compañerismo que siento cuando me encuentro allí.

Se me empieza a acelerar el corazón. A menos que se haya enterado de lo de aquella noche. ¿Se percató de la magia de Ren impregnada en mí aquel día en el estudio, o mi mentira fue tan fácil de detectar? ¿Investigó lo que había hecho aquella noche cuando me peleé con ella en el estudio? Si sabe lo del muchacho y el hechizo de atadura que deshice, ¿también sabe lo de Remi?

Puede que me necesite, pero Remi le importa tanto como Nip.

Debe de notárseme el miedo en la cara, porque Elene sonríe.

—Alguien la vio en el exterior del hospital —explica. Bajo la máscara, las mejillas se le enrojecen de satisfacción—. Cuando Ren amenazó a la cantante del hospital con quitarle la voz y enviarla a la colonia, le contó a Ren todo cuanto quería saber. Estoy dispuesta a perdonarte el haber sanado a un joven hechizado. Al fin y al cabo, pudo haber sido un error.

Ren pone los ojos en blanco.

—¿Un error? Conoce el rastro de mi magia casi tanto como el suyo. El hechizo se había entonado hacía solo unos días. No pudo ser un error.

Siento un dolor imaginario en el brazo, un recuerdo del día que me lo rompió.

—No acuso a Cadence —explica Elene, y me pregunto lo mucho que me debe de necesitar para dejar pasar algo así—. Pero que una noble busque ayuda de una cantante es delito. Y, además, Ren y sus ejecutores llevan años siguiendo los pasos de su padre. Creemos que forma parte de un grupo de la resistencia. Lo cual sabes bien que es traición.

—Y la traición conlleva la pena capital —dice Ren con tanto deleite que me estremezco. Alza las cejas hacia mí, sonriente.

Durand aprieta los dientes y después se dirige a Ren:

—Espéranos fuera. No nos estás ayudando en nada.

Espero a que Ren se oponga. Jamás lo he visto acatar las órdenes de nadie salvo las de Elene. Pero me mira con una pequeña sonrisa en los labios, como si supiera algo de mí que yo desconozco. Le dedica una reverencia pronunciada a Durand y se despide.

—Como desee, milord.

Una vez se ha marchado, Elene se inclina hacia mí. Me habla con voz suave y amable.

—Cadence, te considero mi propia hija. Mi heredera. Eres demasiado valiosa como para perderte. A ti no se te condena, por supuesto, pero sin tu ayuda, sí que condenaremos a la chica.

—Y el jefe de ejecutores está más que dispuesto a tomarse su tiempo con ella —añade Durand.

Sé qué quiere decir con lo de tomarse su tiempo. Remi sufrirá durante semanas. Y, para cuando la mate, será un cascarón vacío y la luz de sus ojos se habrá apagado. Sus gritos serán música para los oídos de Ren, un néctar para alimentar su alma despiadada.

Cierro las manos y los nudillos se me tornan blancos. ¿Cómo se atreve Elene a arrestar a Remi? ¿Cómo se atreve a usar nuestra amistad —o lo que queda de ella— contra mí? Ha pasado una semana desde que fui al hospital. ¿Han tenido a Remi en los calabozos todo este tiempo?

Contemplo el cuerpo inmóvil de Nip. Se mantiene preservado a la perfección, sin un pelo fuera de lugar. Pero, por mucho que rece a Adela o cante para él, no volverá a menear la cola. No volverá a acercarse a la puerta para darme la bienvenida, no volverá a sentarse en mis pies cuando como. No volveremos a hacernos un ovillo y leer juntos.

Es el precio por desobedecer a Elene. Y ahora ella me ofrece una sustituta. Un reemplazo humano por el compañero que he perdido para poder continuar manipulándome.

Se ha llevado a Nip y lo que Anette habría podido ser. Sabe que amenazarme con expulsarme no es suficiente.

Me tiene que proporcionar algo que luego yo pueda perder. Bueno, pues no lo permitiré.

Cuando entono la canción, brota como un grito. Ni siquiera reconozco la melodía ni la letra. Es una composición cruda y salvaje que emana de la tormenta que siento en mi interior, y el efecto es inmediato. Los guardias caen de rodillas. Durand se retuerce y tose sangre medio helada y fibrosa. Alzo la barbilla y me mantengo erguida, tal y como Elene me colocó en el estudio. Los cristales de las ventanas se hacen añicos y caen al suelo cual lluvia de esquirlas.

Elene da un paso hacia mí tarareando algo que soy incapaz de oír por encima del estruendo de mi canción. La magia que conjuro no le afecta. ¿Es tal defensa un regalo de Odetta? ¿O es que no soy tan fuerte como Elene me ha hecho creer?

A nuestro alrededor, sus guardias permanecen inmóviles en el suelo. Durand se ha desplomado a su lado con una expresión de sorpresa, y le mana sangre la nariz. Se me quiebra la voz. Quiero empezar a interpretar una canción sanadora, pero no percibo vida en los hombres en el suelo.

¿Qué he hecho?

No soy una asesina. No lo soy.

Jadeo en busca de aire.

Y entonces no puedo. De repente, soy incapaz de mandar aire a mis pulmones. Elene toma asiento en la silla de mi escritorio mientras canta con suavidad. Aun con la voz ronca y un ritmo vacilante, su magia vence a la mía.

Jamás han usado un hechizo así contra mí. No sé qué hacer, cómo protegerme. Me agarro la garganta. Se me nubla la visión. Intento centrarme en pensamientos felices: si muero, no será capaz de volver a usarme. Nadie podrá realizar una Actuación como la mía. La gente estará a salvo.

Puede que vea a Nip en el más allá. Puede que vea a mis padres.

Pero, al final, cuando la oscuridad empieza a cernirse sobre mí, unas lágrimas cálidas me resbalan por las mejillas.

No quiero morir.

Me libera. Caigo de rodillas y respiro grandes bocanadas de aire fresco.

—Veamos —empieza Elene, apartándose el pelo negro y cubierto de sudor de la frente. Ni siquiera mira el cuerpo de Durand—, podemos hacer esto por las buenas y tú consigues una nueva amiga que te acompañará a lujosos bailes, o por las malas y tú terminas confinada en los calabozos, siendo el juguete de Ren, y solo te exhibo varias veces al año como mi intérprete estrella, rota. Dejaré que seas tú la que tome la decisión, pero que no te quepa duda: *me obedecerás*.

Toso con fuerza y me arde el pecho. He sido una estúpida. Elene siempre vencerá. Siempre lo he sabido. ¿Por qué he soñado que eso podía cambiar?

—No quiero ni una cosa ni la otra —replico gimiendo contra una de mis mangas sucias—. Pero no quiero seguir cantando para ti. No quiero ser como tú.

—Mira lo que acabas de hacer —me rebate entre dientes, y le da un puntapié a uno de los guardias para ponerlo boca arriba. Las venas de sus ojos han explotado y en lugar del blanco, veo un profundo color vino—. Eres como yo. Deja de fingir lo contrario. Somos lo que somos.

Capítulo 15

REMI

Mi celda es oscura y apesta a moho y a sudor de hombre. Conforme pasan los días, aprendo a vivir con el hedor de mi propia suciedad. Nadie viene a vaciar el balde de excrementos del rincón, ni tampoco a alimentarme o refrescar el cubo de agua estancada que ha empezado a criar una película de algas. Estoy completamente sola, con solo mis pesadillas sobre los ejecutores de la reina como compañía.

A diferencia de las celdas de piedra que tenemos bajo nuestro castillo, estos calabozos son una gran hilera de jaulas cercadas con barrotes por los cuatro costados. Las celdas de mi alrededor están todas vacías, lo cual me hace sentir todavía más expuesta. No hay nadie con quien pueda hablar ni aliviar la pesadumbre de los días.

Si estas son las condiciones de las celdas superiores, no quiero ni imaginarme lo que papá habrá de soportar.

Una luz parpadea al final del corredor de los calabozos. Estoy tan débil debido al hambre y a la deshidratación que tengo que usar los barrotes resbaladizos de la celda para mantener el equilibrio cuando tiro de mi cuerpo hasta ponerme de pie. Me relamo los labios resecos, me aferro a los barrotes y espero. Quizá alguien por fin me traiga una comida en condiciones. O al menos un nuevo jarro de agua.

—¿Hola? —grazno.

Un muchacho blanco ataviado con un elegante chaleco del verde de los cantantes se adentra en los calabozos a paso tranquilo. Lleva una delicada vela de color marfil en un recipiente de plata que parece haber sido sacado de una mesa dispuesta para una comida elegante. Se inclina a través de los barrotes. Su

132

rostro es atractivo y tiene los pómulos altos y el mentón marcado, pero algo en sus ojos hace que retroceda.

Me sonríe de oreja a oreja.

—Bueno, ¿qué vamos a hacer contigo?

—¿Quién eres? —exijo saber a la vez que me cruzo de brazos. Tengo demasiada hambre como para mostrarme educada. Me han avisado de que el jefe de ejecutores me visitaría y no tengo energía ni paciencia para nadie más. Este hombre no debe de tener más de veinticinco años, debe de ser un hechicero novato al que han destinado a los calabozos como entrenamiento. Me guardaré los modales que me quedan para sobrevivir al interrogatorio del jefe de ejecutores, cuando por fin se digne a llegar.

El hombre saca un bollito blanco del bolsillo y me lo ofrece a través de los barrotes. Trago saliva cuando esta se me empieza a acumular en la boca. Huele a mantequilla y está recién hecho. Pero desde donde estoy, no puedo alcanzarlo. Vacilo; me siento como un animal salvaje a punto de caer en una trampa. Todos mis instintos me gritan que este muchacho, con esa sonrisa encantadora, no es de fiar.

Pero el hambre me corroe. Doy un paso al frente. La sonrisa del hombre se ensancha y me insta a acercarme con un gesto. Alargo el brazo hacia el bollito, pero cuando mis dedos rozan los suyos, suelta el pan y lo deja caer al sucio suelo de la celda. Con el semblante arrebolado, me agacho y lo recojo.

—Me llamo Ren —se presenta mientras limpio el bollito en mi manga y le hinco el diente. Está tiernísimo y muy, muy dulce—. Siento la espera, señorita. Estos días hemos estado muy ocupados en nuestro hotel. Su Majestad quería que me ocupase de su caso personalmente, y, por desgracia, otros huéspedes me han entretenido.

La sangre abandona mi semblante. ¿Verme personalmente?

—¿*Tú* eres el jefe de los ejecutores? —exijo saber.

Él da una vuelta sobre sí mismo con los brazos extendidos y se ríe.

—En carne y hueso.

—Pero...

—Lo sé, encanto. Esperabas a alguien mayor. ¿Quizá con barba? Todos lo hacen. Pero Su Majestad no tiene problemas con la edad. Soy el mejor en lo que hago. —Sus ojos titilan. Abre el cerrojo de mi celda y me dedica una falsa reverencia—. Si la señorita tiene el gusto de seguirme.

Me meto lo que queda del bollo en la boca y salgo de la celda. Me sujeta del brazo cual pretendiente y coloca mi mano en el recodo de su codo. Soy incapaz de tragarme el pan. Parece compartir el mismo gusto de la reina Elene por la teatralidad, y, para haberlo elegido tan joven, debió de hacer algo verdaderamente monstruoso para impresionar a la reina. Eso no presagia nada bueno. Ni para mí, ni para mi padre.

—¿Eres un cantante? —inquiero.

—Por supuesto. La gente sin magia no tiene posibilidad de conseguir una alta posición en la corte. Excepto el tonto de Durand, pero, por suerte, él ya no es un problema.

Me guiña un ojo y yo tengo que combatir la necesidad de salir corriendo. No sé en qué parte de palacio estoy, ni cómo ha cambiado la disposición en los años que no he vivido aquí. Con los guardias merodeando tras cada puerta, dudo que pudiese llegar muy lejos.

—¿Pero qué clase de cantante soy? —prosigue con su meliflua voz—. Ese es el verdadero misterio.

La gente teme sobre todo a los cantantes corpóreos como Cadence. Pero conozco lo suficiente sobre las otras escuelas mágicas como para mostrarme cautelosa. Aunque Ren no pueda hervir la sangre dentro de mí, un hechicero elemental podría atravesarme con un rayo o ahogarme con agua. Papá dice que los elementales son los más temperamentales, que su conexión con el tiempo les otorga una naturaleza volátil. Y todos hemos oído las historias de los hechiceros botánicos de la reina, que invocaban al césped y a los árboles para arrastrar a sus enemigos bajo tierra y enterrarlos vivos.

Lo sigo al exterior de los calabozos, y subimos por una escalera de caracol estrecha. Cuando llegamos arriba, abre una puerta. Ha sido reforzada con metal, probablemente para insonorizarla. Me pregunto qué clase de magia usan los cantantes aquí para requerir tanta precaución. O quizá está ahí para proteger los delicados oídos del séquito de la reina de nuestros gritos.

Una corriente de aire baja por las escaleras de piedra, y me estremezco. Ren tira de mi brazo y yo me adentro en la estancia a su espalda con un traspiés.

Espero otra especie de mazmorra oscura, con cadenas y potros y todo tipo de instrumentos de tortura. Encerrada en mi celda durante los últimos días, he recordado todo lo que alguna vez aprendí sobre las mazmorras del castillo de Bordea a lo largo de los años. Pero, pasando por alto la falta de ventanas, el espacio se parece a la salita que mamá usa para recibir a las visitas. Unos sofás afelpados de satén rojo y dorado enfilan las paredes. Hay un diván en el centro de la estancia, junto a una mesilla baja con pan, una canasta de frutas y cecina. El aire huele a canela y a clavo, como una pastelería.

Mi mirada vaga hasta dos figuras que están de pie junto a la pared del fondo: dos mujeres, desnudas, con las manos levantadas por encima la cabeza. Una de ellas tiene el cabello largo y pelirrojo, apelmazado y sucio. Mercedes. Trago saliva con fuerza. No reconozco a la otra mujer, pero tiene que ser del hospital también.

—Toma asiento —me indica Ren. Canta unos cuantos compases y uno de los sofás vuela hasta el centro de la habitación, justo frente al diván. Abro los ojos como platos. ¿Qué escuela de magia puede hacer eso?

Recupero la compostura, me deshago de su agarre y lo atravieso con la mirada. Estoy cansada de esta pantomima. No pienso participar en ninguna otra de las absurdas obritas de teatro de la reina. Me he cansado de ser una marioneta refinada y bien educada. Si el jefe de ejecutores va a hacerme daño, entonces quiero que la escena sea tan fea como lo que yo voy a sentir.

—¿Qué está pasando aquí? —grito a la vez que señalo a Mercedes. Aparto la mesilla de en medio y mando la comida y la cubertería al suelo—. Si ya tienes pruebas contra mí, entonces ¿por qué no me dices qué es y terminamos con lo que estés a punto de hacer? Estoy harta de estos espectáculos ridículos. Aún tengo el derecho de conocer cuáles son los cargos que se me imputan. La reina no ha cambiado esa ley. Todavía.

Ren levanta las cejas. Mercedes se gira muy ligeramente en el rincón y me mira con detenimiento a través de una cortina de pelo apelmazado.

Con un suspiro exagerado, Ren se sienta en el borde del diván.

—Como desees.

El ejecutor se aclara la garganta. Mercedes se encoge de miedo, pero la otra mujer ni siquiera se inmuta. Mantiene la espalda recta; nada en su postura delata temor.

Me preparo a la espera de que todas mis terminaciones nerviosas ardan de dolor. Pero cuando empieza una canción de barítono, un entumecimiento se extiende por mis piernas como una planta trepadora. La sensación se desplaza de los dedos de los pies hasta las pantorrillas y las rodillas. Se me constriñe el pecho conforme la parálisis sigue ascendiendo por mi cuerpo.

Mis rodillas ceden y me desmorono sobre el suelo. Ren deja de cantar y la sensibilidad regresa a mis piernas. Con la respiración agitada, clavo la mirada en él desde el suelo. Ren se ríe y el gesto le llega hasta los ojos. No sé si alguna vez he odiado a alguien con tanta intensidad, ni siquiera a Cadence cuando la vi en el escenario en la Actuación. Si pudiese moverme, agarraría el cuchillo para untar de la mesilla y se lo clavaría en el corazón.

Hace unas señas con las manos y las otras dos mujeres se acercan. Se giran hacia nosotros y, al verles el rostro, reconozco a la hermana Elizabeta. Parece más baja sin su imponente corona blanca, pero su porte es el mismo, fuerte y firme. Tiene la cabeza alta y los ojos, fijos en el rostro de Ren. No sé qué les ha hecho el ejecutor mientras he permanecido arrestada, pero la terquedad de la monja me infunde coraje.

—Mercedes, por favor, repite el testimonio que me diste —le pide el ejecutor. Ni siquiera la mira. En cambio, sus ojos me perforan y me retan a que me ponga de pie—. Recuerda, no te dejes nada. La reina te concederá clemencia a cambio de tu colaboración. Nosotros los hechiceros perdonamos y protegemos a los nuestros, cuando podemos.

La cantante profiere un sollozo ahogado.

—¿No me quitaréis la voz ni me mandaréis a la colonia?

—No si cooperas —le asegura Ren.

—Curé a su madre —gimotea Mercedes—. No tendría que haber curado a su madre.

—Muy bien. —Ren se reclina en el diván y chasquea los dedos.

Un segundo después, una sirvienta aparece por una puerta lateral. Recoloca la mesilla que empujé antes mientras otra sirvienta emerge con una bandeja de galletas. El olor a chocolate y mantequilla casi me hace llorar. Ren coge una de las galletas y parpadea varias veces en dirección a la chica.

—¿Serías tan amable de traerme leche para las galletas?

La muchacha se ríe entre dientes, cautivada por su coqueteo, y se apresura a salir por la puerta. Ren le da un bocado a la galleta y cierra los ojos de placer.

—Mmm. Deliciosa. Ahora, Mercedes, cuéntame qué pruebas tienes contra *lady* Remi. Parece estar ansiosa por oírlas. ¡Ni siquiera ha tocado la comida! Quiero asegurarme de que tengo todos los detalles. Su Majestad pide un informe completo.

Mercedes cambia el peso de un pie a otro. Me mira y vuelve a mirar a la pared enseguida.

—A veces, por la noche, Cadence viene a ayudarnos con los casos más difíciles, como ya sabe…

Retuerce las manos detrás de la espalda.

—Aunque no comprendo por qué se molesta Cadence, eso no es ningún delito. Su Majestad permite a la principal curar a los plebeyos fuera de palacio si así ella lo desea. —Ren se lleva una taza de té a los labios—. Continúa.

Empiezo a estirar las piernas con el pensamiento de sentarme en el suelo en vez de mantener la postura incómoda sobre las rodillas. Pero en cuanto me muevo, Ren tararea una estrofa y mi cuerpo vuelve a entumecerse de cintura para abajo.

—Esa noche, Cadence vino a curar a un muchacho. Yo no pude hacer nada por él. Sabía que lo habían maldecido, pero la hermana Elizabeta no quería darme más detalles. Sabía que estaba mal intentarlo. —Las lágrimas obstruyen su voz—. Pero no podía verlo sufrir, así que lo intenté de todos modos.

—Tienes el corazón muy blando —tercia Ren—. Algo que corregiremos antes de permitirte volver a practicar la magia curativa.

Mercedes me señala.

—Ella vino mientras Cadence trabajaba en un hechizo. Otra monja la había dejado entrar para que me diese dinero, por ayudar a su madre hace años. Cadence la reconoció y le pidió que se quedase, y luego la ayudó con algunos de los pacientes.

—¿Sospechaste que se habían visto antes?

—No lo sé —se lamenta Mercedes—. No creo que se hubiesen visto recientemente. Se conocían de niñas.

—Eso es todo —interrumpe la hermana Elizabeta.

Ren frunce el ceño y luego canturrea unos cuantos compases. La monja se dobla hacia delante, gimiendo y aferrándose el estómago. Da una arcada y una bilis negra bulle de sus labios agrietados. Ren se gira hacia Mercedes con una sonrisa glacial en el rostro.

—Cuando hablamos antes, ¿me contaste que Cadence usó un hechizo con ella?

—Sí.

Debería estar más enfadada con ella —está traicionándome a mí, a mi padre, incluso a Cadence, y yo solo fui al hospital a compensarla—, pero cuando Mercedes entierra el rostro entre sus manos y empieza a sollozar, la compadezco. Fue amable con mi madre, y ahora está pagando por ello. Tendría que haber dejado la deuda sin saldar, olvidada en el pasado. A todos nos habría ido mejor.

Ren chasquea los dedos otra vez y la sirvienta risueña aparece a su lado. Le dedica una recatada reverencia, le tiende un vaso de leche y luego le ofrece un mondadientes de una bandeja. Ren inspecciona a Mercedes mientras se limpia los dientes.

Mis pensamientos regresan a Cadence. ¿La castigarán a ella también por esto? Si el chico estaba maldito, tuvo que haberlo sabido cuando lo curó. Es difícil de imaginar a la reina encarcelando a su más preciada cantante, o desterrándola junto a los demás en la colonia de los expulsados. Ahora que he conocido al jefe de ejecutores, puedo ver que Cadence es diferente. Cuando ella tortura en nombre de la reina, Cadence también sufre. Ren parece vivir para ello. ¿Qué le sucederá si la reina se cansa de una muchacha a la que debe obligar a cumplir su voluntad?

—¿Y oíste a la vizcondesa hablar con algún otro paciente? ¿Pasó alguno de los mensajes rebeldes de su padre? Recuerda, tu perdón depende de que nos cuentes *toda* la verdad. —Se incorpora con los ojos fijos en la cantante.

Las lágrimas caen libremente por las mejillas de Mercedes cuando susurra:

—Sí. Habló con varios. Y creí verla deslizar un trozo de papel en la chaqueta de un hombre.

—¡Eso es mentira! —la interrumpo, pero Ren hace oídos sordos. Mercedes se gira hacia la pared, negándose a mirarme. Mi compasión se evapora. Entendía, en parte, por qué le había contado la verdad. Pero inventarse cargos de más, que podían terminar en la ejecución de mi padre, era perdonarle demasiado.

—Señorita —dice Ren. Se recuesta en el diván y se sujeta la cabeza con un codo—. Conoce la ley. Como noble, tiene prohibido visitar los hospitales de la ciudad ni interactuar con cantantes. También tiene prohibido solicitar hechizos corpórcos…

—¿Solicitar? —espeto—. ¿*Solicité* su magia cuando Cadence lanzó sobre mí sus otros hechizos en la Ópera? No recuerdo haberle pedido nada.

El entumecimiento se extiende hasta mi torso. Se me tensa el cuello; la lengua se me hiela en la boca. Mis ojos permanecen abiertos como platos, pero no puedo parpadear ni tragar.

—Se acabaron estas interrupciones infantiles —rezonga Ren. Suspirando, se levanta del diván y camina hacia mí. Apoya una mano en mi pelo y prosigue—: Solicitar, pues la reina no ha dado permiso explícito. Esa solicitud, por tanto, es un serio delito en sí mismo. Pero teniendo en cuenta los otros cargos… bueno, ayudar en una rebelión es traición. Mercedes cumplirá dos meses de encierro en la prisión de la reina. La monja… aguardaremos a que se muestre más… maleable. Pero ¿qué vamos a hacer contigo?

Empiezan a llorarme los ojos, obligados a permanecer abiertos. Quiero frotármelos, parpadear o cualquier cosa que sirva contra las forzosas lágrimas. Me ha privado de cualquier mínimo control que pudiera albergar en mi cuerpo, y me siento débil y pequeña a sus pies.

Una parte culpable de mí se pregunta si esto es lo que tiene que soportar Cadence. Cuando habló en el hospital, me dijo que me resultaba imposible entender lo que era tener que aguantar a estos monstruos día tras día.

Pero es una hechicera. Seguro que puede defenderse con su propia magia.

Ren se arrodilla sobre una pierna y me susurra al oído con el tono sensual de un amante y el aliento caliente.

—Por suerte para ti —musita, tirándome de un rizo, lo cual me hace sonrojar de ira—, esa decisión no recaerá sobre mí.

Ren se incorpora y se encamina hacia la puerta acorazada.

—Guardias —grita por las escaleras—. Llevaos a la prisionera y lavadla. La reina la recibirá para la cena.

Capítulo 16

REMI

Mientras unos criados preparan la larga mesa de comedor para la reina, yo espero en una silla de raso y de respaldo recto con las muñecas atadas a los brazos dorados. Es evidente que no quieren que coma. Los criados hacen caso omiso de mí mientras trabajan y no me colocan cubiertos delante. Se me hace la boca agua cuando traen todo un banquete a base de lechón, dátiles rellenos y pasteles exquisitos que huelen a albaricoque y a mermelada de fresa. Tras haber estado sin comer durante días, el bollo que he logrado engullir apenas ha saciado mi apetito.

Pero al menos estoy aseada. Una vez el ejecutor ha terminado conmigo, dos guardias me han trasladado de su ostentosa sala de torturas hasta un pequeño baño en un piso inferior. Me han lavado con una manguera, me han frotado la cara y me han enfundado en un vestido azul pálido que conjunta con las cortinas del comedor. Tal humillación debería haber sido intolerable, pero el hechizo paralizador de Ren también ha debido de afectarme al alma. Después de lo sucedido estas últimas semanas, apenas reacciono ante la humillación.

Los guardias se limitan a cumplir órdenes. No son los responsables del trato que he recibido. Doblo las muñecas contra las cuerdas. Si la reina tiene la intención de matarme, no me iré sin pelear.

Los criados terminan de poner la mesa y abandonan la sala por la puerta trasera. Un mayordomo anciano y vestido con un traje de tres piezas abre las cortinas y se coloca detrás de la silla frente a mí. Alzo la cabeza y disfruto de los rayos de sol que se cuelan por la ventana. El comedor da a un jardín amurallado lleno de rosas blancas y rosadas, lobelias escarlatas y unos vivos jazmines de invierno.

Tengo un vago recuerdo de esta sala. Antaño se usaba como despacho para el ministro de educación de la reina anterior. Lord Hureux era un hombre alegre, un amigo de papá también, que siempre tenía un tarro lleno de dulces sobre su escritorio de caoba. Me acuerdo de estar sentada en una silla junto a la ventana igual que ahora, en otro momento, chupando un caramelo de menta y observando a Cadence en el jardín mientras papá hablaba de negocios.

En cuanto la reina Elene se hizo con el trono, mandó ejecutar a los ministros más importantes de la antigua reina sin juicio alguno y tras los muros de palacio para que la gente no fuera testigo de las muertes. Algunos fallecieron en el jardín de invierno al que dan las ventanas de este comedor. Me estremezco al imaginar la cabeza de lord Hureux rodando por el camino adoquinado. Mis padres huyeron enseguida de Cannis para alejarnos de las ejecuciones y las redadas.

Por aquel entonces yo no lo comprendía. Estaba furiosa cuando abandonamos Cannis para vivir recluidos en nuestro palacete. Ahora sé que es probable que aquella presurosa decisión nos salvara la vida.

Las puertas que conducen al pasillo se abren. Un lacayo se coloca a un costado y se inclina una vez la reina Elene aparece. Jamás he estado cerca de ella y no estoy preparada para lo que veo.

Todo el mundo habla de la reina Elene como si fuese un monstruo espantoso, no solo por sus actos sino por su físico también, pero la mujer frente a mí es hermosa. Tiene un pelo negro como el plumaje de un cuervo que refleja la luz y una tez blanca como de porcelana. Sobre su cabello porta una tiara dorada. La máscara negra de encaje que lleva no oculta los labios gruesos y rojos ni sus ojos verdes y llamativos. Su cuerpo es curvilíneo y elegante, y está enfundado en un vestido que llega hasta el suelo y que está confeccionado de arriba abajo con plumas de flamencos.

El mayordomo separa la silla y la reina se sienta en ella con sus brillantes ojos fijos en mí.

—Creo que no necesitaremos esas ataduras —murmura—. Es consciente de que no tiene adonde ir. Y no será capaz de herirme sin magia. Charles, prepara un cubierto para nuestra invitada.

El mayordomo arruga la nariz y curva los labios en una mueca de desdén, pero se acerca a mí y me desata las manos. La reina comienza a servirse de los platos plateados de la mesa y llena el suyo más de lo permitido por la etiqueta.

Una criada aparece con un plato de porcelana, un tenedor y una cuchara para mí. No me ofrece cuchillo. Vacilo con la boca hecha agua. A saber si planean emponzoñar mi comida. Puede que los cubiertos estén envenenados. Hay innumerables venenos inodoros e insípidos.

Sin embargo, la reina alberga magia. Incluso Cadence, su cantante principal, la teme. De querer mi muerte, la reina no necesitaría usar ninguna ponzoña. Estiro una mano temblorosa hacia la mesa en busca de un dátil y un hojaldre.

La reina corta un trozo de lechón en porciones pequeñas mientras yo me introduzco el dátil en la boca. A mamá le horrorizarían mis modales, pero no deseo morir con el estómago vacío.

—Puede que te preguntes —comienza la reina Elene antes de beber un sorbo de vino— por qué quiero reunirme contigo. Al fin y al cabo, eres una traidora. Lo que has hecho se penaliza con la muerte.

Muerdo el hojaldre. Está recién sacado del horno y la mermelada es pegajosa. Doy otro bocado, trago y me deleito con el peso de la porción mientras esta me baja por la garganta hacia el estómago.

—Curar el dolor de alguien no debería castigarse.

La reina arquea las cejas. Yo agarro otro dátil. Soy consciente de que camino por una fina línea, pero tampoco voy a morir como una cobarde. La reina ya ha tomado una decisión en lo que a mi culpabilidad se refiere. Diga lo que diga, no cambiará de parecer.

—Eres demasiado joven como para recordar cómo eran las cosas antes, cuando los nobles avaros de estas tierras despojaron al país de toda su riqueza y se adjudicaron todos los recursos existentes. —Alza la copa de vino y me observa por encima mientras bebe—. Eres una cría. No podrías llegar a entender todo lo que hay que hacer para mantener el reino en armonía.

—Intente explicármelo, Su Majestad —la reto.

La reina deposita la copa en la mesa y curva los labios.

—No son tus delitos lo que se cuestionan, y no te he traído para que me aconsejes sobre el reino. Estamos aquí para hablar de Cadence.

—¿Cadence? —me jacto—. Su ejecutor ya sabe que curó al chico. Dijo que usted no la culparía. No tengo nada más que ofrecerle.

—No es acerca de su delito, no —se ríe la reina. El mayordomo le limpia la comisura de la boca con una servilleta—. No temas, los ejecutores de Ren darán caza al chico y pondrán las cosas en orden. Sin embargo, últimamente Cadence se ha mostrado poco colaboradora. Creo que una acompañante de su edad, alguien ajeno a la academia de hechiceros, puede mejorar su... disposición.

—¿Una acompañante? —No me creo lo que está sugiriendo. Me han mantenido presa una semana, sin darme de comer y a oscuras. Mi padre se pudre en un calabozo bajo el suelo y lo acusan de traición sin pruebas. Y ahora la reina me dice que es consciente del delito de Cadence, que su culpabilidad es indudable, y que su castigo es... ¿que yo sea su amiga?

—Os conocíais de pequeñas, ¿no es cierto? He hablado con Madam Guillard, la directora de la academia de hechiceros. Me ha comentado que antes erais inseparables.

Toda esta injusticia consigue que el hojaldre se me pegue al fondo de la garganta, pero asiento despacio.

—Sí, pero aquello fue hace muchos años. Han cambiado muchas cosas.

—Según la cantante del hospital, congeniasteis muy bien —me rebate la reina—. Estoy segura de que muchas chicas morirían por la oportunidad de acompañar a Cadence en palacio. No es fácil establecer una amistad con ella. Nunca lo ha sido. Se aísla por propia voluntad. Puede que, si ya se ha mostrado simpática contigo, te resulte más fácil ponerle fin a sus rabietas.

¿Rabietas? No recuerdo que Cadence montase muchos berrinches de pequeña. Mientras que yo era la niña sin pelos en la lengua, precoz y escandalosa, ella se solía mostrar reservada e incluso tímida. Según lo que pude observar sobre el escenario y en el hospital, no había cambiado. Lord Durand la amenazó en la Actuación y vaciló incluso tras reunir el valor para pedirme que me quedase con ella en el hospital.

—La persuadirás para que se comporte con sensatez —prosigue la reina—. Actuarás como intermediaria entre ella y yo. Le transmitirás la información que yo te dé.

Empiezo a comprender lo que no me dice. Me meto el resto de hojaldre en la boca y mastico con la mente a mil por hora. Cadence temía hacer algo en contra de la reina. Me dijo que sería inútil. ¿Qué le habrá pasado desde que la vi? Sea lo que sea, si puedo conseguir que Cadence continúe enfrentándose a la reina, puede que papá y yo volvamos a casa sanos y salvos.

—Como incentivo —ofrece la reina levantando un dedo— tu padre y tú seréis trasladados a unas mejores instalaciones. Tendréis todo tipo de lujos y comodidades. Mantendré a tu padre prisionero con los mejores cuidados y comida, pues no puedo permitir que el supuesto líder de la rebelión se comunique con la gente.

—¿Y si me niego?

Ella se encoge de hombros.

—Tu padre y tú moriréis. Prolongaré tu sufrimiento durante meses, incluso años. A Ren se le da muy bien torturar a una persona hasta los límites de la cordura y luego recomponerla para volver a empezar.

—¡Pero lo que le han dicho no es verdad! Mi padre no lidera ninguna rebelión secreta. Lo sabría de ser cierto. Es inocente.

—No lo es. —La reina aprieta los labios en una fina línea—. E incluso aunque aún no seamos capaces de demostrar qué contactos posee, sí que llevó a tu madre a Santa Izelea. Podríamos procesarlo por eso y arrestar, de paso, también a tu madre.

Aferro el borde de la mesa. La reina está prácticamente confesando que no tiene pruebas de la traición de papá. Permanecerá aquí como rehén a cambio de mi buena conducta. Tuvo tanto cuidado con mamá todos esos años… Si yo no hubiera sido tan necia, no lo habrían descubierto. Todo esto es culpa mía. Y lo arreglaré cueste lo que cueste.

Quiero enterrar la cabeza entre las manos, pero el ejecutor ya me ha arrebatado demasiadas lágrimas. No me imagino una vida de servidumbre a la reina. Pero la alternativa es impensable.

—¿Qué será de mi madre? Mi padre necesita gestionar la hacienda. —Imagino a mamá en su sala, sola, mirando por la ventana en busca de alguna señal de nuestro regreso. Quién sabe si Rook regresó siquiera para anunciarle nuestros arrestos o si a él también lo detuvieron. La relación de mis padres ha sido tensa estos últimos años, pero sé que aún se aman. Lo peor es imaginarme a mamá viniendo a Cannis para interceder por nosotros. Me imagino que la reina tergiversará su defensa hasta el punto de convertirla en más pruebas de la culpabilidad de mi madre.

—Puedo enviar a un lacayo a ayudar a tu madre. Si haces las cosas bien, puede que incluso mande a un sanador.

—Su enfermedad no tiene cura.

—Quizá —musita la reina—. Pero no ha sido atendida por uno de nuestros sanadores. Mercedes es de segunda categoría, a lo sumo. A pesar de no haber cura, puede que haya algo que un cantante más experimentado sea capaz de conseguir. Un tratamiento para aliviar su dolor.

—¿Cuánto tiempo tendré que hacerlo?

—El que te exija. El suficiente para que Cadence vuelva a cooperar.

Necesita a Cadence. He conocido a Ren y, aunque sé que los hechiceros corpóreos son escasos, la reina debe de disponer de otros como él. Sean cuales sean los poderes únicos de Cadence, la reina debe de necesitarlos desesperadamente o no recurriría a mí.

Una magia de ese calibre puede ser más fuerte de lo que la propia Cadence se imagina. Si logro convencerla de que deje de temer —de que use una magia que asuste incluso a la reina—, quizá sea capaz de ayudar a más gente aparte de a mi familia. Cuando pienso en aquellos a los que podríamos ayudar, deja de ser una elección. Es mi deber.

Tomo una gran bocanada de aire y le ofrezco a la reina el más leve de los asentimientos. La reina alza su copa para brindar por mí y curva los labios en una sonrisa.

Capítulo 17
CADENCE

Sueño con mis primeras clases en palacio, después de que Elene me arrebatara del amparo de la academia. Me siento en el rincón de mi estudio e intento memorizar las frases de un volumen de teoría que no comprendo. La puerta de la habitación está cerrada con llave; se me prohíbe salir.

Durante horas, trato de estudiar, hasta que el cansancio me embarga y las palabras empiezan a desdibujarse sobre la página.

Luego el sueño se aleja de los recuerdos. Elene aparece en la puerta con una expresión de furia grabada en el rostro. Canta y yo salgo disparada hacia atrás, contra la estantería. Su magia llena el aire de un humo perfumado. Un grito agudo e infantil escapa de mis labios.

Durand trae a Remi de la mano hasta mi estudio. Ella vuelve a ser también una niña y le sonríe con una expresión ingenua y desenfadada. Mientras sollozo en el rincón, abrazando el volumen contra mi pecho, Elene cierra la mano. Las llamas emergen de su puño y las lanza contra Remi, a quien engullen. Con voz débil, intento cantar una canción de hielo para contrarrestar el fuego, pero no sirve. Remi grita y grita, hasta que su forma carbonizada se desintegra en un montón de cenizas que caen al suelo.

Lacerde me despierta con una sacudida. Me aparta la colcha de encima y expone mis piernas al aire frío.

—La reina tiene una invitada. Están esperándote. —No me mira a los ojos cuando habla, y veo que sus labios están apretados en una mueca de enfado. Aún no me ha perdonado. No sé si lo hará alguna vez.

Quiero disculparme, pero no sé qué decir para compensarla por cómo la he tratado.

—No voy a ir —musito, en cambio. Vuelvo a cubrirme las piernas con la colcha con la esperanza de que se marche. Mi voz vuelve a sonar ronca. Desde que el hechizo de Elene me cortó la respiración, me duele el pecho. El sueño me ha dejado la garganta atascada y con ganas de llorar.

Lacerde se agacha y luego inclina el colchón hasta que caigo al suelo y me golpeo la muñeca con el canapé de metal.

—Ya es suficiente —espeta.

La atravieso con la mirada y me acuno el brazo contra el pecho.

Ella respira hondo y echa un vistazo a la puerta como si estuviese calculando la distancia para escapar.

—Esto no es propio de ti. Siempre he sabido de lo que eres capaz, pero nunca te había tenido miedo. Sé que perder a Nip ha sido doloroso. —Levanta el colchón y lo vuelve a colocar en su sitio—. Pero has matado a hombres inocentes, hombres con familia.

Me levanto despacio. Durand se lo merecía. Él fue quien orquestó el espectáculo de dolor que luego se convirtió en la Actuación. Sabía cómo era desde el primer día que lo conocí, cuando me trajo a aquel pobre niño travieso para que lo torturase.

¿Pero los guardias de Elene? Ni siquiera recuerdo sus caras. No sé nada de ellos, ni de dónde procedían. No conozco las circunstancias que los llevaron a servirla.

Lacerde se dirige hacia mi armario y selecciona un vestido lila. Es delicado; está confeccionado con auténtica muselina y bordado con rosas de un rosa pálido y con tiras de menta. Es uno de los favoritos de Elene. Lacerde lo extiende sobre la cama junto con un par de guantes de seda. Me quedo quieta como una muñeca mientras me viste, levantando las piernas cuando me indica y subiendo los brazos. Después de haberme pasado tanto tiempo en mi habitación sola, ataviada con tan solo un camisón, hasta este vestido suelto me resulta restrictivo. Necesito un baño largo y caliente.

—¿Quién es? —inquiero a la vez que levanto un pie para que Lacerde pueda colocarme las medias—. ¿La invitada de la reina?

Cuando Elene me invita a comer, suele pedirme una exhibición. Ella y sus invitados se ríen y aplauden mientras yo curo una antigua cicatriz o hago que vuelva a crecer pelo en un trozo de calva. A los dignatarios extranjeros, de países no bendecidos por las diosas y, por lo tanto, ajenos a la magia, les maravillan tales demostraciones. Es indigno de mis habilidades como principal, pero los invitados distinguidos exigen oír a un intérprete importante, y a Elene le encanta alardear de mí.

Lacerde se encoge de hombros. Agarra una brocha de pelo de caballo de mi tocador y me empolva las mejillas con colorete. Los trazos son rápidos y enérgicos. Sin cariño ninguno.

—No me lo ha dicho.

Retrocede para admirar su trabajo. Con una inclinación de cabeza, me agarra del brazo y me conduce hacia la puerta.

No puedo permitir que lo que hice nos separe más tiempo.

Antes de que abra la puerta, suelto sin más:

—Nunca debí haber usado la magia de esa forma contra ti. Lo siento mucho.

Su expresión se suaviza y esboza una sonrisa que es casi cariñosa, pero me sujeta por ambos hombros y me mira a los ojos.

—No, no deberías haberlo hecho.

No dice que me perdona. En cambio, abre ambas puertas y se aparta a un lado para dejarme pasar.

Las dos jóvenes sirvientas aguardan en el pasillo, con los brazos llenos de sábanas limpias para mi cama. Cuando me ven, el color desaparece de sus mejillas. Una de ellas deja caer la ropa de cama al suelo al dedicarme una reverencia a trompicones. La otra musita algo parecido a un saludo, pero le tiembla tanto la voz que soy incapaz de entender las palabras.

La vergüenza me arrebola el rostro. Me tienen miedo. Las habladurías corren como la pólvora en los aposentos de los sirvientes. A estas alturas, todos sabrán lo que les ocurrió a Lacerde y a los guardias de Elene porque perdí los estribos.

—Gracias —me obligo a articular inclinando la cabeza hacia ellas—. La cama estaba empezando a oler.

Lacerde arruga la nariz con repulsión, pero creo que atisbo la sonrisa en los labios de una de las sirvientas antes de desaparecer en el interior de mi habitación.

Estoy acostumbrada a que el palacio esté bullicioso de actividad con los sirvientes, guardias, cocineros y novicios yendo de una estancia a otra. Pero hoy los pasillos están vacíos. Es como si todos se estuvieran escondiendo, aguardando detrás de las puertas a que yo pase, para así poder proseguir con sus vidas lejos de mi sombra.

Incluso los retratos de nuestras antiguas reinas me observan con desaprobación desde su lugar en la pared. El de la reina Celeste ya no está, hay un trozo de pared vacío donde otrora estuvo colgado, pero, de todos modos, imagino su ceño fruncido mientras me aferro a mi gema de oración y susurro una plegaria a Adela por el alma de la antigua reina a la vez que me apresuro a recorrer el pasillo.

Quiero aparentar valentía cuando vuelva a enfrentarme a Elene, pero el miedo me recorre la espalda con cada paso que damos. El silencio me inquieta. Elene me privó de aire en los pulmones con apenas un parpadeo. Podría matarme, si quisiera, y nadie se lo impediría.

Lacerde me aprieta el brazo con más fuerza.

—Todo irá bien —me tranquiliza—. Su Majestad estaba de buen humor cuando la vi antes.

Asiento e intento calmarme. Mientras siga haciendo lo que me pide, puede que Elene nunca vuelva a mencionar nuestro encontronazo. A menudo me dice que me ve como una hija, aunque no tengo ni idea de qué madre dejaría a sus hijos con Ren como instructor.

Elene posee un comedor privado en el otro extremo de palacio. Una vez, aquella estancia servía de oficina para uno de los ministros del país. Sus despidos dejaron muchas habitaciones vacías, que ahora se han reconvertido en salitas o dormitorios para los predilectos de Elene: gente de muchos tipos que llama la atención de la reina cuando esta se aventura en Cannis. Algunos son hechiceros, otros son plebeyos que trae a palacio para vivir rodeados de opulencia.

Sus predilectos parecen bastante felices aquí, y yo nunca he oído que haya expulsado a ninguno, incluso después de que el favor de Elene se hubiese centrado en otros.

Mientras que la práctica de albergar múltiples amantes cayó en desuso entre los nobles de la corte varios siglos atrás, sigue siendo común entre nosotros, los hechiceros. Muchos en palacio comparten aposentos entre tres o cuatro amantes, y viven y crían a sus familias juntos. Nunca nos hemos atado a las restrictivas normas del matrimonio que siguen los nobles.

En los últimos tiempos, suelo ver a Elene en compañía de una rolliza hechicera elemental de pelo plateado y de ojos juveniles y pícaros. Lo más seguro es que Raquelle esté hoy con la reina. Es difícil imaginar a Elene como amante. Conmigo siempre se ha comportado fría y distante. Pero la he visto reírse con Raquelle, con sendas cabezas unidas y conspirando cuando piensan que nadie las observa

Dos guardias vigilan la entrada al comedor. Cuando nos acercamos a ellos, se tensan. Uno mueve el brazo a su espalda como buscando el mosquete antes de darse cuenta de que no está ahí. Una expresión de pánico cruza sus atractivas facciones. Ahogo un suspiro. Debe de proceder del ejército que patrulla por las fronteras, o de la guardia de la ciudad. Las compañías de fuera de palacio siguen portando armas mecánicas.

—Oh, venga ya, gallinas —espeta Lacerde. Los aparta con los codos y me arrastra tras de sí—. Solo es una niña pequeña.

—Una niña pequeña —se mofa el mayor de los dos. Se pasa una mano por la calva de la coronilla—. ¿No has oído lo que le hizo a la última escolta de la reina? Esos eran hombres bien entrenados.

—Por supuesto que sí. Estaba allí —responde Lacerde.

Abren los ojos como platos, asombrados.

Me abrazo a mí misma deseando poder fundirme con las paredes. En aquel momento, lanzar aquel cantamiento contra la reina me había hecho sentirme fuerte. Hasta respetada. Pero también me ha vuelto temible, que no es lo mismo para nada.

Siento el odio tras sus ojos con tanta intensidad como soy capaz de detectar un tumor. Solo quería que todos me dejaran en paz, que se dieran cuenta de que lo que Elene me había hecho era imperdonable. En cambio, yo misma también he hecho algo inexcusable.

Sin esperar a ser anunciada, Lacerde abre la puerta del comedor. Entro después de ella a regañadientes. Por mucho que odie y tema ver a Elene, no puedo quedarme en el pasillo incomodando a los guardias.

Elene preside la mesa, rodeada de suficiente comida como para alimentar a una manzana entera de la ciudad. Sonríe con recato y levanta su copa de vino. Delante de ella se halla un lechón fileteado. Su aura huele a estrangulación. Me llevo el pañuelo a la nariz y aparto la mirada. Su amante de cabellos plateados no está por ninguna parte, pero cuando mi mirada aterriza sobre la otra ocupante de la estancia, me quedo de piedra en el umbral.

Remi está sentada frente a la reina, ataviada con un vestido azul de algodón y el pelo cobrizo todavía húmedo por el baño. A primera vista no parece que la hayan sacado de los calabozos. He visto a prisioneras emerger de allí multitud de veces antes, y todas ellas salían con las ropas hechas jirones y sucias. Pero tiene las mejillas chupadas y los ojos algo vidriosos. Ha terminado de comer; lo único que queda en su plato es salsa y migajas. Tiene la mandíbula tensa y los puños apretados, ocultos con cuidado bajo la mesa.

Concentro mi magia y toso una suavísima nota en la mano. Su corazón late desbocado contra las costillas, tan rápido como el de un conejo.

—Toma asiento, Cadence —me indica Elene con su habitual voz rasposa—. Haré que te sirvan un plato. Creo que ya conoces a la vizcondesa.

—Sí —digo, cauta, y me acomodo en una silla. Alargo el brazo para hacerme con una copa de vino y le doy un veloz sorbo. Con los restos del lechón tan cerca de mí, el vino es lo único que soy capaz de tragar sin sentir náuseas.

—He pensado... —pronuncia Elene ensartando una aceituna con el tenedor. Se recoloca la máscara y luego se lleva la aceituna a la boca—. Que Remi podría mudarse a palacio para estar más cerca de ti, tal y como hablamos.

Los ojos marrones de Remi se desvían hacia mí. Su mirada es tan intensa que siento arder las mejillas.

—Si no es de tu agrado, la podemos volver a mandar a las mazmorras y ejecutar a su padre. Depende de ti, Cadence.
—Elene se lleva un trozo de lechón a los labios a la vez que

Remi inspira de forma exagerada, y a mí se me revuelve el estómago—. Yo estaría encantada con cualquiera de los dos desenlaces. Pero me preocupa que te sientas sola. Necesitas a alguien con quien hablar. Alguien de tu misma edad.

La atravieso con la mirada, deseando poder entonar una canción de calor para freírla allí mismo. Me ha atrapado. Si rechazo a Remi como acompañante, seré responsable de la muerte de su padre. Ya tengo las manos manchadas de suficiente sangre inocente. Si accedo, la pondré en peligro constante.

Aun así, no me parece correcto decidir el destino de Remi sin tener en cuenta su opinión. Han pasado años desde nuestros días juntas en palacio. Y, aunque otrora estuvimos muy unidas, no sé qué es lo que quiere ahora. No puedo relegarla a una existencia como rehén sin su consentimiento, ni siquiera para salvarle la vida.

—¿Qué quieres tú? —le pregunto a Remi en apenas un susurro.

Ella parpadea un par de veces, como si la pregunta la sorprendiera. Su desconcierto me duele. Alza la barbilla y habla:

—Me quedaré contigo en palacio. La reina ya ha prometido sacar a mi padre de los calabozos si coopero.

Por cómo ha pronunciado el verbo cooperar, me tenso. Quiero confiar en Remi, pero no me debe nada. Si cree que la he traicionado —que he traicionado a su familia—, tiene sentido que acceda a trabajar para Elene en mi contra. ¿Qué le ha prometido a cambio de la vida de su padre? Si yo pudiese firmar un trato para recuperar a mis padres, ¿qué estaría dispuesta a dar?

Elene dibuja una amplia sonrisa y aplaude.

—¡Está decidido! Haré que las sirvientas le preparen una habitación a nuestra invitada.

Capítulo 18

REMI

Terminamos de cenar en silencio. Lo hago como una salvaje, separando la carne del hueso de lechón con los dedos y manchándome de salsa el vestido nuevo. Es la carne más deliciosa que he probado jamás: está jugosa, tierna y repleta de sabor. Si mi madre me viese en estos momentos, su reprimenda se alargaría durante días. Siento un calambre en el estómago debido a la suculencia de la comida y me empieza a sudar el ceño, pero no me detengo y como hasta terminar cada bocado de la mesa.

Diga lo que diga la reina, no confío en ella. Quizá reconsidere devolverme a los calabozos y dejarme pasar hambre de nuevo. He de estar lista.

Cadence apenas come nada. Fulmina a la reina con la mirada por encima de su copa de vino y a veces usa el tenedor para mover la comida en el plato. La reina bien no se percata o no le importa y come con casi las mismas ganas que yo. No se dirigen la palabra, por lo que me pregunto si siempre han estado así de tensas o si soy yo la causa de su enemistad. Mientras acabamos el lechón, la tez de porcelana de Cadence se vuelve de un tono verdoso. Se tapa la nariz con su servilleta y mira fijamente hacia la ventana para desviar la vista de la mesa.

Parece que los criados están nerviosos, ya que les tiembla la mano cada vez que rellenan la copa de vino de Cadence. No se me escapa que el mayordomo se coloca muy cerca del respaldo de la silla de Cadence, como si estuviese esperando para estirar el brazo y sujetarla. Le palpita un músculo de la mandíbula y, a pesar de no moverse de su posición, le tiemblan las rodillas.

Una vez acabamos de comer, la reina se levanta. Cadence se yergue deprisa en un movimiento reflejo y experto. He pasado tanto tiempo alejada de palacio que hasta que el mayordomo se aclara la garganta, no me percato de que yo también debería ponerme de pie. Los ojos de la reina se entrecierran tras la máscara.

Las puertas se abren y el jefe de ejecutores entra en la sala. Saluda a la reina y a Cadence con una inclinación de la cabeza a cada una.

—Buenas tardes, Su Majestad, principal. He venido a llevarme a mi prisionera.

No se inclina, tal y como debería, pero la reina le sonríe de todas maneras. Al cruzar la sala, camina tan cerca de Cadence que la manga de su túnica la roza. Ella contrae el gesto antes de recomponerse y esbozar una sonrisa vacía.

—Remi y yo hemos llegado a un acuerdo —anuncia la reina—. La llevarás al ala este. Y, por favor, haz que trasladen a su padre a unos aposentos más adecuados.

Ren curva los labios en una sonrisa malvada.

—¿Más adecuados? ¿Para un rebelde? —inquiere; el entusiasmo en su voz es inconfundible.

—Más acogedores, digamos —responde la reina riéndose—. Se lo he prometido.

La sonrisa se esfuma de los labios de Ren y exhibe una mueca malhumorada cual niño enrabietado en lugar de mostrarse como uno de los cantantes más peligrosos del país. Casi espero que dé golpetazos en el suelo.

—Pensaba que...

La reina alza la mano y lo interrumpe.

—Por ahora, has pensado mal. Limítate a recordar los planes que hayas trazado. En caso de que Remi resulte una acompañante insatisfactoria para Cadence...

Trago saliva con dificultad. La amenaza es obvia. Por el bien de mi padre, me tragaré la ira que siento hacia la reina.

—No me cabe duda de que nos llevaremos bien —susurra Cadence.

Ren me toma del codo.

—Bueno, pequeño encanto, es hora de irse. Te mostraré tus nuevos aposentos.

Le dedico a la reina la reverencia más pronunciada que puedo, casi rozando el suelo con las rodillas. El destino de mi familia está en sus manos y, si hace falta, me convertiré en una cortesana obediente. Mantengo, sin embargo, los ojos en la alfombra floral y afelpada a sus pies, temerosa de que, si la miro a los ojos, sea capaz de ver la ira bullir en mi interior.

Mientras Ren me escolta para salir del comedor, Cadence me dedica un gesto vacilante con la mano.

En lugar de cruzar los jardines para dirigirnos directamente al ala este, Ren me conduce por un largo pasillo que lleva a la oeste. Pasamos por delante de estatuas y salas que me vienen al recuerdo a trompicones y ocultos tras una niebla, como si fuesen pequeños retazos de un sueño. De pequeña jugué en estos pasillos y los recorrí innumerables veces. Recuerdo sentarme contra estas paredes, tapándome los ojos, contando y esperando a que papá se escondiese.

Este pasillo estuvo otrora lleno de cortesanos, criados, ministros y hechiceros. Todos tenían su papel en palacio. Imagino las puertas que flanquean el pasillo abriéndose y toda la gente que recuerdo saliendo para saludarme, para adueñarse de esta ala silenciosa con su energía y alegría.

Aunque, por supuesto, no lo harán.

La mayor parte de la gente que recuerdo lleva años muerta; bien murieron en el campo de batalla, o bien se pudren en los jardines. Su alegría olvidada era sustento de las rosas. Aprieto los puños.

Un grupo de estudiantes merodea por el pasillo, no deben de tener más de nueve o diez años. Todos me observan sin disimulo. Visten túnicas de color esmeralda iguales que la del ejecutor y un broche señala su escuela. La mayoría porta una pila de libros en sus brazos huesudos. Dos muestran ojeras que bien podrían deberse a la falta de sueño o a una razón peor.

—Nuestros estudiantes jóvenes más prometedores —explica Ren—. Viven aquí, en palacio, para que yo mismo pueda supervisar su educación en nombre de Su Majestad.

No me cabe duda de que es un honor abandonar la academia para residir entre las paredes consagradas de Cavalia, pero estos niños no parecen gozar del patrocinio de la reina.

Una niña rubia y delgada permanece un paso por detrás del resto. Muestra un corte rojo e inflamado en la mejilla. Se parece tanto a Cadence que se me forma un nudo en la garganta.

Recuerdo las palabras de papá. «No mires para otro lado».

—¿Quién te ha hecho eso? —exijo saber, y vuelvo la cabeza hacia Ren—. ¿Ha sido él?

La chica sacude la suya con tanta fuerza que se le escapa el pelo de las horquillas. Se coloca tras sus amigos aferrando los libros contra su delgado pecho.

—Es una noble. —Uno de los niños pronuncia la palabra como si de un insulto se tratase y finge escupir en la alfombra antes de que la dura mirada de Ren le haga tragar saliva.

—Márchate, Jeffrey —murmura el ejecutor.

El pequeño se encoge como preparándose para sufrir dolor y después se va corriendo por el pasillo.

El resto de los niños se dispersa cual pececillos. La mirada implacable de Ren los persigue hasta que doblan la esquina. Parece una garza en el agua, esperando a que sus presas se reagrupen para devorarlos de un solo bocado.

Continuamos caminando hasta llegar casi al final del pasillo, y Ren me detiene frente a una puerta. Me muerdo la lengua para no expresar emoción alguna. Reconocería el marco de roble en cualquier parte, los nudos y las espirales talladas se me antojan tan familiares como los rasgos de mi madre.

—Ábrela —me insta, y me empuja hacia delante.

Cierro la mano en torno al pomo y me trago una contestación llena de enfado. Abro la puerta despacio, casi esperando que la risa de mamá me embargue y me envuelva.

Pero el interior de la habitación está vacío, mi madre no se encuentra allí. Una cama pequeña y simple se halla en la esquina de lo que antaño fue nuestra recepción. En lugar de la tupida alfombra tapizada que recuerdo bajo los dedos de los pies, hay libros y papeles esparcidos por el suelo. Las hermosas vidrieras que papá encargó para mamá ya no están, y en su lugar hay un papel amarillento. Las pertenencias de mi familia han desaparecido, y en lugar de recuerdos, lo único que queda es polvo.

—Vamos —me apremia Ren, y me insta a adentrarme más en el interior.

Ver mi antigua casa así hace que sea incapaz de contener la furia por más tiempo. No hay razón alguna para que me traiga aquí aparte de para molestarme. Me giro y coloco los brazos en jarras.

—Ya he visto suficiente, gracias —exclamo iracunda.

Él abre mucho los ojos y la boca, como si se dispusiera a cantar. Una parte de mí querría encogerse igual que el niño del pasillo o Cadence en el comedor. Pero Ren solo es un abusón que se crece con el miedo, y no pienso darle lo que ansía. Siendo hechicero, podrá doblegar mi cuerpo, pero no mi voluntad.

—No creo que la reina quiera que me hagas daño. Quiere que coopere, y si me lastimas, se lo diré.

—Me gustaría verte intentándolo sin lengua —gruñe—. Sé que los de tu calaña creéis que todavía deberíamos rendiros obediencia, pero permíteme que te corrija.

El encanto falso y arrogante que había exhibido en su estudio desaparece reemplazado por una rabia brusca y desagradable.

El corazón me late acelerado a pesar de que pongo los ojos en blanco.

—Podrías probar a ser más sutil. Me resulta complicado tomarte en serio cuando dices tales ridiculeces. ¿Crees que la reina no se percataría de que me falta la lengua?

Él me observa, desconcertado.

—Llévame al ala este —le exijo al tiempo que abandono la habitación y me alejo del pasado—. Obedece a tu reina.

Y él cierra la boca en silencio.

Capítulo 19

CADENCE

Espero hasta el anochecer para buscar a Remi. Recojo la vela de la estantería y me aventuro al pasillo. Lacerde quizá sepa dónde encontrar a Remi, pero después de lo sucedido, no me atrevo a preguntarle. Puede que Elene solo tenga intención de que Remi sea mi acompañante en apariencia, y puede que Lacerde ya no quiera guardarme secretos.

Me dirijo a la lavandería, en cambio, con la intención de buscar a la sirvienta que rescató al gato blanco. Sé que ella conoce la respuesta, solo tengo que conseguir que hable conmigo. Los sirvientes tienen sus propias redes de comunicación. A estas alturas todo el personal sabrá dónde duerme Remi.

Uno de los criados ha dejado una capa de viaje raída y marrón en un gancho fuera de la cocina. Me la pongo y me coloco la capucha de modo que me cubra el pelo. Con la cabeza gacha, me apresuro a cruzar la cocina y tarareo para embotar los sentidos de los demás sirvientes. Los cocineros, inmersos en la preparación de comidas específicas para cada uno de los hechiceros de la corte, no se percatan de que me cuelo en la lavandería.

Encuentro a la sirvienta de pie sobre una banqueta de madera, removiendo una tina con agua hirviendo y ropa de cama con lo que parece un remo. El sudor perla su frente y yo me pregunto por qué no mandamos a un hechicero a la cocina a hacerlo todo con su magia. Estoy segura de que usábamos llamas mágicas en los días de la reina Celeste. Un hechicero elemental podría hacerse cargo de las tinas sin esfuerzo, sentado en una silla y leyendo un libro como si nada.

La criada pega un brinco cuando me acerco por su espalda y deja caer la vara dentro de la tina.

—Maldita sea —gruñe entre dientes. Luego se fija en mi rostro y tartamudea—. Principal. Lo lamento… No esperaba… ¿Qué está haciendo aquí?

—Necesito información —susurro—. Y tengo miedo de preguntarle a mi ayudante.

No es justo para ella que le vuelva a pedir ayuda, pero no tengo nadie más a quien acudir.

Echa un vistazo a la lavandería. Las otras dos sirvientas sudan sobre otras tinas iguales a la de ella, arrulladas a soñar despiertas gracias a la monotonía y a mi canción. Canturreo para bloquear sus oídos solo por si acaso.

La criada se estremece al oír la canción.

—El gato está bien —me dice—. Se ha hecho un hueco en el granero de mi hermano. Pero no me pueden ver hablando con usted. A la reina no le gustaría.

Respiro hondo. Lo último que quiero es meterla en problemas. No cuando ya se ha arriesgado mucho llevándose el gato a su casa.

—Si alguien pregunta, diré que empecé con el manchado y que necesitaba sábanas limpias. Solo necesito saber qué aposentos le ha dado la reina a mi nueva acompañante.

La criada se ruboriza ante la franqueza de mis palabras y vuelve a tartamudear.

—S-si la r-reina ha ordenado que la chica ha de servirla, ¿por qué no le pregunta directamente a Su Majestad?

—Puede que no quiera que vea a Remi sin supervisión. Las cosas siempre son complicadas en lo que a la reina se refiere —explico.

Sus labios se curvan en una sonrisa irónica.

—Bien lo sé yo.

—¿Y mi amiga?

La sirvienta suspira.

—Está alojada en el ala este, en los aposentos del final del pasillo. Yo misma preparé su cama.

—Gracias —susurro y rezo para que nadie se entere de que me ha ayudado—. ¿Cómo te llamas?

—Etienne. —Echa un vistazo al interior de la tina—. No conseguiré sacar la varilla de ahí. Se enfadarán mucho conmigo. La madera se ablandará y echará a perder las sábanas para cuando consiga enfriar el agua y sacarla.

Las otras sirvientas de la lavandería han continuado removiendo sendas tinas, con los sentidos abotargados gracias a mi canción. Desde atrás, lo único que veían era mi capa de sirvienta.

—Mete la mano en la tina —le indico.

Los ojos grises de Etienne se alzan de golpe.

—Me quemaré la piel hasta los huesos.

—Hazlo —la urjo, y le hago un gesto hacia la tina, que le llega a la altura de la cintura—. Confía en mí. Si soy capaz de poner a mis pies a todos los asistentes en la Ópera, creo que podré protegerte los brazos de un poquito de agua caliente.

Etienne profiere una risa nerviosa. Luego, despacio, extiende una mano. Empiezo a cantar con voz suave. Uso la magia para enfriar la superficie de su piel, cubriéndola con una capa de hielo protectora que la separe del agua hirviendo. Ella roza la superficie del agua con las puntas de los dedos.

—La siento como el agua de un baño —me dice, sonriéndome.

Se remanga los brazos y luego se inclina hacia el interior de la tina. El agua sigue hirviendo. El vapor rebosa de la tina y se extiende por el suelo de la lavandería. Cuando Etienne se endereza, sostiene el remo de madera entre las manos con una sonrisa amplia y triunfante en el rostro.

Dejo de cantar y ella me da un golpecito en el hombro a modo de despedida. Una extraña sensación de felicidad bulle en mi interior. Ojalá la magia fuese siempre tan simple y agradable como ayudar a una amiga.

Salgo, sigilosa, de la lavandería. A mi espalda, una de las otras criadas exclama:

—¡Por las muelas de Marena! ¡Creo que me he quedado dormida de pie!

El ala este se encuentra al otro lado del jardín desde el edificio principal de palacio. Está conectado por un sendero: un puente adoquinado, flanqueado por una hilera de tiestos de lobelias y de setos de hoja perenne. Me estremezco cuando pongo un pie en el exterior. La noche es fría y una racha de aire helado me roza la nuca. La luz de la luna ilumina un caminito en el jardín. A cada lado, unas rosas blancas brillan como estrellas contra el oscuro suelo. Avanzo con cuidado entre las plantas, levantándome la falda para no ensuciarla.

Necesito que Remi sepa que no la traicioné, y tengo un millar de preguntas que quiero hacerle.

Hay dos guardias vigilando la entrada del ala este. Ambos sostienen mosquetes, y la sola visión de las armas metálicas casi hace que me dé la vuelta y regrese presta a mi habitación. Ren nunca ha permitido que los guardias plebeyos que complementan su séquito de ejecutores lleven armas entre los muros de palacio.

A saber si las armas son para prevenir que Remi se escape o para proteger a los guardias de mí. En años anteriores, Ren habría colocado ejecutores para contener a los prisioneros preeminentes, pero, en los últimos tiempos, se habían graduado muy pocos hechiceros corpóreos en la academia. Ya no hay suficientes de nosotros para apostarnos, así como así, en las puertas. El papel de ejecutor es una posición peligrosa. Sin reemplazos, las fuerzas de Ren estaban menguando.

Adela no ha elegido a muchos niños, lo cual, algunos creen, es señal del descontento de la diosa. De todos aquellos que han recibido el don, muchos han desafiado a la reina y han terminado exiliados en la colonia.

Los guardias escrutan el jardín. Como no puedo manipular los recuerdos, no me atrevo a dormirlos. La gente desentrenada a veces le resta importancia a la magia y prefiere creer que se han desmayado o dormido, pero los hombres entrenados como estos se despertarán sabiendo que alguien los ha hechizado. No tengo más elección que hablar con ellos y convencerlos de que me dejen pasar.

—Que tengan buena noche —les digo.

Cuando la luna ilumina mi rostro, los guardias se juntan más.

—Principal. ¿Qué está haciendo aquí? Esta no es su ala.

—Solo estoy dando un paseo —miento—. Hace una noche despejada y perfecta. Necesitaba estirar las piernas. Quería ver si a *lady* Remi le gustaría acompañarme.

—No sé si lo tiene permitido. Nos encomendaron que la vigiláramos de cerca —me informa el más mayor de los dos.

Lleva el brazalete plateado de los capitanes. Eso también es inusual. A Ren no le gusta ascender a los plebeyos. Debe de estar desesperadísimo por llenar sus filas.

Por un momento, considero la idea de recordarles mi rango. Sigo siendo la cantante principal de la reina, aunque ahora mismo esté en desacuerdo con ella.

—¿Por qué no nos escoltan? —Le ofrezco mi brazo y una sonrisa—. Estoy segura de que nadie pondrá impedimento si un capitán me escolta en uno de mis paseos.

Los guardias intercambian una mirada.

—No, canticante —se opone el capitán con voz temblorosa—. Seguiremos aquí, en nuestro puesto, pero cuando salga del ala, por favor, manténgase en los jardines, a nuestra vista.

—Por supuesto —convengo.

Me abre la puerta y se aparta a un lado. Se inclina tanto que su pelo le roza las rodillas.

—Por favor, permítame.

Le sonrío de oreja a oreja y me adentro en la calidez del corredor.

El ala este es la parte más antigua de Cavalia, construida siglos antes que las lujosas alas oeste y sur, cuando Bordea por fin se declaró independiente de Solidad bajo el reinado de la reina Maude IV. A diferencia del resto de palacio, el ala está hecha de pizarra gris; construida para la guerra, para defenderse. Tiene pasillos estrechos y tortuosos, escaleras en espiral y hendiduras en la pared que hacían las veces de ventanas, diseñadas más para el uso de los arqueros que para dejar entrar la luz.

Cruzo el oscuro pasillo hasta que llego al fondo, donde se yergue un reloj de pie. Es antiguo, hecho de madera de caoba lustrosa y casi tan alto como el techo. Lo decoran unos dígitos antiguos. Emana de él un olor a jazmín y a papel envejecido, la magia que hace que su mecánico corazón lata y funcione. El hechizo es viejo y el hechicero que lo lanzó lleva ya bastante tiempo en la tumba.

Cuando alcanzo la puerta de los aposentos de Remi, me sorprende no hallar más guardias apostados allí. Pero, bueno, imagino que la verdadera seguridad de Elene procede de mantener al padre de Remi prisionero. Siempre que el vizconde permanezca bajo la custodia de Ren, Remi nunca huirá.

Llamo a la puerta. Dentro, oigo el crujido apresurado de una falda y el sonido de sonarse la nariz.

—Adelante —indica Remi.

Abro la puerta con el hombro. Remi está sentada en una postura rígida sobre el borde de la cama. Es evidente, a juzgar por el estado de la habitación, que nadie ha dormido aquí en mucho tiempo. Las cortinas que cuelgan sobre las ventanas sucias están descoloridas y llenas de polvo. El mobiliario parece antiguo, de otra época. Nadie ha encendido el fuego del brasero, y la única fuente de luz de la habitación es una gruesa vela de sebo que se yergue sobre la mesilla junto a la cama y de la que emana un humo negro.

Pues menos mal que es una invitada. Al menos sé que las sábanas están limpias.

Cierro la puerta enseguida y, antes de perder el valor, espeto:

—Yo no le conté nada a Elene. Nunca traicionaría así a tu familia.

Remi se encoge de hombros. Tiene las pestañas húmedas y su voz suena un tanto nasal, pero ahora que estoy aquí, no derrama ni una lágrima.

—Sí que me lo pregunté, pero el jefe de ejecutores ya había interrogado a Mercedes cuando me trajeron aquí para hacer lo mismo conmigo. La reina prometió rebajarle la sentencia si le daba información. —Suelta una maldición en voz baja—. Incluso se inventó unos cuantos cargos.

Suspiro. Mercedes nunca ha sido una hechicera poderosa. Dejó la academia con catorce años y con una clasificación muy baja, porque suspendió los exámenes de nivel superior. Tampoco tiene experiencia en la política de la corte. Ren debe de haberla aterrorizado.

—Estoy segura de que estaría asustada —digo, por fin—. ¿Arrestaron a alguna monja?

—También trajeron a la hermana Elizabeta para interrogarla. —Sus labios se curvan en una sonrisa irónica—. Pero no les contó nada.

Me siento junto a Remi en la cama. Mi lengua se niega a moverse. Siento el calor que emana de su hombro. Sentarme con ella de esta manera me resulta familiar y extraño a partes iguales. Aunque la tengo muy cerca, por alguna razón la distancia entre nosotras parece insalvable.

—La reina me dijo que estaba teniendo dificultad a la hora de manejarte —musita Remi, mirándome intensamente con sus ojos marrones—. ¿A qué se refería?

—Discutimos —digo y bajo la mirada hasta el regazo—. Así que asesinó a mi perro.

Ahora suena como algo muy trivial. La reina ha aprisionado a Remi y a su padre y los ha amenazado con ejecutarlos. Su vida está en peligro y aquí estoy yo lamentando la muerte de mi mascota. No sé qué contarle sobre Anette. La pérdida que siento es desproporcionada. Solo estuve con la chica una vez, y aunque me sentí conectada a ella por el pasado que compartíamos, no nos habían dado tiempo suficiente como para crear un verdadero lazo entre ambas.

—Oh, lo recuerdo —dice con la voz tan dulce que se me encoge el corazón—. Siempre estaba contigo.

Asiento. Nip estuvo conmigo desde la primera semana que llegué a la academia de hechiceros, cuando no tenía más que cinco años. Una perra de caza de la antigua reina se escapó y se apareó con un macho desconocido. Nadie en la corte quería tener cachorros, así que Madam Guillard los acogió. Mandó la mayoría de los cachorros a la granja de su hermano, en el campo, pero se quedó con el más pequeño para mí. Incluso de pequeña, ya era muy inquieta, así que Madam creyó que Nip podría ayudar a calmarme y le permitió vivir en los dormitorios.

Nip fue mío desde el momento en que posé los ojos sobre él. Aunque era pequeño, era el más atrevido de la camada. Cuando lo aupaba en brazos, él me lamía la barbilla y todo su cuerpecito temblaba de felicidad. Aquellas primeras noches que durmió acurrucado bajo mi brazo, sus ronquidos eran tan constantes y tranquilizadores como el tictac de un reloj.

Unos cuantos días después, conocí a Remi. Su padre se estaba tomando un descanso de sus reuniones con los ministros de la reina. Estaban jugando a un juego juntos. Él la perseguía por los pasillos y ella chillaba risueña con sus rizos caoba rebotando a su alrededor. Me oculté detrás de las cortinas y los observé, deseando y rezando poder traer de vuelta a mi propia familia mientras sostenía a Nip entre mis brazos.

Cuando el padre de Remi regresó al trabajo, Nip se liberó de mi agarre. Corrió directo hacia Remi y yo lo seguí.

—¿Por qué lo mató la reina? —inquiere Remi—. ¿Fue por el chico al que curaste?

Las lágrimas empañaron mis ojos.

—Vino a mi estudio el día siguiente de coincidir contigo en el hospital. Entre la Actuación y los muchos pacientes que curé esa semana en el hospital, apenas tenía voz. Elene dijo que tendríamos que habernos saltado la canción sanadora en la Ópera después de la de calor.

—Ahora mismo no podría andar si lo hubieses hecho. —Remi se estremece—. ¿Por qué la dejas mangonearte? He sentido tu magia. Podrías plantarle cara si quisieras. —Su voz es suave, pero aprieta la mandíbula y retuerce las manos entre las sábanas.

—Mi magia no funciona con ella —explico, y luego respiro hondo—. Esa es la razón por la que te ha traído aquí. Después de matar a Nip, sí que intenté hacerle daño. Seis guardias y Durand están muertos porque perdí los papeles, pero Elene no se vio afectada. Se protegió del hechizo como si no fuera nada.

—¿Cómo es posible?

—No lo sé. —Entierro el rostro entre las manos—. Todos los presentes murieron. Los guardias. Durand. Pero Elene se quedó allí quieta, sin más, tarareando, y, cuando yo dejé de cantar, me ahogó con su hechizo. Puede que sea alguna especie de magia nueva, un regalo de Odetta. O quizá, simplemente, es así de poderosa.

Trazo un círculo con los dedos en el cuello, donde la canción de Elene me cortó la respiración.

Remi frunce el ceño.

—¿Hay hechizos bloqueadores? Debe de haberlos. Cuando los hechiceros luchaban en las guerras, debían de tener algún modo de defenderse. Quizá el problema no sea tu fuerza ni la diosa a la que veneres, sino que nunca has aprendido a defenderte.

—Me he pasado años estudiando hechizos corporales. Soy una de las mejores formadas en palacio. Hay cosas que no he estudiado, pero sé cuáles son. Elene se aseguró de que tuviese la mejor... —me detengo y me muerdo el labio. Elene siempre ha elegido a mis maestros. Ha dirigido mi plan de estudios desde el día que llegué a palacio. Siempre creí que su interés radicaba en asegurarse de que estuviese lo mejor formada posible y de que fuese lo más poderosa que me permitieran mis habilidades.

Pero ¿y si Elene había confeccionado mi educación para convertirme en el arma perfecta? ¿Una que obedeciese sus órdenes y actuara con efectos devastadores, pero que nunca se volviera en su contra?

Nunca nadie me había enseñado una canción para defenderme. Madam Guillard no mencionó ni una vez que hubiese hechizos que pudiera aprender, ni siquiera cuando iba corriendo a sus brazos después de que Ren me hubiese embrujado. Siempre me decía que era imposible bloquear los hechizos.

¿Me ha dejado mi maestra, mi mentora, vulnerable por elección propia?

—Aunque exista tal cosa —digo a la vez que mi corazón roto late con fuerza en el pecho—, Elene conoce esos hechizos desde hace años. Yo ni siquiera sé dónde buscar los volúmenes para aprender ese tipo de magia por mi cuenta. Está prohibido. Y necesitaría práctica.

—¿Y no merece la pena arriesgarse?

Me levanto y paseo a lo largo de la pequeña estancia. Elene casi me mata en nuestro último encuentro. Desafiarla de nuevo, sin la preparación adecuada, supondrá una muerte segura.

—Odio a Elene —confieso—. Odio las Actuaciones. Odio lo que le hace a la gente como tú, lo que le ha hecho a Nip. Pero no quiero morir.

Y, si Elene no me mata, me lo arrebatará todo: mi magia, mi posición, mi hogar. No tengo familia, ni riquezas. Terminaré como Anette, sola y en las calles, sin nada.

—Desde que era una niña, todos los que conozco han vivido temerosos de ella —me cuenta Remi, cerrando los ojos a la vez que un escalofrío la recorre de pies a cabeza—. Cada vez que vamos a la Actuación, nos preguntamos si será la última. Nos preguntamos si nos ejecutará en la Ópera. Mi padre está tratando de casarme con un chico al que no amo, solo para mantenerme a salvo. Si tuviera alguna oportunidad de destituirla, sin magia, lo arriesgaría *todo*.

Aparto la mirada, avergonzada. Si nuestras posiciones estuvieran invertidas, y ella fuera la canticante en vez de serlo yo, no dudo de que arriesgaría su vida para salvar a su familia. Para salvar a todos los que conoce. Pero yo tengo demasiado miedo.

—¿No crees que se lo debes a la gente a la que haces daño en nombre de Elene? —insiste Remi, levantándose de la cama y colocándose a mi lado—. Habla con alguien. ¡Entérate de los hechizos de los que te ha privado la reina!

Uno de sus rizos se libera de la sujeción de las horquillas. Remi se mueve hasta el escritorio para recolocárselo y enciende otra vela para iluminar el espejo. Bajo la luz titilante de la vela, su semblante parece más redondo, más joven.

La nostalgia me atenaza el estómago. Recuerdo la tonalidad de su risa, la calidez de sus dedos. Pasar tiempo con ella me hacía feliz. No albergo muchos buenos recuerdos de los años posteriores a que su familia abandonase Cavalia.

Podría visitar a Madam Guillard y exigirle conocer lo que no se me ha enseñado. Sé que mi antigua tutora comparte mis creencias religiosas. Sabe que la magia de canto es un don que Adela otorga o quita a placer, y que ha de usarse para ayudar a los demás. Me lo dijo el día que entré a la academia aferrada al collar de mi madre. Y no dejaba de repetírmelo en mis primeras clases, antes de que Elene tomara las riendas y los recordatorios cesaran de forma abrupta.

—Preguntaré acerca de los hechizos bloqueadores —digo—. Pero podría ser que mi magia fuera más débil. O quizá algunos dones permiten usar escudos y otros no. La magia no es una ciencia. No es exacta. No sé lo que me permitirán hacer mis poderes hasta que lo intente.

Los ojos de Remi se cruzan con los míos y veo que brillan casi tanto como su sonrisa.

—¿Tienes aquí todo lo que necesitas? ¿Te han traído comida los sirvientes?

Ella asiente y hace un gesto hacia la cama con la mano.

—Sí, y esto es un poquito mejor que el suelo de una celda.

—Te mandaré llamar mañana —la informo, y odio cómo suenan las palabras—. Como los guardias me han dejado pasar esta noche, no creo que nadie ponga objeción alguna en que te vea en mi estudio. Allí habrá testigos, pero puedo intentar contarte lo que averigüe.

Me dirijo a la puerta y la abro de un tirón. Casi espero encontrarme a uno de los guardias escuchando a hurtadillas detrás, pero el pasillo está desierto.

—Cadence —me llama Remi cuando pongo un pie fuera.

Vacilo en el umbral.

—Gracias.

Su gratitud me arrebola las mejillas y hace que el corazón se me acelere. Pero aún no he hecho nada digno de su agradecimiento y no estoy segura de poder ser la persona que ella quiere que sea.

Capítulo 20

CADENCE

Los guardias inclinan la cabeza hacia mí una vez abandono el ala este y muestran un alivio evidente. La conversación con Remi me ha dejado temblorosa, pero ahora es tan buen momento como cualquier otro para hablar con mi antigua tutora. Puede que pierda el valor si espero.

Intento parecer tranquila mientras cruzo los jardines de palacio. Introduzco las manos en los bolsillos de la capa y mantengo un ritmo sosegado. A pesar de empezar a haber nubes, soy capaz de ver el destello más tenue de las estrellas, que apenas se aprecian debido a la neblina gris. Lo que más me gusta de palacio es la noche, cuando todo se tranquiliza.

Remi parece estar segura de que las cosas podrían cambiar. Ojalá me contagiase su optimismo, pero llevo viviendo mucho tiempo con Elene.

La academia de hechiceros se encuentra en la cima de una colina en el extremo más alejado de los jardines de palacio. A menudo, los criados la denominan ala a pesar de contar con un edificio propio: una torre esférica hecha de piedra marina y rodeada por un muro de pizarra negra.

Me envuelvo la capa con más firmeza al iniciar la subida a la colina. El camino está resbaladizo por el hielo de la primera helada de otoño y empieza a levantarse viento. Hay un solo guardia que recorre el murete y que lleva un portapapeles en lugar de un arma. No está ahí para protegernos, sino para informar de nuestros movimientos a Ren. Imagino que todo el reino espera que los hechiceros nos protejamos a nosotros mismos, a pesar de que cualquiera de nosotros les podríamos haber aclarado que los cantantes dormimos igual que el resto del mundo.

La pintura esmeralda de la puerta se ha empezado a desconchar y el llamador de bronce está cubierto de manchas de óxido azules grisáceas. La puerta chirría al abrirse. La academia necesita dinero para realizar reparaciones, pero ahora que sus mejores cantantes residen en palacio con la reina, ya no pagan los gastos de mantenimiento.

Antes, la mayoría de los hechiceros jóvenes de Bordea vivían aquí. Comíamos, trabajábamos y cantábamos juntos sin importar nuestra escuela o nuestra clasificación. Ahora dividen a la mayoría de los estudiantes nada más llegar. Los mejores acuden a palacio de inmediato para entrenarse donde Ren pueda vigilarlos y estudian con tutores que acuden allí cada día. Aquellos que poseen menor magia, o que tardan más en desarrollar sus habilidades, entrenan aquí. La única zona de la academia que mantiene el esplendor de antaño es la biblioteca, ya que los hechiceros de todo el país vienen a estudiar los volúmenes que aquí se guardan.

El pasillo de mármol está oscuro. Han extinguido la llama de las antorchas de las paredes hasta que un elemental las encienda por la mañana. Madam Guillard aún impone un toque de queda y una hora de acostarse a los estudiantes. Continúo caminando y dejo abierta la pesada puerta para que la luz de la luna me ilumine el camino.

Algo cálido me roza la pierna.

Me sobresalto y me preparo para regresar enseguida a la puerta. Puede que, si han lanzado un nuevo hechizo de protección, este no me reconozca. De dar un paso más, quizá acabase atrapada flotando en el aire hasta mañana.

Sin embargo, solo es del viejo gato atigrado y gris de Madam, que frota su hocico contra mis pantorrillas. Lo levanto y me ronronea en el oído.

Los aposentos de Madam Guillard se encuentran en la planta baja, alejados de los dormitorios. De pequeña, los alumnos mayores me contaron que era para prevenir que se escabulleran de noche. A los oídos finos de Madam no se les escapa nada y se rumoreaba —a pesar de que nadie lo ha confirmado todavía— que elevaba a los alumnos rebeldes con un ciclón y, con un tornado, los devolvía uno a uno a sus camas.

El gato se me posa en el hombro mientras recorro el pasillo oscuro hasta encontrar la entrada a sus aposentos. La puerta está entornada y la luz de la vela forma una sombra alargada, como de serpiente, por el suelo. Llamo dos veces y aguardo.

—¿Quién es? —pregunta Madam.

Abro la puerta y me interno en la luz. Encuentro a Madam sentada en la cama, ataviada con una bata esmeralda. El cabello plateado le cae sobre los hombros y lleva unas gafas en la punta de la nariz. Tiene un libro apoyado en las rodillas. El gato salta y se coloca a su lado en la cama.

—¿Cadence? —inquiere. Me dedica una sonrisa cálida y amable—. ¿Qué te trae por aquí? Si hubiera sabido que vendrías, habría calentado la tetera.

Su voz suave provoca que se me llenen los ojos de lágrimas. ¿Cuántas veces la he visitado todos estos años? De pequeña solía meterme en la cama con ella, y me leía un cuento antes de cubrirse con la capa y acompañarme a mi habitación en palacio. Venía aquí siempre que la soledad me abrumaba. Cuando Ren me hería y sentía la necesidad de recibir unas palabras de afecto, acudía a Madam. Me abrazaba y me aliviaba el dolor con infusiones de menta.

Y, sin embargo, no me enseñó a frenarlo. ¿Era consciente de que me estaba relegando a seguir sufriendo cada vez que me curaba y me consolaba?

—Tengo que hablar contigo —le explico y trago saliva con fuerza— sobre las canciones que bloquean otros hechizos.

Ella se tensa. Yo aguardo en el umbral, a la espera, mientras ella acaricia el pelaje de su gato. Veo una batalla de emociones en su rostro. Es cómplice al igual que yo, y sé lo que se siente cuando te enfrentas a esa verdad.

—Cierra la puerta y echa el pestillo —susurra por fin.

A continuación, Madam toma una gran bocanada de aire.

—Debes entender que fue la reina quien estipuló tu plan de estudios. Tu educación dejó de estar en mis manos desde que te trasladaron a palacio.

—Lo sé. —El ambiente en la habitación es demasiado caluroso, demasiado sofocante.

—Su Majestad quería que aprendieses una selección específica de canciones que resultasen útiles en las tareas que quiere que lleves a cabo. Quería que las aprendieses a la perfección. Por eso descuidamos tu formación con las plantas.

—No se trata de las plantas —me obligo a decir antes de perder arrojo—. Acudí a ti una y otra vez cuando me hacían daño. Ni siquiera mencionaste que podría haber una manera de detener a Ren. Jamás había visto un hechizo bloqueador hasta que Elene lanzó uno. No aparece nada en la biblioteca.

—¡Yo quería enseñártelos! —A Madam se le quiebra la voz—. Pero, de haber usado uno contra Ren, la reina se habría enterado. Cuando aún eras joven, podría haber elegido a otra cantante. Y habría sido peor para nosotras dos.

Yo misma he usado esa excusa. Elene siempre empeora las cosas. Es lo que le he explicado a Remi. Pero me resulta más difícil de aceptar al recordar lo pequeña que era, y lo asustada y desvalida que estaba yo por aquel entonces contra los hechizos de Ren.

Madam suspira y señala a la estantería junto a la ventana.

—Tráeme el volumen de cuero rojo. Ya eres lo bastante mayor como para ser prudente.

La estantería de Madam es tan alta que llega hasta el techo y ocupa toda la pared trasera de su dormitorio. Camino hacia ella y rozo los suaves lomos de los libros. La mayoría son de ficción: pequeños ejemplares con cubiertas de papel. A pesar de la tristeza que siento, consiguen que sonría un poco. Jamás habría pensado que Madam Guillard también leía novelas a escondidas.

El libro que quiere resulta fácil de encontrar. Es un volumen grande con letras doradas estampadas en relieve y que está en la estantería superior, solo. Es demasiado tarde cuando veo que un cuchillo descansa sobre él, y el arma cae a mis pies al tomar el libro.

La empuñadura tiene perlas incrustadas y, bajo la luz de la vela, emite un brillo dorado. La hoja huele a innumerables hechizos que se entrelazan hasta despedir un hedor abrumador. Me agacho para recogerlo, pero la advertencia de Madam hace que aleje la mano enseguida.

—¡No lo toques! —grita—. Solo el libro, por favor.

Mantengo la mirada en el cuchillo un momento más. Es muy buen acero: está bien forjado y es caro. Además de ilegal entre los muros de palacio. Me gustaría creer que Madam lo ha hechizado con una canción de calor o un hechizo inmovilizante al igual que hice yo con las tijeras de podar en el hospital. Sin embargo, no huele a su magia —a un levísimo hálito de magnolia— y me genera la misma sensación de inquietud que la carne de animales he han matado con crueldad.

Pero he venido en busca de información. Si intento hurgar demasiado en otra cosa, puede que Madam Guillard me pida que me marche.

Le acerco el libro de hechizos a Madam. Ella lo toma de mis brazos con un gruñido y empieza a hojearlo.

Madam tamborilea los dedos en las páginas abiertas del volumen y se aclara la garganta.

—Siempre guardo este libro en mi habitación en lugar de en la biblioteca de palacio. Ya sabes que no incentivamos la práctica de magia personal de ningún tipo. Hay demasiadas cosas que podrían salir mal y, no obstante, en ocasiones nos vemos obligados a usarla para protegernos. —Sus ojos escudriñan mi semblante con cariño—. Quería mostrártelos. En las muchas ocasiones que venías a verme. Anhelaba enseñártelos. Cuando la mayoría de los estudiantes corpóreos cumplen los diez años, empezamos a enseñarles canciones de protección. Pero Su Majestad no quería que las conocieses y no podía exponerme al enfado del jefe de los ejecutores.

Trago saliva, aunque tengo la boca seca. Así que, en lugar de enfrentarse a la ira de Ren, dejó que esta cayera sobre mí. Sobre una niña.

Bajo la vista hacia las páginas. Las notas son extrañas y la melodía me resulta del todo nueva. Magia personal. Desde pequeña, mis instructores me han advertido en contra de su práctica.

Remi tenía razón. Sí que existe. No es algo exclusivo de Elene, gracias a un don de Odetta. Es solo que no me la han enseñado.

A lo largo de los siglos, muchos cantantes han engrosado las filas del ejército de la reina. Nos enseñan sus hazañas en la academia. Los hechiceros fueron indispensables para asegurar la independencia de Bordea de nuestro vecino septentrional, Solidad. Acabaron con los nobles que se resistieron a Elene. Claro que los hechiceros combatientes necesitaban tanto métodos de ataque como de defensa. Tal y como me había dicho Remi.

Arrastro la silla del tocador de Madam hasta el lado de la cama y me acomodo en ella. Madam me da una palmada en el brazo, pero yo retrocedo.

Ella aleja la mano enseguida.

—Me he enterado de lo sucedido entre la reina y tú en palacio. Lo siento, Cadence. De verdad. Sé que debería haberte enseñado estos hechizos antes para protegerte de ella. De ambos.

Permito que las lágrimas me resbalen por las mejillas. Ojalá sus palabras pudieran consolarme, pero no es así. Desde que la estricta matrona del hogar de menores me trajo a palacio, Madam ha sido lo más cercano a una figura materna que he tenido. A pesar de ello, nuestras interacciones siempre han estado programadas por Elene y saberlo me duele. A Madam nunca le han permitido quedarse conmigo en palacio ni comer conmigo en mi dormitorio. Yo había supuesto que era ella la que no quería. Al fin y al cabo, no protestó cuando Elene se hizo cargo de mí ni cuando insistió en que me convirtiese en su cantante principal.

Y, sin embargo, soy incapaz de sentir resentimiento hacia ella. Soy consciente de lo que hemos tenido que hacer para sobrevivir.

—Aunque este volumen contiene varios hechizos, solo deberías usar magia personal para defenderte —me pide—. No quiero que pienses que los hechizos de este libro son seguros. Hechizarte a ti misma es tan peligroso como siempre te he advertido, incluso aunque sea con fines protectores. Debes prometerme que solo usarás estas canciones defensivas en caso de emergencia.

—Lo prometo —asevero—. Tendré cuidado.

Pasa varias hojas más antes de entregarme el volumen. Yo lo acuno contra mi regazo para analizar la música. La página muestra un estribillo simple de dos estrofas. Las notas están dibujadas con tinta roja oscura encima de las palabras del hechizo impresas en negro.

Cuando lanzo un hechizo, lo más importante es la melodía, seguida del tono. Puedo usar magia sin cantar siempre que tararee el estribillo. La diosa que nos concede los poderes escucha nuestros pensamientos. Lo que la arroba no son las palabras, sino la propia música, el tono, la escala cromática, el ritmo, la cadencia y la naturaleza única de cada interpretación humana.

—Llévate el libro —dice Madam. Estira la mano y dobla la esquina de la página, lo cual hace que yo tuerza el gesto—. Esta página y las dos siguientes contienen hechizos defensivos. Esta transformará tu piel en metal para que puedas bloquear la gran mayoría de hechizos superficiales. Los otros modificarán tu temperatura corporal o te relajarán los músculos para que no te afecten los golpes ni los estrangulamientos. La magia de Elene es fuerte, pero al igual que el resto de nosotros, prefiere unos hechizos antes que otros. Con estos te bastará siempre y cuando no los anticipe. Practica en tu estudio. Mantén el libro escondido. No hace falta que te diga que, si lo encuentra, se enfurecerá.

—¿Le enseñaste alguna vez? ¿A Elene? —Es una pregunta que siempre le he querido formular, pero nunca me he atrevido a hacerlo. Por el pelo canoso y las líneas de expresión junto a los ojos y la boca, calculo que Madam Guillard debe de acercarse a los sesenta años. Elene no tiene todavía cuarenta, sigue siendo joven.

—Cuando trajeron a la reina a palacio yo era una joven instructora, pero sí que le di varias clases.

—¿Es tan fuerte como dice la gente?

Mi tutora suspira.

—Más todavía. Por aquel entonces la directora de la academia era Madam Olivette. Ella pensaba que, cuando se retirase, Elene ocuparía su puesto y se ocuparía de la academia.

Me resulta complicado imaginarme a Elene de estudiante y más aún pensar cómo habría sido su vida de haber tomado otro rumbo. Puede que ahora se hubiese encontrado sentada en la cama de Madam Guillard, con una novela romántica apoyada en las rodillas. Con un poder así, por aquel entonces su futuro habría estado asegurado, cual destino forjado. Y, no obstante, había ansiado más. Si no hubiera conocido al vizconde, ¿se habría contentado con una vida de instructora o de directora? Soy incapaz de imaginármelo.

—¿Ha sido siempre así de ambiciosa? —pregunto con cautela.

Madam Guillard profiere una risa.

—Sí. Siempre ha sido competitiva, siempre tenía que ser la mejor en todo lo que hacía. Antes, la academia no era tan inflexible con los puestos como lo es ahora, pero los mejores patrocinios eran competitivos. Los únicos que los conseguían eran los alumnos más brillantes. La mayoría de los instructores la alentaron.

—¿Y usted?

Mi tutora agacha la cabeza.

—Supongo que no la disuadí. Provenía de una familia humilde a la que le costaba pagar la matrícula anual. Creo que sentía la necesidad de demostrarle su valía al resto de los estudiantes y yo vi el potencial que tenía. Pero debería haber dicho algo cuando el vizconde comenzó a visitarla y a enviarle joyas y mensajes.

Asiento antes de abrir la capa y meterme el volumen bajo el brazo. Alguien se percataría si lo llevara al descubierto, aunque fuera de noche. Tengo que llevarlo directo a mi estudio.

—Gracias por el libro —susurro. Si los hechizos son tan poderosos como Madam Guillard cree, puede que tenga una oportunidad. No es que la haya perdonado, pero sí que la comprendo—. ¿Funcionan siempre? ¿Hay alguna excepción?

—Siempre las hay. Estos hechizos no protegen contra todo, y, en cuanto Elene se percate de que has usado uno, puede que lance un ataque no tan común. —Sacude la cabeza—. Es una pena que hayamos concebido más hechizos para la violencia que para la defensa. Y ahora que Elene reza a Odetta, puede que la hayan bendecido con alguna clase de sabiduría especial. Al fin y al cabo, Odetta es famosa por su sed de sangre.

—Entonces, ¿cómo puedo enfrentarme a ella?

Madam mira por la ventana y le tiembla la voz cuando responde.

—Debes estar preparada si usas uno de esos hechizos contra la reina o sus ejecutores. Debes estar lista para atacar en cuanto baje la guardia, porque te garantizo que, en cuanto sienta que tu magia te protege contra ella, Elene no esperará a que haya una próxima vez.

—¿Quiere que la ataque?

—Por supuesto que no. No a menos que no haya otra opción. —Apoya su palma fría contra mi mejilla y me mira a los ojos—. Os he enseñado a ambas. No deseo enterrar a mis alumnas.

Capítulo 21

CADENCE

En cuanto llego a mi estudio, me apresuro a cerrar la puerta con pestillo a mi espalda. No quiero que nadie entre sin avisar, aunque es demasiado temprano como para que Elene me moleste.

Acaricio la cubierta roja de piel del libro. Sus páginas cremosas están hechas de vitela, cuero de becerro suave, un material que ya apenas usamos en Bordea. El grosor de cada página y la tinta brillante y bañada en oro hacen que el libro parezca infinitamente más poderoso y antiguo. Me siento en el banco del piano y hojeo el tomo hasta encontrar las canciones que Madam me ha mostrado.

Las melodías son sencillas y han de cantarse presto. Tarareo el cantamiento a la vez que mis ojos estudian los compases. La letra es más compleja. El texto conciso y negro bajo cada compás está en una lengua que no he visto nunca.

La mayoría de los cantamientos están escritos en una especie de poesía aliterada y son fáciles de memorizar. Casi todos están en bordeano, aunque en la biblioteca quedan unos cuantos volúmenes de la época de la ocupación de Solidad que están escritos en solés. Pronuncio por separado cada sílaba de las palabras que tengo frente a mí. Mi lengua tropieza torpemente en cada frase y, aunque no hay nadie mirándome, siento el rubor colorearme las mejillas.

De pequeña la lectura no me resultaba fácil. Recuerdo la humillación de estar frente a la clase entera, trabándome con las letras que parecían moverse solas sobre la página. Los estudiantes se reían a la vez que la profesora suspiraba con frustración.

Cuando en la academia se enteraron del poder de mi magia, Madam Guillard se hizo cargo de mis clases de literatura. Me

179

enseñó un método fonético nuevo, donde debía pronunciar las sílabas una por una. Aprender siguió sin resultarme fácil, pero con su ayuda, fue posible. Luego los libros que se me habían antojado inaccesibles se abrieron cual portones de metal para revelarme los mundos ocultos más allá.

—¿Le traigo el desayuno aquí, principal? —grita una voz grave al otro lado de la puerta cerrada.

Dejo el volumen sobre mis rodillas. Aunque no he dormido, la verdad es que tengo apetito.

—Sí —respondo, y luego vacilo. Aunque los sirvientes de palacio me temen, no estoy segura de si obedecerán cualquier orden directa concerniente a Remi. Sea cual sea su título aquí, saben que es la prisionera de Elene—. ¿Me traes a mi nueva acompañante? Quiero cantarle.

Una pausa. Me levanto del banco y me acerco a la puerta. Abro una rendija y observo al sirviente. Es joven, con un bronceado atenuado y un puñado de pecas en la nariz, algo que sugiere que ha trabajado al aire libre hace poco. Su alborotado pelo pelirrojo sobresale en punta por detrás, una ofensa que el mayordomo jefe no permitirá durante mucho tiempo. Puede que aún no conozca cómo funcionan las cosas aquí.

—¿Y bien? —ladro, tratando de imitar la expresión regia y enfurruñada de Elene.

El chico abre los ojos como platos y desaparece por el pasillo. Conforme cierro la puerta, lo oigo gritarles a las sirvientas que me traigan el desayuno. Perfecto.

Llevo el libro al atril y lo coloco encima. Letras complicadas o no, si voy a practicar las canciones, he de hacerlo antes de que los hechiceros del castillo se despierten. Para los plebeyos, estas canciones sonarán igual que cualquier otra que practique. Pero no puedo dejar que Elene o Ren, o cualquiera de sus espías, me escuchen. Madam Guillard tiene razón. Si alguna vez voy a enfrentarme a Elene, necesito el factor sorpresa.

Respiro hondo, relajo el diafragma y cuadro los hombros. Leo la letra una última vez y la interiorizo. Luego proyecto la voz y comienzo a cantar. Cuando aprendo canciones nuevas, me gusta cantar tan alto y fuerte como puedo. Una vez que la magia y la música me resultan más familiares, las perfecciono.

Las gruesas paredes del estudio acallan la mayor parte del sonido.

Espero que la magia personal sea grandiosa y abrasadora. Es un poder prohibido y potente, y me da la sensación de que ha de manifestarse como el fuego o como un frío devastador. Un poder que me sacuda hasta los huesos. Pero cuando canto, la magia solo susurra. Me envuelve la piel, tan suave y blanda como la lana.

Algo va mal. No debería sentir así un hechizo de protección tan potente. La magia personal es un arte peligroso, pero esto es más bien mundano, como el hechizo de curación de un pequeño corte con el papel. Dejo de cantar a la vez que unas lágrimas de frustración hacen que me escuezan los ojos. Mi hechizo es débil. Vuelvo a ojear las palabras en la página e intento pronunciarlas de un modo diferente, con pausas exageradas y consonantes más duras. Pero esta vez, cuando canto, la magia ni siquiera aparece.

Le doy un puntapié al atril y este se tambalea y el libro aterriza bocabajo y abierto en el suelo. Debería haber sido más lista antes de poner esperanza alguna en el plan de Remi. Elene debió de excluir estas canciones de mi educación porque son inútiles.

Quizá haya otros volúmenes como este con hechizos de protección más potentes y resistentes. Pero si existen, Elene los habrá guardado bajo llave en su biblioteca personal. O puede que Madam Guillard no haya querido confiarme sus secretos. Quizá Ren los haya relegado todos a una hoguera. Solo de pensar en esas páginas antiguas y preciosas escritas a mano reducidas a cenizas hace que un sollozo ascienda por mi garganta.

—¿Cadence? —la voz de Remi interrumpe mi tristeza. Abre la puerta. Yo resoplo y me limpio la nariz.

El ayuda de cámara pelirrojo permanece en el pasillo, detrás de ella.

—Su desayuno estará listo enseguida, principal —me informa.

Escolto a Remi hasta el interior y le cierro la puerta en las narices al sirviente, para su sorpresa.

Remi va ataviada con un vestido dorado claro de tafetán que cruje cuando se mueve. Tiene el cuello de encaje blanco, con pequeños botones de perlas perfectamente redondas. Se ha recogido los rizos pelirrojos en un moño, sujeto gracias a una gran multitud de horquillas diminutas. Me cruzo de brazos en un pobre intento de ocultar mi túnica arrugada. Incluso el perfume de mi magia es incapaz de esconder lo mal que huelo.

Sus ojos viajan hasta el libro sobre el suelo y luego se fijan en las lágrimas de mis mejillas. Se arrodilla y recoge el libro, luego lo coloca con reverencia en el atril.

—Tienes buen aspecto —espeto. Cuando éramos niñas, siempre estaba celosa del físico de Remi: de sus mejillas redondeadas y rollizas, de los preciosos vestidos nuevos que llevaba cada día. Aún la sigo envidiando, pero es una envidia distinta, agudizada por la nostalgia.

Una sonrisa curva sus labios. Se los ha resaltado de rosa y me resultan brillantes y tentadores.

—La reina hizo traer anoche algunos vestidos a mis aposentos. Algún hechicero ha debido de medirme de alguna manera, porque todo me queda perfecto. En la nota decía que esperaba se te pegara algo de mí.

Profiero una risotada incómoda y aguda. Al ver que Remi arquea las cejas, musito:

—Típico.

Elene me surtiría de cientos de vestidos si la dejara, cada uno cien veces más bonito que el que Remi viste ahora mismo. Cuando vine a vivir a palacio, me deleitaba en toda la ropa nueva con la que me agasajaba. Por fin tenía el armario por el que tanto había envidiado a Remi.

Pero me ponga lo que me ponga, Elene nunca se muestra satisfecha con mi aspecto. Incluso cuando me esfuerzo, siempre comenta lo cetrina que tengo la piel y lo mucho que se me nota la clavícula. Después de un tiempo, vestirme para complacerla perdió su atractivo. Los comentarios referentes a mi ropa son más fáciles de sobrellevar que los que son sobre una parte inmutable de mí.

Remi señala con el hombro el libro de Madam Guillard.

—¿Magia nueva?

—Un libro nuevo —gimo y me derrumbo sobre el banco. Bajo la voz hasta no ser más que un susurro, solo por si acaso el sirviente nuevo sigue fuera, oyéndonos—. Mi antigua maestra me lo ha dado. Se supone que sirve para enseñarme a hacer magia personal y protegerme, pero he intentado los hechizos y no funcionan. Al menos, no para mí.

Se acerca al banco donde me hallo sentada y hojea el libro antiguo.

—¿Nada de nada?

Me encojo de hombros.

—Siento el hechizo muy levemente. Pero así no es como debería ser.

Remi se recoloca la falda y se sienta con gracia en el suelo cual bailarina antes de apoyar la espalda contra la pared.

—¿Has usado la magia sobre ti misma alguna vez?

—No. Está prohibida. Tenemos ciertos límites.

—¿Entonces cómo sabes cómo has de sentirla? Si has lanzado el hechizo y has sentido algo, a lo mejor está bien.

—Tú has sentido mi magia. Sabes lo poderosa que soy.

No lo entiende. Los carentes de magia nunca lo hacen cuando intento explicarles mis habilidades, cómo sé si un hechizo funciona. Mi hechizo de protección era débil, como si fuera obra de una niña inútil.

—He imbuido tanta fuerza como he podido en el hechizo y lo único que he sentido ha sido un hormigueo. Si te cantase algún hechizo de los que conozco e intentara verter en él tanta magia como pudiera, morirías. Incluso si fuese un hechizo sanador.

Remi me mira. Bajo el parpadeo de sus largas pestañas, sus ojos brillan colmados de esperanza.

—¿Y este es más suave? Puede que eso no signifique que no funciona.

Exhalo despacio. Sigo pensando que se equivoca, pero la magia personal es nueva para mí. Por ella, podría practicar un poco más y ver a dónde me lleva.

—Practicaré. No te prometo nada, pero lo intentaré.

Ensancha la sonrisa, luego arquea la espalda y se inclina a un lado y al otro.

—Mi colchón está duro como una piedra. —Se lleva los dedos al cuello y empieza a masajeárselo—. No creo que nadie haya cambiado las camas del ala este desde el reinado de Marianne V. Si me atreviese a mirar debajo, seguro que encontraría todo tipo de cosas muertas.

Es la clase de broma que habría dicho cuando éramos pequeñas. Pero ahora me quedo mirando su nuca, el roce de uno de sus tirabuzones contra su piel. Se me crispan los dedos en el regazo.

—Podría ayudarte con eso —digo. Mi rostro se arrebola en cuanto las palabras se escapan de mis labios.

Remi me mira de soslayo y luego se pliega hacia delante hasta apoyarse sobre los codos. El movimiento es fluido y elegante. Huele a escarcha y a perfume de lavanda. Cuando los primeros rayos del sol se funden con su pelo, este resplandece con reflejos de color bronce y amatista.

Se me acelera la respiración. Uno de los botones del vestido se le ha abierto y ha dejado a la vista un atisbo de la piel perfecta y suave de su espalda. ¿Cómo será abrirlos uno a uno? ¿Trazar con los dedos la línea de su columna? ¿Seguir el contacto de los dedos con los labios? ¿A qué sabría su piel? ¿Se estremecería su espalda, tan firme y flexible, cuando la besara? ¿Recibiría mi contacto con gusto?

¿O se apartaría de mí?

Al fin y al cabo, soy un monstruo, y todo eso que me imagino sería perfecto de no ser por mí.

Me muerdo el labio. Remi nunca ha demostrado ningún indicio de… sentir tal *inclinación,* como lo llamaría Madam. Yo siempre he sido libre de amar a cualquier género que elija, pero soy una hechicera. Sé cómo ve el resto del reino las relaciones entre dos mujeres. Poco a poco las cosas están cambiando entre quienes no poseen la magia, pero Remi creció con las viejas creencias de la corte de la reina Celeste.

Ahora apenas estamos empezando a ser amigas otra vez. Y lo que más anhelo es que piense bien de mí, como cuando éramos niñas.

No puedo soñar con recibir nada más.

Remi cierra los ojos cuando empiezo a cantar y exhala un leve suspiro. No necesito mirarla para deshacerle los nudos que se le han formado bajo los omóplatos, pero soy incapaz de apartar la mirada. Ladea la cabeza muy ligeramente hacia un lado. Sus largas pestañas revolotean sobre sus mejillas.

Nunca he considerado la curación como algo íntimo, pero mientras trato a Remi soy consciente de cada respiración, de cada sutil cambio que mi magia lleva a cabo dentro de ella. Pese a lo que le hice en la Ópera, ahora confía en mí.

Algunos de los otros hechiceros usan su magia corpórea para otro tipo de restauración. Oí a dos muchachos hablar de ello una vez. Estaba sentada en el jardín fuera de su vista, leyendo un libro tras un cerezo, mientras ellos se alimentaban el uno al otro de una bandeja de fruta fresca. Hablaron de canciones que se usaban para inducir un placer explosivo, canciones que prendían todas las terminaciones nerviosas del cuerpo con un fuego dulce y suave. No estoy muy segura de cómo funciona —Marie y yo solo nos besamos—, pero me pregunto cómo sería llevarme a Remi a la cama. Verla aferrarse al cabecero blanco de mi cama con dosel, revolver los pies entre las sábanas blancas de lino buscando apoyo mientras su cuerpo llega al clímax de puro éxtasis.

Mi canción empieza a temblar y me aclaro la garganta.

Remi se vuelve a incorporar despacio. Se le ha escapado todo el pelo de las horquillas. Se aparta los mechones de la cara. Sus ojos se topan con los míos, adormilados y llenos de cariño, y yo me siento indestructible.

Capítulo 22

REMI

De madrugada, Cadence acude a mi habitación antes del amanecer. Abre las cortinas y yo despierto conforme la luz de las estrellas baña mi rostro. En casa a veces duermo hasta el mediodía y es evidente que Cadence necesita aprender un par de cosas sobre los placeres de quedarse durmiendo hasta tarde. Este es el segundo día consecutivo en el que ha querido verme antes de que el sol siquiera saliera por el horizonte.

Mientras finjo dormitar, ella se lanza sobre la cama, a mi lado. Sus ojos brillan de emoción. Gimo y me cubro la cabeza con la manta.

—¿Qué hora es? —me quejo—. ¿Por qué estás aquí? Los guardias pueden llevarme a tu estudio en unas horas.

—Tengo una sorpresa para ti —anuncia—. Vístete. Puedes ponerte la ropa de ayer. No importa.

Agarra el edredón y me destapa. Aunque llevo un camisón de encaje, las pantorrillas me quedan al descubierto. Aúllo cuando el aire frío me roza. Los sirvientes se siguen olvidando de encender el brasero por la noche. La mirada de Cadence se queda fija en mi piel expuesta durante un buen rato.

—Más vale que merezca la pena —musito—. Tenía la esperanza de dormir hasta el amanecer, por lo menos.

Me levanto con dificultad y alargo el brazo para coger el vestido de ayer, que está tirado con descuido sobre los pies de la cama. Tengo el pelo hecho una maraña de rizos. El vestido huele vagamente a miel, un olor que estoy empezando a asociar a la magia de Cadence.

Una vez vestida, Cadence me agarra de la mano y me guía fuera de la habitación. Una descarga eléctrica parece pasar de sus dedos a los míos y el vello de los brazos se me eriza.

Los dos guardias apostados fuera del ala este nos contemplan con recelo cuando nos acercamos. El mayor de los dos extiende un brazo y nos bloquea el paso. Cadence frunce el ceño y abre los labios, como si fuese a cantar, pero entonces parece pensárselo mejor. El más leve rastro de cierto olor a miel planea a nuestro alrededor, una dulce amenaza que se disipa con la brisa.

En cambio, esboza una sonrisa para el guardia.

—No se preocupe, no iremos muy lejos. Nos quedaremos en los terrenos de palacio.

—Es temprano. ¿No deberían estar aún en la cama?

—¿Y perdernos la mejor parte del día? —pregunto con un mohín.

El guardia ladea la cabeza y entorna los ojos, pero baja el brazo. Su mirada inspecciona las sencillas calzas de Cadence y mi vestido arrugado.

—Tráigala de vuelta con nosotros antes de la décima campanada.

—Aquí estaré —les aseguro y afianzo el agarre sobre la mano de Cadence. La reina me lo ha dejado claro: si intento huir, ejecutará a mi padre. No me arriesgaré—. Venga, quiero ver esa sorpresa.

Las comisuras de los labios de Cadence se curvan. Son de un delicado tono rosa pálido y están algo agrietados por culpa del invierno.

Fuera, una nueva capa de nieve cubre los caminos. En el tiempo que he estado prisionera, me he perdido el final del otoño. En nuestro palacete, los arrendatarios y los mayordomos ya habrán recolectado la cosecha. Cualquier otro año, mamá estaría dirigiendo los preparativos para el Festival de los Huesos en honor a Marena.

Sigo a Cadence a través de los jardines hasta llegar a la parte de atrás de palacio. Aquí los sirvientes ya están despiertos. Las criadas recorren los terrenos aprisa, portando orinales y jarros llenos de agua hirviendo. Los mayordomos trotan en dirección a sus oficinas cargados con infolios de piel. El olor a pan recién hecho y a carne asada emana del edificio de la cocina. Carros cargados de mercancía de la ciudad están aparcados junto a él. Los sirvientes descargan el producto mientras un ministro, poseedor de un broche con una rosa dorada que lo identifica como hechicero, cuenta las monedas que luego deposita en las manos de los comerciantes.

Conforme pasamos los calabozos, mis ojos se posan en la puerta de hierro que lleva hasta la fortaleza de piedra. Una compañía de guardias sin magia y hechiceros está apostada fuera de la prisión. Se frotan las manos contra el frío y se pasan una larga pipa entre ellos. De ella serpentea un humo rojo. Una, una chica menuda con una coleta rubia platino, lleva la misma insignia con un corazón que Cadence.

Me muero por ver a papá, pero no hay forma de que pueda colarme entre tantos guardias. Bajo la mirada a la nieve, temerosa de que solo de mirar a la puerta, mi cuerpo se sienta obligado a hacer algo imprudente. Daría cualquier cosa por poder pasar un minuto junto a él, solo para ver si está bien.

Entramos en el edificio de piedra al filo de los terrenos de palacio. El suave sonido de los caballos al relinchar me recuerda muchísimo a mi hogar. Incluso aquí, donde estoy prisionera, los caballos albergan el poder de calmarme. El establo es solo un pasillo largo enfilado a ambos lados con espaciosos compartimentos para caballos, similar al nuestro en casa, pero a gran escala. Cada compartimento está hecho de una pulida madera de caoba, con accesorios de latón y pernos de charol. Los caballos huelen a heno dulce y a cuero, y se acercan a nosotras, con las orejas enhiestas, para inspeccionarnos. Algunos relinchan, pensando que les traemos el desayuno.

Un semental choca el hocico inquisitivamente contra mi hombro y se inclina hacia la puerta baja de su compartimento. Tiene una crin magnífica y musculosa y el pelaje más blanco que la nieve recién caída que hay afuera. El copete, largo y plateado, le cae elegante sobre uno de sus brillantes ojos azules. Solo los caballos de Solidad tienen los ojos así. Papá siempre ha querido un garañón solés, pero, desde que la reina Elene se hizo con el trono, no se puede traer a ninguno desde la frontera. Acaricio el hocico del caballo y le permito que me lama la palma de la mano.

—No tengo azúcar —me río entre dientes.

—Ese es el favorito de Elene —dice Cadence. Se mantiene a unos cuantos pasos de los caballos con las manos en los bolsillos—. Lo monta en las procesiones y caza con él.

—Precioso —murmuro a la vez que levanto la mano para rascarle detrás de las orejas—. No te merece.

—Se llama Monsurat. —Cadence arrastra los pies por el suelo del establo—. Se lo llevaron de su castillo… después.

Trago saliva con fuerza. No necesita contarme la historia. Todos en Bordea conocen lo que sucedió en Monsurat.

Unos pocos meses después de que la reina Elene se alzara con el trono, el duque François de Monsurat, el querido sobrino de la antigua reina, reunió un ejército y se preparó para marchar sobre Cannis. Pero cuando la reina Elene se enteró de su plan, viajó a Monsurat con una pequeña compañía de hechiceros.

Con menos de cincuenta hechiceros, masacró por completo las fuerzas del duque. El duque buscó refugio en su castillo con la mayor parte de su familia. Pero un puñado de hechiceros de la reina eran expertos en plantas. Bajo las órdenes de la reina Elene, los cantantes exhortaron a los árboles de alrededor del castillo a acercarse. Las raíces y las ramas crecieron a través de los muros y buscaron a la familia que se ocultaba en el interior. Empalaron al duque y a su familia.

Como si aquella muerte no hubiese sido lo bastante horrible, la reina ordenó a dos cantantes permanecer en Monsurat para curar al duque un poco cada vez, y lo mantuvo vivo y sufriendo durante semanas.

Este semental es más que un caballo bonito. Es un símbolo de la victoria de la reina, un botín de guerra.

—Mi tutora me contó que el duque salió montando en él para hablar con Elene —prosigue Cadence—. Y que Elene le dijo aquel primer día que el caballo sería suyo.

Con un estremecimiento, le dedico una última caricia al semental y avanzo por el pasillo. Si la reina encontrase pruebas concretas de la rebelión de papá contra ella, ¿nuestro hogar compartiría el terrible destino de Monsurat? Todas las familias nobles mantienen vivas las historias de Monsurat y Foutain.

Todos conocemos lo peligrosa que es la resistencia y, aun así, cuando me imagino a mi padre como un revolucionario, no puedo evitar que el orgullo me colme el pecho.

Un relincho familiar y desafiante atraviesa mis pensamientos. Sujetándome la falda, me apresuro a recorrer la hilera de compartimentos.

Chance se halla en el último. Está jugueteando con el perno de la puerta, intentando sujetarlo con los dientes, pero cuando me ve, se detiene y levanta las orejas. En el caos de nuestro arresto, no tuvimos tiempo de preparar provisiones para Chance. Esperaba que hubiesen permitido a Rook volver a casa con los caballos, pero aún me preocupaba que a él lo hubiesen detenido en la capital y que a Chance lo hubiesen mandado de vuelta a aquel establo oscuro del hotel que más bien parecía una celda.

Abro la puerta y arrojo los brazos en torno a su cuello. Él resopla con afecto y luego me toca la oreja con los labios. Una risa se me atasca en la garganta y las lágrimas de felicidad rebosan de mis ojos.

—Te he echado de menos —digo con entusiasmo contra su cuello—. ¿Dónde has estado? ¿Te ha cuidado bien Rook?

El pelaje moteado de Chance está resplandeciente y le han peinado la crin con esmero. Nunca se la he visto tan lisa y sin enredos. Me preocupaba que nadie lo alimentara, pero si acaso, ha ganado peso en el tiempo que hemos estado separados.

Cadence se inclina sobre la puerta baja del compartimento con una sonrisa tonta y torcida en el rostro.

—Sorpresa —dice con los ojos en blanco—. Recordaba lo preocupada que estabas por él la noche en el hospital y he hecho averiguaciones.

—Es una sorpresa maravillosa. —Le sonrió y un rubor comienza a trepar por su cuello.

Hace un gesto hacia el soporte junto al compartimento, donde descansa una nueva montura amazona de ante.

—A tu empleado lo detuvieron hace unos días, luego le permitieron marcharse a casa. La mayor parte de tus cosas están requisadas, así que ordené que la confeccionaran. Espero que le vaya bien. Es obra de un cantante.

—La verdad es que todavía no le hemos enseñado a ir a mujeriegas. Está todavía muy verde.

—Ah. —Su rostro muestra un atisbo de decepción, pero se recupera con una rápida sacudida de la cabeza—. Bueno, hay muchas otras monturas aquí que puedes usar. Pensé que podríamos salir a cabalgar. Tendremos que permanecer en los terrenos de palacio, por supuesto...

—Suena perfecto —accedo. Después de tantos días encerrada, me muero por sentir el aire contra mi pelo mientras recorremos el terreno a toda velocidad.

Cadence se frota la nuca.

—Te aviso de que no soy muy buena. A veces hasta tengo que cantar a los caballos para que no me corcoveen. No salgo de Cannis muy a menudo y, por lo general, voy andando o llevo un carruaje si Elene me obliga. Cuando tenía a Nip...

Su voz se apaga y se muerde el labio. La aflicción nubla sus ojos azules.

—¿Por qué no montamos juntas a Chance? —propongo—. Tú agárrate a mi cintura mientras yo lo dirijo.

Cadence levanta una ceja.

—¿No será demasiado peso para él?

—Mira el tamaño que tiene.

Junta los labios y sacude los hombros de la risa.

—Sí que se lo ve robusto.

Abre la puerta del establo y se pone a mi lado, tan cerca que siento la tela de su túnica rozarme la mano y el calor de su aliento sobre la espalda. Los últimos días han demostrado que no se ha convertido del todo en la criatura de la reina. Pese a lo que ha hecho, sigue siendo la chica que conocí. Me giro para mirarla y la intensidad de sus ojos azules hace que mi corazón rompa a galopar.

Pero quizá esté leyendo algo en su expresión, en la parte tentadora de sus labios, que no está ahí. Cuando me trató la espalda en el estudio, lo sentí diferente que en el hospital, como si hubiese una conexión entre nosotras, algo más profundo que la magia. Quiero creer que ella también lo sintió. Cadence ha curado a tantos pacientes que quizá para ella solo fuese algo rutinario.

—Voy a buscar una montura —le indico, y paso junto a ella para salir del compartimento.

—Hay un guadarnés al final del pasillo. Dame la brida.

Levanto la brida del gancho que hay fuera del nuevo compartimento de Chance. Combina con la nueva silla de amazona, con amarres rojos y cabezada de diamantes. Las riendas están fabricadas del ante más suave que haya sostenido nunca. No soy ajena a los lujos, pero la brida es un tesoro. Se la paso a Cadence.

Nuestros dedos se rozan, pero ella aparta la mano enseguida. Me alejo veloz por el pasillo.

En cuanto Chance está listo, montamos y salimos a pasear por los terrenos de palacio. Cadence está sentada bien atrás de la silla, poniendo una distancia prudente entre nuestros cuerpos, y me rodea la cintura con un brazo, sin aferrarse demasiado a mí, para no perder el equilibro. Ninguna de las dos habla mucho, pero de vez en cuando Cadence señala una estatua o un pabellón y yo hurgo entre mis recuerdos tratando de imaginar cómo habían sido en mi niñez.

Chance está ansioso. Danza de lado a lado, que es lo único que puedo hacer para mantenerlo al trote. Batalla contra mi sujeción, y sus músculos se abultan y tensan bajo nosotras. Doy gracias por la embocadura de la nueva brida. Siento su anhelo. Quiere galopar por los jardines, saltar bancos y setos, como habríamos hecho de haber estado en casa.

Decido tomar el camino que serpentea y asciende la colina más empinada, para cansarlo. Después de asegurarle a Cadence que soy una experta jinete y que puedo mantenernos a salvo, lo último que quiero es que mi caballo se emocione en exceso y me deje por mentirosa.

Y, al mismo tiempo, tampoco me quejaría si se pegase un poquito más a mí.

Chance corcovea alegre en la base de la colina. Lo aprisiono con fuerza con los estribos. Pero, cuando Cadence se agarra a mí con más firmeza, le acaricio la cruz a modo de agradecimiento.

Subimos la colina como una exhalación. El viento invernal hace que me escuezan los ojos y las mejillas, pero montar de nuevo a caballo me hace sentir fenomenal. Pese a su férreo agarre, Cadence se está riendo. Aquí arriba el palacio no se ve por culpa de los altos árboles. Soy libre de pensar en nada más que en el caballo debajo de mí, en los brazos de Cadence a mi alrededor. Casi parece que vuelvo a estar en casa.

Tomamos una curva en el camino y casi pisamos al sirviente que se apresura a alcanzarnos. Me mira con arrogante desdén, pero asiente en dirección a Cadence y le dedica una reverencia.

—Principal —la saluda—. Vengo por orden de la reina. Su Majestad solicita que desayune con ella.

Cadence suspira.

—Supongo que habrá que volver. —Y a mí, me dice—: Puedes dejarme en la entrada del ala oeste. Mandaré a algún mayordomo a que te acompañe a tus aposentos.

El mensajero sacude la cabeza.

—La invitación es para las dos. Su Majestad solicita que acudan de inmediato, tal como las encuentre. —Curva los labios cuando me mira—. Estoy seguro de que su amiga está de acuerdo con que acompañar a Su Majestad en el comedor es un honor.

Chance se remueve debajo de nosotras, relinchando. La inquietud consigue cubrirme el rostro de un sudor frío. ¿Piensa la reina que estábamos intentando huir? Si se venga con mi padre...

—Estoy segura de que la reina no desea desayunar con nosotras ataviadas así y oliendo a establo —insiste Cadence—. ¿Cuál es la razón de tanto apremio?

El mensajero hurga en su burjaca y le tiende un sobre a Cadence. Cuando esta lo coge, él vuelve a hacer una inclinación. El sobre es rojo escarlata y lo cierra el sello de la reina. La cera centellea bajo la luz del sol invernal.

—Mis disculpas, principal. Me olvidé de entregarle esto. Creo que Su Majestad desea empezar a discutir los detalles con ustedes.

Cadence rompe el sello y saca una tarjeta negra. Tiene la forma de una de las máscaras de la reina, y el papel está cortado imitando los bordes del encaje. Me recuerda a las invitaciones que envían de palacio antes de la Actuación. Mientras la inspecciona, todo color desaparece de sus mejillas.

—No creía que lo dijese en serio. No pensé que fuera a organizarlo de verdad —susurra, cerrando los ojos como presa del dolor. Me tiende la tarjeta para que la lea—. Es la invitación a un baile.

Capítulo 23

CADENCE

Todavía ataviadas con la ropa de montar, hallamos a Elene en su invernadero.

Encargó que levantaran la estancia hace años —la única que se ha añadido a Cavalia desde que se hizo con el trono— y es su lugar favorito de palacio. Los techos abovedados están hechos en su totalidad de magicristal rosa. Aún resplandecen pequeños haces de magia elemental por los nervios del techo. El cristal es lo bastante transparente como para permitir que la luz del sol penetre, pero todo allí dentro toma una tonalidad rosada. El mobiliario de la estancia está concentrado en una plataforma de piedra en el centro y los jardineros de Elene han creado un suelo vivo de rosas blancas. Con esa luz, tienen el color del vino dulce. Hay pasaderos de obsidiana que las atraviesan, creando así un camino que lleva hasta la plataforma.

Remi alza la vista, maravillada, hasta la bóveda, y luego alcanza con la punta del pie el pasadero más cercano. Es extraño verla nerviosa, pero también comprensible. Todo aquí ha sido tocado por la magia. Si yo hubiese sido víctima de una Actuación igual que ella, a lo mejor también tendría miedo de los pasaderos.

Elene da un sorbo de té de su taza de cristal. Está reclinada en un trono de cuarzo rosa con los ojos cerrados. Un plato de *macarons* descansa sobre un cojín, a su lado, y un muchacho blanco al que no reconozco se halla sentado a sus pies, masajeándole los tobillos. Los rizos morenos del chico están sujetos en su nuca con un lazo del color verde de los cantantes y lleva una sencilla máscara blanca. Raquelle está sentada a la derecha de Elene sobre una cama de almohadones. Lleva el pelo plateado trenzado a la perfección y bebe vino mientras mira al muchacho nuevo con una mezcla de hambre y afecto.

—Sentaos —nos indica Elene señalando el banco de cuarzo delante de ella—. Tenemos mucho de qué hablar.

Tomamos asiento como nos ordena. Remi se posa sobre el borde del banco con todo el cuerpo en tensión. Inspecciono el semblante de Elene y trato de adivinar de qué humor está. El tono de su voz es ligero y la postura, relajada. Sus labios se curvan mínimamente en una sonrisita casi juguetona. Cuando Elene abre los ojos, brillan con picardía, pero no veo malicia en ellos. Se inclina hacia delante para acariciar el pelo del hombre mientras Raquelle le ofrece un *macaron*. Sea quien sea, agradezco su presencia en silencio.

Si Elene pasase más tiempo con sus amantes y menos con Ren, el reino entero saldría mejor parado.

—¡Os he traído aquí para hablar del baile! —exclama y aplaude—. Cadence, sé que tú y yo ya habíamos hablado del tema, pero quería la participación de tu nueva amiga también. —Le dedica a Remi un guiño cómplice—. Ya que ella es la única persona que vive en palacio hoy por hoy que haya asistido alguna vez a uno. Además de su padre, por supuesto, pero no voy a tratar con rebeldes.

Enfatiza la palabra «vive» mientras observa a Remi. A mi lado Remi está inmóvil como una estatua, respirando de manera superficial y con el rostro inexpresivo.

—Era una niña —aclara Remi—. Nunca asistí a ninguno. Tenía ocho años cuando la antigua reina… murió.

Elene frunce el ceño.

—Bueno, supongo que, después de todo, no vas a resultar de mucha utilidad.

Los ojos de Remi destellan de ira, pero agacha la cabeza.

—Estoy segura de que planee lo que planee Su Majestad, con la ayuda de tantos hábiles hechiceros hará que cualquier otro baile palidezca en comparación.

—Oh, sí que será mágico. Una noche para recordar, estoy segura —conviene Elene. Todo atisbo de suavidad abandona su voz y ahora solo queda su habitual tono áspero—. Mis modis-

196

tas acudirán a tus aposentos esta noche para vestirte con algo apropiado para la ocasión.

—Mu-muchas gracias —tartamudea Remi.

—Confío en que animes a Cadence a que también se arregle. —Elene me da un golpecito en la pierna—. Ahora, marchaos todos. Quiero hablar a solas con mi cantante.

Los hombros de Remi se comban de alivio, mientras que yo me tenso. No quiero que me dejen sola con Elene. Aunque he estado practicando las canciones que aparecen en el libro de Madam Guillard, no estoy preparada para defenderme de ser necesario. El muchacho se pone de pie y toma la mano de Raquelle. Los dos acompañan a Remi a la salida del invernadero.

Elene los sigue con la mirada con expresión melancólica.

—Te gusta, ¿verdad? —me pregunta una vez se han marchado.

—¿Qué? —grazno. Ya es bastante malo que Elene nos vea como viejas amigas, pero si sospecha que siento algo más, Remi estará incluso en más peligro que antes.

Elene entorna los ojos.

—No soy tonta. Veo cómo la miras. Mi sirviente dice que os encontró cabalgando juntas. En un único caballo. Y te agarrabas a su cintura.

—También lo hacíamos de niñas. Porque era mi amiga.

—Y ahora es algo más. —Elene me ofrece la bandeja de *macarons*. Cuando yo niego con la cabeza, ella se encoge de hombros y agarra una de las galletitas verde azuladas entre dos de sus uñas pintadas. La muerde, traga y se estremece de placer—. Puede que hayamos tenido nuestras diferencias últimamente, pero sabes que siento cariño por ti.

Soy un arma para ella, nada más. Ya me lo ha dejado dolorosamente claro.

—Es así —insiste Elene al percatarse de mi expresión escéptica—. No tengo hijos. Como mi protegida, eres lo más parecido que tengo a una hija. Y me preocupo por tu seguridad. Necesito que entiendas que los nobles son peligrosos. Todos tienen sed de poder, aunque hayan nacido sin poder alguno. Si le das la oportunidad, Remi te usará y luego se deshará de ti.

Se sienta en el banco a mi lado, me acuna la barbilla con una mano y me obliga a mirarla a los ojos. Veo una sinceridad en sus pozos esmeralda que nunca había divisado antes. Y, por un instante, vislumbro a la chica que fue hace años, enamorada de un chico que la abandonó cuando sus objetivos ya no eran los mismos.

—Remi no es así.

Se pasa los dedos sobre la máscara.

—No seas inocente. Ella no siente nada por ti. Todos esos nobles… su única ambición es recuperar lo que han perdido. Solo piensan en sí mismos y en la posición de sus familias; nada más les importa. Tu amistad es una tarea que Remi debe llevar a cabo para salvarse tanto a sí misma como a su padre. Eso es todo.

Me aparto de ella.

—Creía que querías celebrar el baile como medio de reconciliación. Creía que Bordea estaba pasando página.

—Sí, en cierto modo. —Respira hondo y vuelve a sentarse en su trono de cuarzo—. Lo haremos porque debemos hacerlo, pero nunca olvidaremos. Este baile será una reunión, pero también una demostración de nuestro poder.

—No voy a hacerle daño a nadie más —la prevengo.

En mi cabeza pienso en las palabras de una canción de hielo brutal, pero ningún sonido emerge de mis labios. El miedo me ha cortado la respiración en el pecho, al igual que lo haría Elene con su canción. Echo de menos la constante y tranquilizadora presencia de Nip a mi lado.

Quiero ser valiente, hacerle frente, tanto por mi bien como por el de Remi, pero un atisbo de duda se instala en mis pensamientos. El amante noble de Elene la traicionó. No tuvo problema en abandonarla, en intentar matarla, una vez consiguió lo que quería.

Elene suspira y contempla el mar de rosas. Aprieta los labios y durante un buen rato no dice nada. Yo jugueteo con el dobladillo de mi túnica sudorosa y me preparo para lo que está por venir.

Cuando ella vuelve a hablar otra vez, su voz suena mucho más dura que antes.

—Creía que ya habíamos aclarado esto. Harás lo que te pido. Si el baile va como planeo y todos los asistentes se comportan, no habrá necesidad de infligir daño a nadie. Harás una demostración de tus dotes sanadoras. Pero, si alguien se pasa de la raya, haré que interpretes la canción más terrorífica de tu carrera. La gente hablará de ella en susurros reverenciales durante cien años. Si te niegas, tu amiga morirá y pasarás el resto de tu vida en los calabozos. ¿Lo has comprendido?

Asiento con el corazón latiéndome furioso en el pecho.

Capítulo 24

REMI

Espero durante horas en mi habitación, pero los guardias no vienen a acompañarme al estudio de Cadence. El sol brilla con fuerza en el exterior. Los criados y jardineros pasan por delante de mi ventana manejando carros y carretillas. Están ocupados dejando listos los terrenos de palacio para el baile de la reina. Yo soy lo último en lo que pensarán.

La ausencia de Cadence me preocupa. ¿Hice algo mal en el paseo que dimos? ¿Acaso se percató de mis pensamientos? ¿Fui demasiado atrevida? Me resisto a creer que he malinterpretado las señales de nuevo y que he cometido el mismo error que con Elspeth.

Lo peor es pensar en Cadence entrenando con algún tipo de magia nueva y despiadada por órdenes de la reina. Aunque su indiferencia me dolería, yo podría dejar mis sentimientos a un lado con tal de que mi familia estuviera a salvo.

Mi vestido nuevo para el baile cuelga de la puerta abierta del armario. El corpiño es de seda y de color malva oscuro, y la falda de un tono naranja oscuro con toques dorados en el dobladillo, el color del amanecer. Hay una nota sujeta con un alfiler en la solapa que reza que los colores del alba representan los comienzos. Al igual que el resto de la ropa que me ha enviado la reina, el vestido ha sido confeccionado por un cantante. Me veré poderosa, suntuosa y con curvas.

En cualquier otra ocasión, me habría encantado.

Sobre el tocador hay una máscara dorada, escogida a la perfección para complementar el vestido. Me la pruebo y ato los lazos de seda de color marfil para mantenerla en el sitio.

Me pregunto si Cadence se acordará de la promesa que le hice hace años cuando éramos niñas: que la llevaría a un baile y le pediría bailar. Ya no somos niñas. Que yo sepa, Cadence hasta puede tener pareja en la academia de hechiceros. Sin embargo, he acudido a su estudio todos los días durante una semana y no he visto a nadie entrar o salir.

Unos pasos resuenan en el pasillo del exterior de mi habitación. Un momento más tarde, el capitán de la guardia abre la puerta y se interna en la habitación sin llamar siquiera.

—Vamos —gruñe.

—¿Irnos? —Me pongo de pie y planto las manos en las caderas—. ¿Ir adónde? Llevo esperando toda la mañana.

—Eres una prisionera, no una princesa. No tenemos por qué concertar una hora contigo. Todo el mundo está ocupado —asevera—. La reina quiere verte. Tienes visita.

Frunzo el ceño, confusa. Los familiares y amigos que teníamos abandonaron Cannis hace años. Cierro los ojos y me aferro al marco de latón de la cama. La única persona que se me ocurre que intentaría venir es mamá. ¿Y si la reina la ha convocado antes del baile? Quizá por eso Cadence no ha venido. Me rehúye porque sabe que algo le ha pasado a mi madre.

—¿De quién se trata? —pregunto, mientras trato de que mi voz suene tranquila.

El guardia se encoje de hombros.

—No lo sé. Un chico artesano. Dice que él y tú teníais un acuerdo. Que la reina no puede retenerte aquí porque estáis prometidos, así que has renunciado a tu rango. Que no se ha cometido ningún delito.

Abro la boca de golpe. Me la cubro enseguida con la mano. ¿Nolan? ¿A qué juega? Lo imagino postrado en la sala de audiencias de la reina con el gorro en las manos y sus preciosos ojos rogándole a ese monstruo sentado en el trono bañado en oro. Imaginarlo me provoca náuseas.

Solo nos hemos visto una vez. ¿Por qué arriesga su vida por mí?

Me retuerzo las manos y sigo al capitán por la puerta. Si la reina se entera de que Nolan miente, de que no existe un precontrato, acabará en los calabozos, o peor.

Espero encontrar el séquito normal del capitán esperándonos en la puerta, pero me conduce por el ala este solo y con una mano sudorosa apretándome la muñeca. Los jardineros apartan la mirada cuando pasamos por su lado, como si supieran que la reina aguarda para condenarme. Tengo una sensación de malestar en el estómago. Seguramente ya habrán encadenado a Nolan.

El capitán me dirige a través de los jardines de palacio casi a rastras por la premura.

La puerta de la sala de audiencias está hecha de arriba abajo de esmeraldas y diamantes y enmarcada por pilares de mármol rosa. Parece que las piedras relucen desde su interior, como imbuidas de magia.

El capitán apoya una mano en mi espalda, abre la puerta y me empuja al interior. La sala es un lugar oscuro, desprovisto de ventanas, con apenas unas antorchas dispersas para proveer luz. Arrastro el pie por el suelo de mármol negro. Reluce gracias a unas pequeñas gemas incrustadas, un derroche que la reina debió de costear al vender las propiedades de las familias nobles perdidas.

Ya he estado antes en esta sala. Recuerdo jugar a los pies del trono mientras mamá conversaba con la reina Celeste. A la antigua reina le encantaban los niños y aplaudía feliz cuando le recitaba uno de los poemas que aprendía en mis clases. Soy incapaz de imaginar a esta reina riendo mientras unos niños juegan frente a ella.

La reina Elene se encuentra sentada en el trono con las piernas cruzadas a la altura de los tobillos. Se le dilatan los orificios nasales mientras fulmina con la mirada a un chico que está sentado en un tambaleante taburete a sus pies.

La luz de las antorchas ilumina el rostro de Nolan cuando se vuelve para mirarme.

—¿Qué haces aquí? —le pregunto con voz temblorosa. Aprieto los puños, pero no soy capaz de decidir si me asusta verlo o me enfurece su arrogancia.

Aun así, nuestros padres han sido amigos durante años. Jon es un artesano con buenos contactos y una posición elevada en su gremio. Quizá la presencia de Nolan no tenga nada que ver conmigo. Puede que su padre lo haya enviado para rescatarnos a papá y a mí. La esperanza crece en mi interior a la vez que se me acelera el corazón. Aunque quizá Jon no comprenda el peligro al que se enfrenta Nolan. Jamás se ha obligado a los plebeyos a asistir a una Actuación en la Ópera. Muchos adoran a la reina.

Sin embargo, aunque Nolan trate de salvarme, llevar a cabo el plan implicaría casarme con él. De acceder, ambos nos sentiríamos desdichados. No puedo, pese a todo, desdecir su versión. Mentir a la reina ya es un delito de por sí, uno que equivale a traición.

La reina aplaude.

—Así que sí que os conocéis. Me preocupaba que fuera todo un engaño.

Nolan se levanta del taburete y se acerca a mí. Camina con seguridad, pero sus ojos avellana sugieren lo contrario. Su mirada se pasea por mi rostro. Me toma de la mano, se la coloca en el hueco del brazo y me conduce hacia la reina.

—Tal y como os he dicho, es mi prometida.

—Solo lo habíamos hablado —murmuro.

Nolan frunce el ceño y se mira los pies. Calza unos zapatos de artesano hechos de cuero negro y cubiertos de una capa de polvo, que desentonan tanto como él aquí. Elene se remanga la falda y baja de la tarima con delicadeza. Le llega a Nolan por la barbilla; sin embargo, él es el que se encoge ante ella. Siento la necesidad imperiosa de interponerme entre ellos y protegerlo.

—Parece que no está tan formalizado del todo. Os concederé un momento para conversar a solas. —La reina se inclina hacia la oreja de Nolan, ocultando sus labios rubí con una mano, y susurra—: No vuelvas a presentarte ante mí hasta que estés seguro.

Si Nolan fuera noble, estoy segura de que ambos estaríamos a estas alturas bajo la custodia de Ren, rumbo a los calabozos. Pero su posición nos proporciona algo de libertad. A pesar de tener un ejército de hechiceros, la reina depende del apoyo de los plebeyos. Un maestro del gremio como el padre de Nolan, con innumerables amigos, podría dificultarle las cosas.

La reina chasquea los dedos y dos guardias se colocan a sus costados. Son jóvenes, con barba moteada y apenas abundante. Son niños. Se me forma un nudo en el estómago.

—Llevad a estos dos a las dependencias de mi escribano —ordena la reina.

Los dos guardias inclinan la cabeza y nos conducen por una sencilla puerta de madera en la parte trasera de la sala. Los seguimos por un pasillo largo e iluminado por la luz de las velas hasta una pequeña habitación vacía repleta de papeles y pergaminos. La mayor parte del espacio está ocupada por un escritorio de madera y una silla de cuerpo. No hay ventanas. Entramos y los guardias cierran la puerta detrás de nosotros.

Una vez nos quedamos a solas, libero el brazo del agarre de Nolan.

—¿En qué estabas pensando al venir aquí así? —le pregunto—. ¿Cómo has podido ser tan necio como para tratar de engañarla? Por favor, dime que tu padre tiene un plan.

Él se muerde el labio inferior con los ojos fijos en la puerta.

—No es ningún engaño —tartamudea en voz baja para que los guardias no nos escuchen—. Después de conocernos, tu padre le escribió al mío. Nos invitó a vuestra mansión. Pensamos...

—Pensasteis que se había decidido.

Él asiente y me dedica una sonrisa tímida.

—Creía que habíamos congeniado bien en la taberna. Tuve la sensación de que te lo pasaste bien conmigo y... a mí me pareces preciosa.

—¿Y piensas que eso es suficiente para casarnos? —Resoplo y sacudo la cabeza—. Sí que me lo pasé bien contigo, pero no de la forma que crees. Le dije a mi padre que aceptaría volver a verte porque pensé que le haría feliz. Después de la Actuación de este año, él necesitaba sentir que el año que viene quizá la podría burlar.

Nolan se cruza de brazos.

—¿Qué tengo de malo?

Observo su tez morena, su mandíbula esculpida con algunos vestigios de barba, sus ojos amables, aunque dolidos. Recuerdo cuando nos conocimos en la taberna. Me hizo reír y después devoró conmigo un trozo de pastel de carne. Pero al comparar sus hombros anchos y cuadrados a la complexión delicada y delgada de Cadence, no hay duda de mi elección.

Él es perfecto, pero para mí no es la persona correcta.

—Nada —respondo con sinceridad.

—¿Es porque soy plebeyo?

—Apenas nos conocemos y...

—*¿Es porque soy plebeyo?* —repite. Su voz se torna grave—. ¿Quieres mantener tu título? ¿Tienes miedo de que tus amigas nobles se rían de ti al cambiar de posición? Por si no te has dado cuenta, el país ha evolucionado. Ya no importan esas cosas.

—No —susurro, empezando a cabrearme—. Es porque eres un *hombre*.

—¿Qué? —exclama Nolan. Arruga la nariz, confuso. Y después, relaja la mandíbula y se le abren los ojos al entender a qué me refiero—. Ah.

—¿Ves? Lo que le has contado a la reina es imposible —susurro.

—¿Lo sabe tu padre?

Sacudo la cabeza.

—No. Temo su reacción. Intenta que me case para protegerme. Si renuncio al título, no tendré que volver a acudir a la Actuación.

Norman permanece quieto un momento y a continuación se sienta en el borde del escritorio. Aparta los papeles del escribano a un lado y da una palmada al espacio a su lado. Me siento con un suspiro.

Él me toma de la mano y la aprieta.

—¿Y si le decimos a la reina que estamos prometidos? —sugiere—. Podemos mantener la farsa lo suficiente como para sacarte de aquí. Fingimos durante un tiempo, hacemos de enamorados ilusionados y cancelamos la boda con discreción en cuanto la reina encuentre a otros prisioneros que ocupen sus calabozos. —Sonríe y me guiña un ojo—. Llegados a ese momento serás libre para casarte con la segunda mujer más bella del mundo.

Pongo los ojos en blanco y apoyo la cabeza en su hombro.

—Ojalá fuera tan fácil.

Él se encoge de hombros.

—¿Y por qué no ha de serlo? Conocemos a mucha gente de la ciudad casados con personas de su mismo sexo y algunos viven en residencias poliamorosas, como los hechiceros.

A pesar de no amarlo como quiere, siento mucho afecto hacia él. Es la segunda persona a la que le he confiado lo que siento hacia las mujeres. Y el primero en no condenarme por ello.

—No creo que vaya a funcionar. La reina me ha nombrado acompañante de su cantante principal. Si me permite salir, me mantendrá vigilada el resto de nuestras vidas.

—¿La cantante principal? ¿Ese monstruo que te torturó en la Ópera?

Me encojo.

—No quiere hacerlo. Es casi igual de prisionera que yo. Que todos. Deberías ver lo que les hacen a los niños.

—Entonces ¿ambas os vais a quedar como prisioneras? —Nolan alza un sello de latón de la colección del escribano y señala el blasón de la reina—. Te matará. Quizá no ahora. Pero antes o después lo hará.

—Puede que suceda más bien antes. Va a celebrar un baile. Quizá la atracción principal sea yo.

Me acuna la mejilla y exhala.

—Lo sé.

—¿Cómo que lo sabes? Pensaba que solo habían invitado a los nobles.

—Hay cosas en marcha —explica con gesto serio—. Mi padre ha entablado conversaciones con el líder electo de la colonia de los expulsados. Nos proporcionan información esencial de la reina, del palacio e incluso de la magia. Muchos de los expulsados han trabajado en palacio. Son hechiceros. Aún poseen amigos en la academia.

Asiento. Desde que la reina llegó al poder ha exiliado a muchos hechiceros. Tiene sentido que al menos varios conserven amistades en palacio.

—¿No teméis mandar cartas allí? ¿Y si uno de los espías de la reina las intercepta? Observan a los expulsados de cerca para cerciorarse de que no reciben ayuda.

Nolan realiza una serie de gestos demasiado deprisa como para que le entienda.

—En la colonia usan su propio lenguaje, gestos con las manos que resultan demasiado complejos y que ni la reina ni sus espías comprenden. Estoy aprendiendo. Papá también. Tenemos un aprendiz expulsado, que está escondido, por supuesto. Nos ha estado ayudando a organizar las reuniones.

—Es peligroso para él. Debe de ser muy valiente.

—Es un hechicero corpóreo. Suspendió el examen a propósito. Sabía que lo expulsarían y lo enviarían a la colonia, pero no quería aprobar y que lo obligaran a convertirse en ejecutor.

Silbo por lo bajo.

Tras un breve vistazo a la puerta cerrada, Nolan mete la mano en la chaqueta y saca una carta.

—Hemos recibido esto.

Reconozco el sello de lacre al instante: cera cobriza y un caballo levantado en dos patas, la crin de fuego. Es el sello de nuestra casa. La letra es la de mamá, concisa y práctica. Se la arrebato y la leo, desesperada por obtener noticias suyas. Al observar la carta, abro los ojos como platos. Va dirigida al padre de Nolan.

La carta narra las razones de la encarcelación de papá y las mías. Apremia a Jon a que prosiga y continúe reuniendo aliados en secreto para la rebelión. Las acusaciones de la reina hacia papá son ciertas y mi madre ha estado involucrada todo este tiempo.

Se me llenan los ojos de lágrimas. No entiendo por qué lo han mantenido en secreto. El padre de Nolan confía en él. Mi propia madre confía en Nolan más que en mí.

Lo señalo con la carta en la mano.

—Entonces es cierto. Son traidores.

Le brillan los ojos.

—Son héroes. A mi padre le enorgullece formar parte de lo que están haciendo.

—Nunca me han dicho nada. —En el fondo, sé que debían de creer que así me mantendrían a salvo, pero sigue pareciéndome una traición. Había estado tan segura de la inocencia de papá y de que la situación era responsabilidad mía…—. ¿Hace cuánto que lo sabes? —le pregunto.

—Un año. Es una de las razones por las que accedí a conocerte cuando mi padre propuso que nos casásemos. Y por lo que me sorprendía que mi posición te importase. Nunca he querido casarme con una aristócrata consentida, pero sería feliz si me uniera en matrimonio con una hija de la revolución.

Esbozo una sonrisa.

—¿Y? ¿Soy una aristócrata consentida?

Me toma de la mano, solemne.

—Ni tan siquiera un poquito. —Me quita la carta de la mano y se la guarda en el bolsillo de la chaqueta—. Si la reina intenta ejecutar a alguien en el baile, los de la ciudad estaremos listos para actuar. La reina proclama que ha ayudado a los plebeyos, pero son casi todo mentiras. En teoría, los plebeyos disponemos de más derechos legales que con la antigua reina, pero, en realidad, los ejecutores merodean por las calles atacando a cualquiera que se cruce con ellos.

»Las arcas de la ciudad están vacías y los negocios escasean. Nadie se acuerda de las universidades nuevas cuando apenas tienen para comer. Tiene espías por todos lados, y la gente desaparece, como tu padre y tú; se los lleva a los calabozos sin juicio alguno. Puede que el antiguo sistema esté obsoleto, pero este no es mejor. En lo que a la mayoría respecta, los hechiceros de la reina son iguales que los cortesanos de antaño. Lo único que ha hecho es intercambiar a un grupo de nobles por otro.

Dejo escapar un silbido bajo.

—Sea lo que sea que estéis planeando, espero que sepáis lo que hacéis.

Nolan se pasa una mano por el pelo y sonríe.

—Yo también lo espero. Pero quien no arriesga, no gana, ¿verdad? ¿Crees que podrías conseguir que tu amiga la cantante nos ayude?

—Creo en Cadence —opino—. Me parece que está lista para desafiar a la reina. Solo necesita un empujoncito.

Nolan niega con la cabeza.

—Su vida en Cavalia es buena. Quizá mejor que la que tuviera antes de entrar al servicio de la reina. ¿Qué motivación tendría para arriesgarse?

—Conoce las consecuencias de esta vida. Visita el Hospital de Santa Izelea para curar a la gente. Creo que, si la reina no la obligase a actuar, es a lo que querría dedicarse.

—¿A Santa Izelea? —Nolan frunce el ceño—. ¿Cuándo va? ¿Estuvo allí la noche que te arrestaron?

—Sí, estaba sanando a un muchacho...

Nolan se echa las manos a la cabeza.

—¿Qué ocurre? —le pregunto.

—Ese muchacho es el hijo mayor de un artesano del gremio de mi padre. Trabaja para un sastre con clientes adinerados, así podemos pasar los mensajes sin que sospechen.

Asiento, feliz por saber algo.

—Maese Dupois.

—Estaba entregando un paquete en el exterior de una taberna en las afueras de la ciudad cuando un grupo de la brigada real lo apresó. El grupo estaba liderado por el jefe de los ejecutores.

Me sobreviene el recuerdo del hechizo de Ren entumeciéndome las rodillas para que no me pudiese mover y congelándome los ojos para obligarme a llorar. Me estremezco.

—Lo conozco.

Nolan asiente con expresión sombría.

—Entonces ya sabes cómo es. Vio a Clarence y pensó que tenía aspecto sospechoso. La taberna está en Breclin, no es el mejor de los vecindarios, y Clarence vestía su mejor traje en aras de la persona con la que debía reunirse.

—¿Con quién?

—Preferiría no decirlo.

Gruño ofendida y me cruzo de brazos, por lo que Nolan se apresura a explicarse:

—No es que no confíe en ti. En la propia rebelión nos informan solo de lo estrictamente necesario. Así, si nos apresan, no somos capaces de desvelar nada a pesar de sufrir las peores torturas. —Se frota la parte trasera del cuello, arrepentido—. Aunque tu padre sabe mucho. A mi padre le apremia liberarlo.

A pesar de nuestra situación, siento un ramalazo de orgullo. Esta gente confía en papá. Saben que nunca los traicionaría. Es fuerte y, si mi madre también está implicada en todo esto, él morirá antes que delatarla.

—¿Qué ha sido del chico? —inquiero.

—Ren usó un hechizo constrictor en él. Al principio pensaron que no ocurría nada. Volvió a casa y cenó sin problema alguno. Pero, al despertarse por la mañana, sintió como si una serpiente le apretase el pecho. Un día después se le rompió la primera costilla.

—¿Y acudió a Santa Izelea? ¿Las monjas sabían de quién se trataba?

—La única que lo sabe con certeza es la madre superiora. Podemos confiar en ella —explica Nolan.

Recuerdo la fuerte resistencia que opuso la hermana Elizabeta contra Ren en su sala de torturas, su postura firme. La forma en que calló a Mercedes.

—Estoy segura de ello.

—La que me preocupa es Cadence —comenta Nolan—. La cantante de Santa Izelea no es muy buena. Cuando llegamos, la hermana Elizabeta le dijo a mi padre que enviaría un mensaje a alguien que podría ayudar a Clarence. No nos quedamos, pero jamás imaginé que se lo pediría a la cantante principal de la reina.

—Cadence no se lo contará a nadie.

Nolan me toma de los hombros para ponerme frente a él. Sus ojos no se apartan de los míos.

—¿Estás segura? ¿Tanto como para jugarte la vida de tu padre?

—Yo...

¿Lo arriesgaría Cadence todo por mí? Vuelvo a sentirme a gusto a su lado. Me gusta. Quiero creer en ella. Puede que, si Nolan me preguntase si arriesgaría mi propia vida, dijera que sí. Pero ¿le confiaría a Cadence la vida de mi padre?

—Si actuamos la noche del baile, necesitamos que alguien de dentro distraiga a la reina y a sus hechiceros —me informa Nolan—. Si Cadence decide ayudarnos, bien. Pero ya tenemos a otra persona infiltrada. Mi padre y una pequeña milicia estarán a la espera.

—Si ella no lo hace, lo haré yo misma —afirmo apretando los dientes.

—Es demasiado peligroso para ti. Si ella no hace nada, deberás ir a algún sitio donde estés a salvo. Una vez la milicia entre en palacio, será una carnicería, y, si las cosas salen mal, serás de las primeras sospechosas de la reina.

Si se desata una batalla en palacio, no pienso esconderme en un rincón oscuro. Debo encontrar a mi padre y sacarnos de aquí, vivos.

—Ojalá vinieras hoy conmigo —dice con suavidad.

Me pongo en pie y lo tomo de las manos para que también se levante.

—Ya sabes por qué no puedo. Será mejor que te marches antes de que regrese la reina.

Nolan me abraza. Su abrigo de lana azul marino huele a humo de pino del taller de su padre, y durante un momento me pregunto si estoy cometiendo la mayor equivocación de mi vida. No puedo enamorarme de él, pero podría quererlo de otra manera. Tiene razón: creer en Cadence puede volverse en mi contra. Quizá nunca se enfrente a la reina. Puede que los rebeldes de la ciudad, armados con pistolas y espadas, pero no con magia, no basten. Puede que la reina por fin nos mate a todos en el baile. O puede que me mantenga prisionera de por vida.

—Escríbeme si cambias de opinión. Mi familia aceptará el matrimonio. Sé que lo hará. E, incluso aunque no me ames, puedo hacerlo yo por ti. Tendrías la libertad de tener una aventura con la mujer que quisieras. No te arrebataría eso —me promete Nolan.

Cierra la mano derecha despacio y se golpea la palma izquierda.

—Este es el signo de ayuda en el lenguaje de la colonia. Algunos guardias nuevos forman parte de la causa. Si tienes problemas, si me necesitas antes, enciende una vela y haz ese gesto en la ventana.

Imito el signo dos veces y él asiente, satisfecho.

—¿No te preocupa que alguien se dé cuenta? ¿Alguien que no sea un aliado? —pregunto.

Los labios de Nolan se curvan en una sonrisa irónica.

—Los hechiceros dependen demasiado de sus canciones. Nunca se percatan de lo mucho que se puede decir en silencio.

Camina hacia la puerta y la abre. Los guardias permanecen en el pasillo apoyados contra la pared de enfrente, compartiendo una pipa.

—Necesito un minuto, a solas —manifiesto cuando los guardias me hacen un gesto para que me acerque.

Nolan se despide con la mano por encima del hombro a la vez que uno de los guardias lo escolta por el pasillo. El otro asiente hacia mí y vuelve a cerrar la puerta. Permanezco con los ojos cerrados hasta mucho después de que el eco de las pisadas de Nolan haya desaparecido.

Capítulo 25

REMI

A petición mía, el guardia accede a escoltarme hasta el estudio de Cadence. La hallo dentro, cantando unos versos escritos sobre una hoja musical antigua y amarillenta y aferrándose ligeramente al borde del atril de madera con los dedos.

Al principio, vacilo en la entrada. Todavía no sé por qué no me ha hecho llamar hoy. Ni tampoco qué pasó entre ella y la reina. Pero entonces veo que tiene las mangas de su túnica lila remangadas por encima de los codos y un brillo tenue y rosado emana de su piel.

—¿Cómo lo sientes ahora? —pregunto.

Cadence se sobresalta ante mi súbita pregunta. Su piel se atenúa, y ella parpadea medio dormida.

—Todavía débil. —Se tumba en el suelo con un suspiro y extiende los brazos a los lados—. Y estoy agotada.

—Me he preocupado cuando no me has hecho venir hoy.

Pone una mueca y sacude la muñeca hacia el atril.

—Fui a la biblioteca. Algunos hechiceros usan canciones de aumento para ayudarse con la magia. Quería ver si podía encontrar alguna que pudiera funcionar con los hechizos defensivos. Nunca he tenido la necesidad de usar ninguna, así que no caí antes… —Se le arrebolan las mejillas—. No quería que me vieras practicar otra vez sin tener nada que ofrecerte.

Me dejo caer en el suelo a su lado con la falda hecha un revoltijo.

—Hoy ha venido a verme un chico. Le ha dicho a la reina que estábamos prometidos.

Los ojos de Cadence se abren de golpe. Enmarcados por sus pestañas largas y rubias, parecen los ojos de una muñeca.

Se coloca de costado para mirarme y apoya la barbilla en una mano.

—¿Y es cierto?

Me dedica una sonrisa, pero no le llega a los ojos.

—No. Íbamos a estarlo. Nuestros padres nos presentaron el día que te vi en el hospital. —Carraspeo—. Es el plebeyo con el que mi padre quiere que me case. Para que no tenga que volver a acudir a ninguna Actuación más.

Cadence aparta la mirada.

Suspiro y me recoloco el pelo de forma inconsciente. Cuanto más tiempo pasamos juntas Cadence y yo, más ansiosa me vuelvo cuando hablamos de aquel día. No tendría que sentirme culpable por mencionarlo. Yo no fui la que le infirió daño a ella. Y, aun así, no soporto cómo se cierra en cuanto menciono lo que aconteció en la Ópera. El recuerdo de aquel día nos persigue a ambas, solo que de formas distintas.

—Los hechiceros somos plebeyos —murmura entre dientes. Luego, más alto, me pregunta—: ¿Qué le has dicho?

—Le he dicho que no podía.

—¿Por qué no?

Me encojo de hombros.

—No es el correcto para mí.

—Pero tiene razón con respecto a la Actuación. —Cadence se sienta y se coloca el pelo detrás de las orejas. Me percato por primera vez de lo encantadoramente grandes que son en comparación con su rostro—. Si te casas con él, serás libre. Elene está incluso cambiando algunas de las viejas leyes. Aún podrías heredar tierras.

—No creo que pudiera mantener la farsa —confesé—. La reina quiere que te espíe. Quiere usarme. Si le quito eso, me vigilará el resto de mi vida. Nolan y yo tendríamos que seguir casados.

—Hasta que la muerte os separe —suscribe Cadence—. Elene es rencorosa. El reino entero está sumido en el caos por esa razón.

—Ojalá pudiera hablar con mi padre sobre esto.

Cadence juguetea con el dobladillo de su túnica. Cuando me vuelve a mirar, sus ojos reflejan un brillo travieso que no he visto desde que éramos niñas.

—Podríamos ir a verlo.

—¿Cómo? —inquiero, incapaz de ocultar el tono de recelo en la voz.

Miro hacia la puerta. Al otro lado, la guardia espera para devolverme a mis aposentos en cuanto Cadence haya terminado conmigo. Todas mis idas y venidas están monitorizadas y, por la noche, el capitán cierra con llave la puerta de mi ala. Mi padre estará bajo mayor vigilancia todavía.

—Elene va a celebrar una sesión informativa en la sala de audiencias antes de cenar. Quería que fuera, pero le dije que necesitaba practicar y eso la satisfizo. Quiere ser ella misma quien dé las órdenes a los guardias antes del baile. No va a dejar nada en manos del azar, ya que muchos de ellos son nuevos —explica Cadence.

Señalo a la puerta del estudio, donde sé que el capitán me aguarda.

—¿Y él? Nos verá de frente.

Cadence se pone de pie y se aproxima a la ventana del estudio. Forcejea con el pasador y luego la abre. Una racha de viento frío penetra en la estancia, trayéndose con ella el olor de las rosas y las lobelias de invierno.

—Tendremos que bajar por aquí.

—¿Qué? —Me uno a ella junto a la ventana y echo un vistazo por encima de la cornisa. Las paredes de palacio están construidas con piedra resbaladiza y lisa, pero una delicada capa de hiedra medio marrón trepa hasta la ventana. El estudio de Cadence se encuentra en el segundo piso. Me parece que el suelo está muy lejos. Quizá la magia de Cadence otorgue a sus huesos un poco más de resiliencia, pero creo que los míos se romperán si caigo.

—Antes solía hacerlo a menudo cuando trataba de evitar a Ren —dice Cadence. Se agacha en el alféizar y señala la hiedra—. Baja por la planta. No se romperá.

—Al menos contigo no —me quejo a la vez que ella pasa las piernas por encima de la cornisa y comienza a descender.

Sonríe con suficiencia.

—Nunca te había visto asustada.

—Las alturas son mi debilidad —murmuro. Me he imaginado muchas opciones absurdas para rescatar a papá: cabalgar

215

a lomos de Chance con una pistola en alto, defenderlo en el juicio, colarme en los calabozos en mitad de la noche... Bajar escalando una pared nunca ha aparecido en mis ensoñaciones.

—¿Estás segura de esto? ¿Y si nos pillan?

No me responde. Me inclino sobre la ventana tanto como puedo y la observo. Se mueve con agilidad, bajando por la rama principal de la hiedra hasta alcanzar el suelo de hierba cubierto de escarcha. Me saluda con la mano sonriendo de oreja a oreja.

Este es el precio de ver a papá. Me he dicho a mí misma que haría cualquier cosa. Ahora es cuando tengo que demostrarlo.

Me arremango la falda y salgo a la cornisa. Tratando de no mirar abajo, bajo el pie izquierdo hasta sentir la hiedra debajo de él. La cabeza me da vueltas debido al vértigo, pero, despacio, descargo todo mi peso sobre la enredadera. El viento hace que las hojas se inflen alrededor de mis tobillos, pero la hiedra no cede. Exhalo una nube de vaho blanco. Me muevo sobre la enredadera, cada vez más segura de mí misma y de mis movimientos.

Cuando veo que estoy cerca del suelo, aprieto el paso. Voy a ver a papá. Lo haré. Le diré que lo siento. Que Nolan me lo ha contado todo. Voy a decirle lo orgullosa que estoy de él y de mamá.

Sin previo aviso, mi zapato se engancha en el dobladillo del largo vestido que llevo y se me resbala el pie derecho del tallo de la enredadera. Me muerdo la lengua para contener un grito.

—Pasito a pasito —susurra Cadence desde abajo—. Solo un paso.

Rechino los dientes.

—Eso es lo que estoy haciendo.

Para cuando alcanzo el suelo, estoy mareada de la cantidad de sangre que me late en las orejas. Flexiono los dedos entumecidos. Me he agarrado a la hiedra con tanta fuerza que la textura de la nudosa planta se me ha grabado en la palma de las manos. Me abotono el abrigo de lana hasta el cuello, pero el viento frío del jardín me congela las mejillas.

Cadence se ríe. Arroja un brazo sobre uno de mis hombros y susurra las escalofriantes palabras de la canción de calor que tan malos recuerdos me trae. Al principio me tenso al reconocerla. Las palabras de la canción están grabadas en mi memoria después de lo que sufrí en la Ópera. Pero conforme la suave y mansa calidez se me extiende de la cabeza a los pies, me voy relajando poco a poco. Pese a los copos de nieve que se me adhieren al pelo, siento la calidez de un sol de verano besarme la piel. Me quito el abrigo y lo dejo doblado sobre el brazo.

Cadence solo va ataviada con la túnica. El vello de sus brazos está erizado. Los copos de nieve se aferran a sus pestañas, derritiéndose *a posteriori* en lágrimas invernales que resbalan por sus mejillas ruborizadas. Proporcionarse calor a sí misma debe de ser otro tipo de magia personal prohibida. Algo dentro de mí se remueve y me imagino cómo sería besarle las lágrimas de las mejillas. Sacudo el abrigo y le cubro los hombros con él.

Ella se muerde el labio con las mejillas arreboladas.

—Gracias. No puedo usar el mismo hechizo sobre mí misma.

—Lo sé.

—Vamos —me insta y alarga el brazo para agarrarme de la mano. Contemplo nuestras manos entrelazadas. Creo que debería apartarla, pero no quiero. Aunque esta sea otra señal que vaya a malinterpretar, quiero que dure. Tiene los dedos pequeños y las uñas, cortas y dentadas.

Cadence me conduce a través de los jardines, por la parte de atrás del ala oeste. Tiene razón con respecto a los guardias. Algunos siguen en sus puestos en la muralla exterior, pero ninguno se pasea por los pasillos. El jardín central de palacio está casi desierto. Un trío de hechiceras novicias chismea bajo un árbol desnudo. Visten caperuzas de un rojo brillante y manoplas esmeralda. Ninguna parece tener más de doce años. Cuando ven a Cadence, dos de ellas le dedican una reverencia antes de dispersarse.

La tercera camina hacia nosotras, con los ojos fijos en el suelo y las manos enterradas en los bolsillos. Cuando nos alcanza, levanta la mirada hacia Cadence con los ojos brillantes debido a las lágrimas.

Luego escupe a los pies de Cadence.

El gesto lleva imbuido tanto veneno en él que Cadence tiene que mirarla dos veces; luego espeta:

—Novicia, ¿qué significa esto?

La barbilla de la niña tiembla, pero la yergue desafiante.

—Eso ha sido por Anette.

Se aleja y deja a Cadence mirándola fijamente. Me maravillo ante el coraje de la niña. Después de ver cómo los niños hechiceros crecen en palacio, debe de conocer las consecuencias que podrían acaecerle por tal exabrupto. El brillo que iluminaba los rasgos de Cadence se atenúa. Se queda contemplando la nieve con los labios apretados.

—¿Quién es Anette? —pregunto e intento volverla a agarrar de la mano.

Ella se cruza de brazos y no me mira a los ojos.

—Iba a ser mi aprendiz. Pero no salió bien.

—¿Qué ocurrió? —inquiero. Coloco la mano sobre su hombro.

Cierra los ojos y se le cuelan las lágrimas entre las pestañas.

—No era poderosa. Le estaba dando clases particulares. Todos los años tenemos exámenes, pero los importantes de verdad son del cuarto año en adelante. Si suspendes, tienes que marcharte. Antes, los hechiceros que suspendían volvían a sus hogares, se convertían en aprendices de algún oficio y ese tipo de cosas. Pero ahora… bueno, Elene no quiere que haya hechiceros entrenados por ahí que no trabajen para ella, así que los manda a la colonia de los expulsados. Sin cuerdas vocales. Es un lugar triste y desesperanzador.

La lengua me hormiguea con toda la información que Nolan me ha dado, que en la colonia de los expulsados los hechiceros se están organizando para contraatacar. Pero, aunque sé que eso la consolaría, no puedo contárselo. No hasta estar segura de a quién debe lealtad.

—Cuando me enfrenté a Elene, pedí que Anette fuera mi aprendiz. Creí que aquello me daría tiempo para trabajar con ella y que nadie cuestionaría sus habilidades si la principal la escogía —prosigue con un tono de voz más amargo.

Se sienta bajo el árbol, en el espacio que las novicias han dejado libre. Me siento a su lado, con los hombros tan cerca que puedo sentir el momento en que se derrumba. Su cuerpo se tensa y empieza a sacudirse cuando una ola de sollozos la sobreviene.

—Era tan joven —susurra Cadence—. Parecía una muñeca cuando practicábamos juntas, una niña pequeña embutida en un caro vestido de terciopelo. Debía de pasarse horas rizándose el pelo. Ansiaba impresionar a Elene. A mí.

Verla llorar, cuando sé que hay algo que podría decirle para hacerla sentir mejor, es una de las cosas más difíciles que he hecho nunca. Pero lo único que puedo hacer es permanecer aquí sentada y verla sufrir. Me paso una mano por el pelo. Sus sollozos se vuelven más intensos y desesperados, hasta que estoy segura de que no solo está llorando por Anette, sino también por ella misma y su perro y por todos los demás que ha debido de perder a lo largo de los años por culpa de la crueldad de la reina.

—No pregunté por ella —dice—. Cuando se la llevaron, la oí fuera de mi ventana. Intenté ayudar, pero después me obligué a creer que no era ella. Estaba tan consumida por la pena por haber perdido a Nip que no quería creerlo. No le pregunté a Elene por ella hasta varios días después. Y ya era demasiado tarde.

Por fin, Cadence se apoya sobre el tronco del árbol y contempla los trozos de cielo visibles a través de las escasas hojas. Resuella y se limpia el rostro con la manga. Luego se vuelve a poner de pie.

—Vamos. No tenemos mucho tiempo antes de que acabe la sesión informativa.

Capítulo 26

REMI

Nos acercamos y, al ver los calabozos, me vienen a la mente todos los recuerdos asociados a los momentos en la celda y en la sala de Ren. Me hierve la sangre al saber que mi padre sigue ahí. La reina me prometió que viviría en palacio y que dispondría de criados y de comida dignos de su posición. Me mintió.

—No te preocupes. Ya no está en una celda —me tranquiliza Cadence al percatarse de que he dejado de seguirla.

—No debería estar ahí siquiera —suelto con rabia.

Nos aproximamos a la puerta. Cadence empieza a cantar y su voz es tan suave que apenas escucho la más leve de las melodías. Los guardias del muro de palacio no se vuelven hacia nosotras. Estiro una mano temblorosa hacia el picaporte y la abro despacio, lo suficiente como para poder entrar ambas.

Nos colamos dentro. Hay una escalera tras la puerta y sus escalones conducen hacia los calabozos comunes inferiores y hacia las celdas superiores donde se me recluyó a mí. La sala de tortura de Ren se encuentra casi al final de las escaleras. Vuelvo a tomar la mano de Cadence y, en esta ocasión, ella no se aparta.

—La prisión tiene cinco plantas —me explica mientras subimos las escaleras—. Los prisioneros políticos como tu padre se alojan en la parte superior. En esa planta hay habitaciones. Resultan bastante cómodas. Sin embargo, tendremos que pasar por delante de los aposentos de Ren y me figuro que se encontrará allí. Elene y él ya han trazado un plan para el baile. Su estudio está en el cuarto piso.

Cabe la posibilidad de que papá esté tan furioso que se niegue a hablar conmigo. Según lo que me confió Nolan, mis padres llevan años involucrados en la resistencia y evitando ser apresados. Mi visita al hospital lo ha puesto todo en peligro.

Una vez llegamos al cuarto descansillo, se abre una puerta detrás de nosotras. Ren sale deprisa de sus aposentos vestido con una simple bata y descalzo.

—Deteneos —ordena, casi somnoliento. Se frota las manos y deja escapar una risita—. En nombre de la reina, no deberíais estar aquí.

Me preparo para salir corriendo. Aunque Ren me persiga, o mi padre no me hable, he llegado demasiado lejos y ansío verlo. Ren muestra una extraña expresión de aturdimiento, como si lo acabásemos de despertar de un sueño reparador. Tengo la certeza de poder correr más que él y pasar unos maravillosos segundos con mi padre. Bastará para ver qué promesas ha cumplido la reina y cerciorarme de que sigue vivo.

Pero Cadence me suelta la mano y pasa por mi lado. Ren le saca una cabeza.

—Apestas a vino —murmura.

—No deberías hablarme así, mi pequeña corchea —le advierte arrastrando las palabras. Da un paso hacia ella, tambaleante—. Las órdenes de la reina han sido claras. Al vizconde no se le permite recibir visitas. Ahora sé una buena chica y regresa a tu habitación y así no tendré que castigarte.

Cadence se estremece y los dedos le tiemblan a los costados. No obstante, le responde, con voz algo más aguda de lo habitual:

—¿En serio? Su Majestad no me lo ha dejado claro...

—Ah, no —prorrumpe en carcajadas—. No me vas a tomar el pelo con tus teatros. Puede que Su Majestad haya decidido creer que no sabías nada de aquel muchacho de Santa Izelea, pero yo sé que sí. Ayudaste a un criminal a sabiendas.

Da otro paso hacia nosotras y yo, inconscientemente, me coloco para proteger a Cadence con mi cuerpo.

Ren estira la mano hacia mí con un atisbo de sobriedad en los ojos. Abre la boca.

Cadence comienza a cantar. Ren se tropieza hacia atrás y cae. Se golpea la cabeza contra el marco de madera de la puerta y un rastro de sangre comienza a resbalar desde su pelo. Gime, dormido ya, y se le escapa un suave ronquido.

—Por los huesos de la diosa —susurra Cadence. Todo color se ha esfumado de sus mejillas. Parece tan sorprendida por sus acciones como yo—. ¿Qué he hecho?

Observo el cuerpo inerte de Ren y después le propino una pequeña patada en el costado.

—Ha sido maravilloso.

—Se va a enfadar muchísimo.

—Chsss. —La agarro de los hombros y la giro hacia mí—. No hará nada. Está ebrio. Quizá ni siquiera se acuerde.

Cadence permanece con la mirada fija en el ejecutor y después se encorva y le toma el brazo.

—Tienes razón. Deprisa, agárrale el otro brazo. Si lo llevamos al sofá, quizá crea que ha sido un sueño. Y aunque lo sepa, Elene no le creerá. Detesta que beba. Cree que echa a perder su trabajo.

Arrugo la nariz, asqueada, y hago lo que me pide. La piel de Ren está húmeda y pegajosa, fría al tacto. Su respiración se mantiene regular. No parece estar dormido del todo, pero no me atrevo a preguntar más acerca del hechizo que ha usado Cadence.

Cadence abre la puerta de la sala con la cadera. Arrastramos entre ambas el cuerpo de Ren al centro, sin importarnos que este tropiece con el mobiliario. Pesa bastante para lo delgado que es. Siento que mis hombros se resienten de cargar con él.

Aquella vez que Ren me trajo aquí, todo se encontraba en orden y odiaba reconocer que me recordaba demasiado a mi hogar, a excepción de las temblorosas prisioneras del rincón. Pero es evidente que, cuando está a solas, su estilo de vida es distinto. Ha juntado los sofás. Hay un plato de dónuts a medio comer sobre los cojines y el suelo está repleto de botellas de vino vacías. El olor acre a vómito prevalece en la sala.

Colocamos a Ren en el sofá que está más cerca de la comida. Cadence toma un dónut de mermelada y le mancha la pechera. A continuación, agarra una botella de vino de la mesa y se la coloca bajo el brazo. Algo del líquido rojo le salpica los pantalones. Tuerzo el gesto, pero las pestañas de Ren ni siquiera se mueven.

Cadence señala un botellero al otro lado de la sala.

—Saca otra botella y échasela encima.

—¿Qué?

—Queremos que crea que ha sido un sueño fruto del alcohol —explica Cadence—. Pero si se despierta y lo primero que huele es mi magia sobre su piel, sabrá que no ha sido cosa de su imaginación. O peor, si lo primero que hace es acudir a Elene, ella también la olerá. Vierte el vino sobre él.

Agarro una botella y la descorcho con los dientes. Lanzo otra mirada inquisitiva a Cadence, pero, al verla asentir, la vacío sobre su pelo, cara y ropa.

—¿No se preguntará por qué está empapado?

Cadence se encoge de hombros.

—Puede, aunque Elene pensará que ha sido por una pelea o que se la ha echado encima él mismo. Sucede a menudo. Bebe demasiado. Y discuten por eso.

Le coloca otro dónut en la mano libre y se yergue.

—Deberíamos marcharnos. Ren no se despertará hasta dentro de un rato, pero los guardias regresarán pronto.

Asiento. Ren vuelve a tener color, pero sus ronquidos cada vez suenan más fuertes. Continuamos nuestro camino y cruzamos la sala, con cuidado de no pisar ninguna botella desparramada. Cadence cierra la puerta a nuestra espalda. Espero a que el pasador se oiga y después me apresuro a subir las escaleras restantes.

Al final de las escaleras hay una puerta. Está hecha de cristal blanco y nos refleja. No veo ningún picaporte, pero sí un ojo de cerradura y una pequeña rendija justo debajo que supongo que permite a los guardias entregarle la comida a papá.

Me acerco a la puerta y la empujo. No ocurre nada. Me arrodillo y miro por la rendija. Apenas alcanzo a vislumbrar la pata de una mesa sencilla y el suelo enmoquetado iluminado por una vela.

—¿Papá? —susurro.

Escucho el ruido de un libro al cerrarse seguido de unos pasos. Entonces, la nariz y los labios de papá se pegan a la rendija.

—¿Remi?

Relajo los hombros, aliviada. Está vivo.

—¿Estás bien?

Papá estira la mano a través de la rendija. Se la tomo. Tiene los dedos casi tan fríos como los de Cadence fuera, en el jardín.

—Este sitio está muchísimo mejor que donde me retenían antes —responde—. Y dime, ¿tú estás bien?

—Sí —contesto a duras penas—. Me alojo en el ala este de palacio.

—Bien. Que estés a salvo es todo cuanto pido.

—No veo tu celda. ¿Es Ren quien tiene la llave? —No me gusta la idea de intentar robarle la llave al cuerpo hechizado de Ren, pero tengo tantas ganas de abrazar a papá que hasta me duele el pecho.

Debo hablarle de la resistencia. Y, si voy a contarle lo sucedido con Nolan, y voy a hablarle de mí, necesito verle la cara. Quiero ver su reacción y su mirada, no solo escuchar aquello que me tenga que decir.

—Es una puerta hecha a medida —explica papá—. Por lo que sé, se requieren dos llaves distintas para abrirla. Encajan como un puzle. El capitán de la guardia posee una y el jefe de los ejecutores, otra. Siempre vienen juntos.

—Maldita sea —exclamo.

Papá suelta una carcajada que acaba en un acceso de tos.

—No te preocupes por mí.

—¿Tienes fuego en la habitación? ¿Te dan de comer?

No responde, y su silencio me dice todo cuanto necesito saber.

—Tenemos que sacarlo de aquí. —Me pongo de pie y vuelvo a tomar la mano de Cadence—. Debemos hacerlo.

Ella mira por la rendija de la ventana de la torre y se muerde el labio.

—Tenemos que irnos. Acabo de ver a uno de los guardias de fuera ocupar su puesto. La reunión ha terminado. Pronto reanudarán el turno de noche.

Señalo la puerta de cristal.

—¿No puedes hacer nada con esto? ¿Hacerlo explotar o algo similar?

Cadence tuerce el gesto en una mueca.

—La puerta está hecha de magicristal. Ni un hechicero elemental habilidoso sería capaz de romperla solo. No puedo.

Al otro lado de la puerta, papá suspira.

—No te preocupes por mí. Estaré bien mientras sepa que tú estás a salvo. ¿Sabes algo de tu madre?

Pero yo hago caso omiso de sus palabras. La reina ha incumplido nuestro trato. Aunque papá ya no está en los calabozos inferiores, me prometió que gozaría de todos los lujos. Y, sin embargo, aquí está, muerto de frío y solo.

—Con la reina, pues. ¡Podrás hacer algo con la reina en el baile! Podrías pedirle que lo libere frente a la corte —le suplico.

—No me hará caso. Quizá con eso logre que me ordene que os torture a todos solo para demostrar que puede hacerlo.

—¡Pero acabas de vencer a Ren! ¡Es prueba suficiente de que eres lo bastante fuerte como para plantarle cara!

—¡Estaba ebrio! Y no quería. He cantado antes de que te hiciera daño. Elene estará esperando a que me enfrente a ella. Estará preparada —gruñe Cadence. Tira de mi brazo y me conduce hacia las escaleras—. Sigo sin fiarme del todo de mis hechizos protectores. Quizá no sea capaz de evitar su ataque. No puedo arriesgarme. Aún no. Tengo que esperar hasta sentirme preparada.

Me lanza una sonrisa conciliadora, pero yo ardo de la ira. Nolan tenía razón. Está dispuesta a dejar atrás a mi padre en este calabozo, sin comida ni calor. No le importa.

Por mucho que Cadence odie lo que la reina la obliga a hacer en la Ópera, sigue a salvo en palacio, protegida por su posición. Es la cantante principal de la reina. Si la reina deja el trono, Cadence perderá su posición y puede que incluso la vida. ¿Por qué iba a acceder a ayudarnos?

—Dijiste lo mismo cuando permitiste que se llevaran a Anette. Solo pensabas en ti misma y en tu sufrimiento —estallo, a sabiendas de lo crueles que suenan mis palabras—. Y ahora vuelves a pensar solo en ti misma y en lo asustada que estás. No has cambiado en absoluto.

En cuanto pronuncio las palabras, me percato de que he ido demasiado lejos. Ella se muerde el interior de la mejilla y sus ojos derrochan tristeza.

Abro la boca para disculparme, pero ella escapa escaleras abajo sin decir palabra alguna. Doy un golpecito al magicristal a modo de despedida y la sigo.

Sin embargo, ahora estoy segura de que no piensa salvarnos. Nolan se ha ido. No pondré en riesgo su vida para pedirle ayuda; no cuando ya tiene un papel que interpretar. Si Cadence no es lo suficientemente valiente, seré yo quien se encargue del baile, tal y como prometí.

Capítulo 27

REMI

Sé que mis palabras han herido a Cadence, pero no tengo tiempo para preocuparme por cómo arreglar las cosas entre nosotras. Apenas nos da tiempo a subir por la hiedra y entrar en el estudio cuando el capitán de la guardia llama a la puerta. No pierde detalle del aspecto sudoroso y algo desaliñado que lucimos, chasquea la lengua e insiste en devolverme al ala este.

En mi habitación, todo un séquito de modistas reales me aguarda para probarme el vestido para el baile, acompañado de la sirvienta de Cadence, Lacerde. La modista jefa me guía hasta el espejo y sus ayudantas me despojan de la ropa. Me empujan y me pellizcan y me dan vueltas hasta que me mareo.

Cuando terminan y me voltean hacia el espejo, me contemplo a mí misma. Ya antes creía que el vestido era perfecto, pero ahora veo que es uno con mi cuerpo. Lo observo con la boca abierta y hago frufrú con la falda, dando vueltas y vueltas. Mi madre siempre se ha asegurado de que vista bien, pero nunca he tenido nada que me quedase tan perfecto. Las modistas recortan el dobladillo del vestido hasta que este flota justo por encima de los pies, rozando el suelo enmoquetado.

Me sientan en la única silla de la estancia para que Lacerde pueda peinarme. La sirvienta amontona mis rizos cobrizos sobre la cabeza y los sujeta mediante horquillas con diamantes. Luego me da unos toquecitos con unos polvos de carmín en los labios que me saben a aserraduras.

Observo por la ventana como los carruajes desfilan a través de las puertas abiertas de palacio. Me recuerda a mi infancia, a otros tiempos más felices en Cannis. Pese al peligro, todos acudirán al baile, como siempre hacen con las Actuaciones; tan agradecidos están por seguir vivos que mostrarán total obediencia a la reina.

Todos querrán creer que este año las cosas por fin mejorarán.

Y este año, lo harán. Fuera de las puertas de palacio, en el corazón de la ciudad, la resistencia se mueve.

Mientras las modistas recogen todas sus cosas, yo me hago con unas tijeras y me apresuro a esconderlas entre los pliegues de la falda. He de servir como distracción, pero en cuanto las fuerzas de la resistencia irrumpan en el baile, necesito poder defenderme. Si la reina aposta guardias a mi alrededor, no quiero que la única sangre derramada sea la mía. Necesito un arma.

Cuando las hechiceras han terminado conmigo, abandonan la habitación sin mediar palabra. Lacerde se queda rezagada. Se lleva los dedos a los labios y esperamos a que el sonido de los pasos de las hechiceras se atenúe por el pasillo.

—Te he visto coger las tijeras.

Un sudor frío me baña la frente y me maldigo por haber sido tan estúpida, tan atrevida. Pienso en negarlo todo, pero eso solo me hará parecer más culpable todavía.

Saco las tijeras de debajo de la falda y las coloco sobre el tocador. En Bordea es un delito llevar armas entre los muros de palacio. Si Lacerde me entrega, la reina Elene podría sospechar que estoy ayudando a la resistencia. Debo convencerla de que tenía otro uso en mente para las tijeras.

—Pensé que podría necesitarlas luego. El pelo nunca se me queda fijo y puede que tenga que recortar las puntas... —me excuso.

Suena del todo inverosímil hasta para mis oídos.

Lacerde arquea una ceja.

—Yo lo haría con mucho gusto.

—Qué alivio.

Me aliso la falda y le dedico una sonrisa amplia.

Lacerde no me la devuelve. En todo caso, frunce aún más el ceño. Me tiende una mano. Trago saliva y coloco las tijeras encima de su palma.

Se las guarda en el bolso y saca una bolsita de ante.

—Si vas a hacer lo que creo que vas a hacer —me dice—, entonces deberías ir mejor preparada.

Me pasa la bolsa, que irradia calor a través de la piel. Cuando deshago los cordones que mantienen la bolsita cerrada, un olor fuerte a vinagre me asola las fosas nasales. Hago acopio de coraje, meto la mano dentro y saco una horquilla perlada con diamantes y rubíes incrustados.

El metal de la horquilla está tan caliente que lo dejo caer al suelo. Lacerde se agacha para recogerlo, usa la tela de su vestido para protegerse los dedos y luego lo deposita en mi regazo.

—Coloca la mano encima —me indica—. Solo te quemará durante un momento. Luego se acostumbrará a ti.

No protesto, aunque la idea de que un accesorio del pelo se acostumbre a mí, como si tuviese pensamientos propios, me inquieta. Reposo la mano sobre la parte perlada. Una sensación de hormigueo me asciende por el brazo. El calor abandona la horquilla y la deja fría. La vuelvo a coger y le doy la vuelta. Se trata de un broche extraño; la preciosa fachada oculta una cajita de cristal transparente llena de un líquido naranja. Se abrocha con una horquilla larga y plana y con el filo tan serrado como un cuchillo cocinero.

—¿Qué es esto? —inquiero.

—¿A ti qué te parece?

Arrugo el ceño.

—Ya sabes a lo que me refiero.

Entonces Lacerde sonríe y las arrugas en torno a sus ojos se pronuncian.

—El joven Nolan pensó que podrías intentar hacer algo por tu cuenta. Si está en lo cierto, creo que deberías tener esto.

Me la quedo mirando. ¿La propia sirvienta de Cadence, parte de la rebelión?

—Es mágico —la acuso y repaso la horquilla con el dedo. Ahora el filo está tan poco afilado como el de un cuchillo para untar, pero por alguna extraña razón sé que atravesará lo que fuera.

Asiente.

—Pero ¿cómo? —exijo saber—. ¿Uno de los hechiceros de palacio también trabaja contigo?

Por un instante me atrevo a desear que Cadence pueda haber sido la artífice. Que haya cambiado de parecer y esté preparada para enfrentarse, por fin, a la reina.

—¿Cadence ha…?

—No. Fue confeccionado por una hechicera en la colonia de los expulsados.

Niego con la cabeza. Debe de estar equivocada. Aquellos que viven en la colonia han perdido la magia desde hace mucho tiempo.

—Pero Adela solo otorga el don de la magia a los cantantes.

Lacerde prorrumpe en una carcajada mordaz y pone los ojos en blanco.

—Como ya sabes, la diosa de la canción elige a sus discípulos según cuando fueron concebidos. Solo ella controla quién nacerá hechicero. La reina puede creerse capaz de despojar a los elegidos de Adela de su don mutilándolos, pero solo la diosa puede eliminar tan divino poder.

»Por lo que yo sé —prosigue Lacerde—, Su Majestad sigue siendo mortal, por más que se las dé de diosa. Los expulsados ya no pueden cantar, pero su magia perdura. Adela, furiosa, decide oír la canción en su interior.

El corazón me martillea dentro del pecho, tan fuerte que hasta resuena en mis oídos. Si hay hechiceros en la colonia, hechiceros que tienen toda la razón del mundo para rebelarse contra la reina… eso lo cambia todo.

—¿Cómo sabes todo eso? —inquiero.

—Hace muchos años, en los días de la antigua reina, era administradora en palacio. —Lacerde me dedica una sonrisa triste y se mira las manos. Al igual que mi madre, también tiene un enorme callo en el dedo índice de tantos años de escribir correspondencia—. Conocí a Francine entonces, y durante muchos años, fui una de sus parejas. Incluso después de elegir marcharme de palacio, de conocer a otra persona y tener a mi hija, seguimos siendo muy buenas amigas. Era un riesgo para mí regresar, aunque solo fuera como una humilde sirvienta, pero Francine necesitaba a alguien que conociera el palacio y que pudiese acercarse a Cadence. Fue hace muchos años cuando trabajé por última vez en Cavalia y por entonces era tan solo una muchacha, así que nadie me recordaría.

—¿Francine Trevale ha confeccionado esto? ¿Y la reina no sospecha nada? —pregunto, sin aliento.

Francine Trevale es la hechicera más famosa que haya sido expulsada de palacio. Era tan poderosa que la reina no se atrevió a arrestarla en público, solo lo consiguió a través de engaños. La caída de Francine fue un punto de inflexión en la guerra, donde muchos perdieron la esperanza. Acaricio la bolsita de ante sobre mi regazo y siento como aumenta la seguridad en mí misma.

Tengo que contárselo a Cadence. Tiene que saber que hay otros hechiceros trabajando en contra de la reina.

—No —responde Lacerde. Me coge la horquilla de las manos y me la coloca en el pelo con cuidado—. Ni tampoco puede hacerlo. Sus hechiceros superan en número a los de la colonia y han recibido años y años de entrenamiento con sus voces. En la colonia, todavía están reaprendiendo a acceder a sus poderes.

Hago ademán de levantarme de la silla.

—Tengo que hablar con Cadence.

Lacerde coloca ambas manos sobre mis hombros y me vuelve a sentar. Respira hondo y veo como sus ojos brillan debido a las lágrimas.

—No puedes. Si Cadence ha de ayudarnos, debe tomar su propia decisión. Después de todo lo que ha hecho, es la única manera de que la resistencia la acepte. Llevo años deseándolo, animándola…, pero debe ser Cadence la que dé el paso.

Capítulo 28

CADENCE

Sentada en el banco del piano, apoyo la cabeza en el teclado. Las lágrimas resbalan por mi nariz cuando aporreo las teclas con los puños. Las notas discordantes son un reflejo sonoro de mi dolor. Me he abierto a Remi, le he confesado mis secretos y me los ha echado en cara.

Aún llevo el grueso abrigo de lana de Remi sobre los hombros. Huele al aceite de su pelo, a manteca con un toque de vainilla. Me despojo de él y lo lanzo a un rincón de la sala.

Se ha enfadado conmigo por permitir que su padre continúe apresado, pero no había nada más que pudiera hacer. Está encerrado tras una puerta de magicristal, a menos que Elene lo ordene, no podrá salir.

Me muerdo las uñas; me las he mordido tanto que la lúnula está roja y supurando. Elene, a su manera, me ha ayudado. Descubrió mi potencial y me sacó de la academia. Me concedió un sitio en su corte. Podría haber acabado como Mercedes, ganándome la vida a duras penas en el hospital de la ciudad. Mis canciones son poderosas, pero he sabido en todo momento que, de no haber tenido una mecenas, no habría conseguido nada.

Elene es la razón por la que muchos viven en la pobreza, deshonrados, pero también es el impulso de mi ascensión.

Abro el volumen hueco de teoría de la música y saco la novela romántica escondida en su interior. He leído la historia tres veces, pero es uno de los primeros libros que la hermana Elizabeta me dio, así que al tenerlo entre mis manos me siento más cerca de ella. Han entregado Santa Izelea a otra superiora y se me ha prohibido visitar el hospital.

El libro trata de dos mujeres, ambas hechiceras, que se conocieron durante las guerras Brogan como generales rivales. Paso las páginas hasta llegar a un fragmento de la mitad del libro. Las páginas están dobladas y manchadas y tienen los bordes rotos. En este capítulo, las mujeres hacen el amor por primera vez.

El autor es un hombre. Y no es hechicero. Una de las generales usa hechizos monosilábicos para dar placer a su amante, y no estoy segura de si el autor entiende de magia o de anatomía.

No obstante, perderme entre las páginas me relaja. No tengo amigas en la academia con quienes poder hablar de pasión, amor o sexo. Dejo la novela en las rodillas y me apoyo contra la pared. ¿A Remi le gustaría ese tipo de magia? Susurro en voz baja el hechizo monosilábico con la cara sonrojada.

La puerta se abre de golpe y entra Elene con una pequeña chica pelirroja detrás de ella, cual sombra. Dejo el libro a un lado deprisa, pero Elene ni siquiera lo mira. Envuelve el hombro de la temblorosa niña y la empuja hacia delante.

—Esta es Margaret —exclama Elene. Le sonríe a la chica, que ofrece una mueca temblorosa como respuesta. Apenas la recuerdo como una de las alumnas mayores que estaban en la biblioteca cuando ayudaba a Anette—. Es una novicia de sexto año y una cantante corpórea. Madam Guillard me ha informado de que es muy prometedora. He pensado que te gustaría enseñarle. Posee un nivel demasiado avanzado para considerarla una aprendiz, pero podría ser una buena sustituta.

—¿Una sustituta? —repito. Después de lo que Elene le hizo a Anette, jamás me volveré a encariñar con otro alumno.

—Así es. —Sonríe—. Le he asignado una habitación en palacio justo al final del pasillo donde se encuentra tu habitación. Creo que lo mejor es que entrenéis para la Actuación juntas, ¿no te parece? Sé que últimamente has padecido de los nervios, pero la dama Ava sigue demasiado enferma.

A pesar de que esboza una sonrisa amistosa, su mensaje me ha quedado claro: «Si no puedes hacer tu trabajo, te reemplazaré por otra que lo haga».

Trago saliva antes de ponerme de pie. Margaret se inclina ante mí con los ojos fijos en el suelo del estudio.

—Principal.

La recuerdo riéndose en la biblioteca. Estas últimas semanas se ha convertido en una sombra de sí misma, temerosa. Me pregunto si Ren ya se ha encargado de sus ensayos.

Elene quiere desestabilizarme, conseguir que diga algo que pueda utilizar en mi contra. Por esa razón, transformo mi expresión en una máscara de indiferencia amistosa.

—Una idea maravillosa —respondo—. Necesitarás que alguien se ocupe de mis obligaciones en caso de caer enferma.

Los ojos de Elene se entrecierran.

—Hola —le digo con voz suave a Margaret, igual que si fuera un gatito asustado, y le ofrezco una sonrisa cálida, o eso espero—. ¿Y si me muestras tus escalas?

Al regresar a mi habitación, encuentro el vestido para el baile extendido sobre la cama. Es de un tono beis pálido, el mismo que mi piel, decorado con flores bordadas de color rosa, morado y verde pastel. El corpiño es ceñido y está hecho de un material transparente. La falda con varillas es amplia y está hecha de tafetán.

Sonrío al rozar el tejido con los dedos. Estaré muy guapa con el vestido, pero ¿Remi se dará cuenta? Me confesó que no podía casarse con Nolan porque no era el correcto. Pero no me explico por qué. Las ganas de conocer el porqué me reconcomen.

Junto al vestido hallo una máscara. Está confeccionada con encaje rosa chillón, del mismo tono rosa que las flores del vestido. Me la sujeto contra la cara y ato un lazo detrás de la cabeza. Los agujeros de los ojos no me permiten tener una visión completa. Veo el mundo como a través de un velo transparente teñido de rosa.

Me dirijo al tocador para inspeccionar mi reflejo. Temo parecerme a Elene, pero me percato sorprendida de que luzco casi como el cuadro de la diosa Odetta colgado en la sala del trono. Tenemos el mismo tono de pelo rubio y la máscara rosa hace parecer lilas mis ojos azules.

Así pues, seré la atracción principal del evento de Elene. Tras esta máscara, no obstante, parezco una niña frágil y delicada jugando a ser diosa. Remi quiere que me ponga de su lado, que ordene la libertad de su padre, pero fingir que soy capaz de liderar a la rebelión es una mera fantasía, un juego.

El vestido parece burlarse de mí desde la cama. Lo recojo y arranco las mangas del corpiño. Llamo a Lacerde una vez lo he lanzado a la otra punta de la habitación.

Llevaré otro vestido, uno que me haga sentir poderosa.

Al ver que Lacerde no se presenta de inmediato, pego la oreja a la puerta de roble que separa mi habitación de su pequeño dormitorio. No la oigo, y una canción en voz baja confirma que no hay alma viviente en el interior. Siento el pánico atenazarme el estómago por un momento, imaginándola inerte tras la puerta, muerta por una orden cruel de Elene, pues no he mostrado entusiasmo suficiente con respecto a Margaret.

Huelo el aire. Soy capaz de detectar mis propias canciones y unas finas capas de hechizos antiguos. Pero no hallo el olor a canela fresca o a hierro. Respiro hondo. Ren no ha estado aquí desde hace días y Elene no enviaría a nadie más.

Vuelvo a hacer sonar la campana.

Lacerde entra en la habitación como una exhalación y jadeando en busca de aire. Bajo el brazo porta un libro tamaño folio hecho de cuero que exhibe en la parte delantera el sello de cera de la reina.

—La reina me ha pedido que te lo entregue —exclama falta de aire, aunque la habitación de Elene se encuentra en la misma ala que la mía—. Es lo que quiere que cantes esta noche.

Tomo el libro y me muerdo el interior de la mejilla para no esbozar una mueca. Abro la cubierta. Elene solo ha incluido dos partituras. En la primera ha escrito «Opción A» con su letra curva y recargada. La canción es simple, para sanar huesos rotos. La he cantado cientos de veces en Santa Izelea. Hasta para tratarse de una multitud, será una actuación breve y no muy llamativa. La canción no suele ser rechazada por los cuerpos, por lo que resulta improbable que avergüence a Elene por haber fracasado.

Suspiro y paso a la segunda, que Elene ha denominado «Opción B». Aguanto la respiración y me empiezan a temblar las rodillas. Las palabras y las notas musicales no me resultan familiares, pero la letra dorada bajo las palabras de Elene reza el título de «El Constrictor». Es la misma y terrible canción que Ren usó para hechizar al chico del hospital. Esta música es la precursora de una muerte lenta y dolorosa.

Elene me contó que, si las cosas van bien, mostrará clemencia. De no ser así, me prometió una demostración digna de recordar durante todo un siglo. En el folio no aparece ninguna nota adicional para la actuación. No me queda claro quién será la víctima de Elene. Si una o varias personas. La melodía no resulta compleja y, a pesar de no haberla practicado, podría hechizar a diez personas o más de golpe. No obstante, con un cantamiento así, una víctima ya es demasiado.

Si lo hago, no habrá vuelta atrás.

—¿Qué sucede? —pregunta Lacerde—. Estás temblando.

—Voy a vomitar —susurro y me lanzo hacia el bacín.

Me arrodillo antes de apoyarme en los talones con el bacín en el regazo y los hombros encorvados para vomitar.

Lacerde se agacha a mi lado. Me retira el pelo de la cara y me frota la espalda cuando devuelvo otra vez.

Empiezo a llorar aun con el vómito resbalándome por la barbilla, pero por dentro me encuentro más decidida. Jamás me he sentido tan asustada y segura de algo. Durante toda mi vida, me he dado más de cien razones por las que no hacer nada; era más sencillo y seguro creer que no era capaz de cambiar las cosas. Pero, aunque ni siquiera sea capaz de vencer a Elene, siempre podré desobedecerla.

No pienso cantar esta canción.

Oraré a Adela para que esta noche nada vaya mal, que Elene se sienta feliz y no sienta la necesidad de ofrecer tal demostración. En caso contrario, me negaré. Sacaré a Remi y a su padre de Cavalia pase lo que pase. Aunque me encarcelen o me expulsen. Aunque eso signifique no volver a verla. Porque, si no puedo plantarle cara a Elene, no merezco a Remi.

Aparto el bacín y estiro la mano en busca de la partitura. Exhalo por la nariz y la rompo en pedazos.

La boca de Lacerde se abre de par en par, pero se levanta y se dirige a por un vaso de agua a la mesilla junto a mi cama.

Le doy un trago e intento no mirar hacia la pila de papel en el suelo antes de hablar.

—Me gustaría vestir otra cosa.

Lacerde asiente para mostrar su aprobación. Se agacha y recoge el vestido.

—Bien. Este es horrible. ¿Qué tienes en mente?

Mis labios se curvan en una sonrisa. He echado de menos su franqueza. Nuestras conversaciones hasta altas horas de la noche, el sonido de sus agujas, sus comentarios crueles. La he echado de menos a ella y, al menos durante una hora, las cosas serán como deberían haber sido siempre.

Capítulo 29

REMI

Me miro por última vez en el espejo para asegurarme de que la horquilla sigue en su sitio. Brilla y centellea cuando la llama de la vela se refleja en los diamantes. Una baratija bonita y mortal de la que nadie sospechará.

Alguien llama a la puerta. Me recojo la falda antes de levantarme para saludar. El malhumorado capitán aguarda en el pasillo con los ojos fijos en su reloj de latón.

Viste un nuevo uniforme con una chaqueta de terciopelo lustrado y unas calzas en color crema. Me ofrece un brazo, rígido. En el cinturón resuena un juego de llaves. Todas son sencillas, de latón y hierro, y una de ellas podría encajar en la cerradura del magicristal de la celda de papá.

—La reina quedará satisfecha. Estás elegante —murmura.

—¿No debería? ¿Planea la reina destrozar todos nuestros atuendos?

Pienso en la Actuación, en toda la sangre derramada por el suelo y en los salpicones de vómito sobre mis zapatos de satén.

El guardia pone los ojos en blanco.

—Por lo que sé, la única exhibición de magia esta noche será curar las secuelas del accidente de caballo que sufrió el duque. Nada escandaloso. Siempre que nadie se sobrepase.

Me hace una señal para que lo siga, se da la vuelta y enfila el pasillo. Me llevo la mano al moño por instinto. La horquilla late, cálida, contra mis dedos.

El guardia me guía a través de los jardines y yo no puedo evitar quedarme sin aliento. Lo han transformado todo para la ocasión. Unas velas con unas llamas azules delinean los caminos adoquinados. Los rosales están engalanados con guirnaldas plateadas y las rosas se abren en plena floración. De los árboles cuelgan faroles de papel. Damas elegantes caminan del brazo, ataviadas con abrigos de visón blancos y vestidos brillantes de seda.

Con la antigua reina, así era siempre la corte. Opulenta y preciosa. Pero por aquel entonces se respiraba un ambiente de comodidad y tranquilidad que lleva muerto desde hace mucho tiempo. Ahora, las damas que pasean por el jardín están flacas y adustas, y el miedo se refleja en sus mejillas bajo los polvos que las decoran. Sus sonrisas son más bien una mueca.

El guardia tira de mí por el camino más amplio hacia el ala oeste y el salón de baile. Pese a ser consciente de lo que debo hacer, se me hace la boca agua de tan solo pensar en todas las exquisiteces que habrán preparado en la cocina para la ocasión. Habrá pasteles rellenos de carne de venado e higos, dulces rellenos de almendras y limones. Me ruge el estómago.

Una docena más de guardias están apostados junto a la entrada del salón de baile. Al igual que su capitán, visten los nuevos uniformes de terciopelo lustrado. Todos parecen incómodos, no solo debido a la rigidez de la tela, sino de ver pasar a los nobles.

Como son los guardias de la reina, no hay duda de que les han grabado a fuego las historias sobre nuestra corrupción y avaricia. Deben de creer que fuimos nosotros los que arruinamos el reino y que fue la reina Elene la que rescató Bordea del caos. La mayoría parecen demasiado jóvenes para haber trabajado bajo el mandato de la antigua reina.

El capitán agarra el picaporte. Me dedica una mirada.

—¿Preparada?

Me aliso la parte frontal del vestido.

—Por supuesto.

La sala de baile es la viva imagen de un paraíso invernal. Hay nieve de verdad cubriendo el suelo y los senderos inmaculados están cubiertos de pétalos de rosa rojos que huelen mágica e imposiblemente dulces. Témpanos de hielo penden del techo como arañas de cristal, iluminadas con un fuego elemental frío y azul. Una mesa de hielo cargada con comida se yergue junto a la puerta. En el centro crece un rosal y unos colibrís diminutos de hielo translúcido aletean junto a él. Aunque no están técnicamente vivos, brillan bajo la luz invernal con alegres movimientos. Hay una hechicera de la reina apostada en un rincón junto a la mesa, ataviada con un vestido y máscara blancos de modo que casi se confunde con la decoración. Canta en voz baja mientras los pajarillos se posan sobre los hombros de los invitados que pasan junto a la mesa, piando felices antes de desintegrarse y transformarse en nieve.

Más allá de la pista de baile, una plataforma flotante de hielo fluctúa sobre un lago artificial no muy profundo. Unos relámpagos danzan sobre la superficie del agua. Peces hechos de hielo nadan entre las piedras del camino que lleva hasta la plataforma.

Los bailes ya han comenzado. Damas y caballeros ocultos tras sus máscaras giran y brincan frente a la tarima de la reina. Dos hechiceras, también vestidas de blanco, cantan a dueto. La reina se halla sentada en un trono hecho de hielo. Lleva la piel de un leopardo de las nieves alrededor de los hombros a modo de chal. Su vestido es rojo como la amarilis y está cubierto de perlas que forman una tormenta de nieve en la falda. La máscara que lleva es blanca y sencilla, sin adornos. Su amante de pelo plateado se encuentra repantingada a su izquierda, vestida de verde, con una expresión de aburrimiento en el rostro y una copa de vino vacía en la mano.

Al otro lado de la reina se sienta Cadence sobre una silla tallada en piedra. Le han rizado la larga cabellera rubia y lleva los labios pintados de un color dorado que centellea bajo la luz de los témpanos de hielo. Su vestido está confeccionado con suntuoso terciopelo púrpura imperial, con una manga larga que termina en un puño dorado. El otro hombro lo lleva desnudo, espolvoreado con un tenue brillo dorado. La falda es corta por delante, justo por debajo de las rodillas, y con una elegante cola por detrás.

A diferencia de los demás asistentes a la fiesta, Cadence sostiene su máscara en las manos. Está hecha de muselina rosa y no combina para nada con el vestido. Es un pequeño acto de resistencia que me hace preguntarme cuál habría sido su respuesta si hubiese confiado en ella lo suficiente como para contárselo todo.

Me zafo del capitán y doy un paso hacia ella. Pero antes de poder abrirme paso hasta la tarima, siento un toquecito en el hombro.

Me giro y me encuentro al barón Gregor Foutain, mi amigo de la Actuación, sonriéndome. Está vestido con sus ropas más elegantes, esta vez sin agujeros en el chaleco ni manchas en la solapa. Su traje negro va acompañado de una capa negra y larga que arrastra por el suelo a su espalda y lleva las cejas peinadas a la última moda, enroscadas hacia arriba. Camina hacia mí con un bastón de caoba y una leve cojera.

—¡Barón! —le dedico una pequeña reverencia—. Lo veo de mejor humor que la última vez.

Sus ojos pasean, inquietos, por la sala de baile y se seca el sudor del rostro con un pañuelo.

—No se lo tome a mal, mi señora, pero había esperado no volver a verla en una función así nunca más.

Uno de los pequeños colibrís aterriza sobre mi hombro canturreando.

—No sé —digo mientras le acaricio el frío pecho—. Esta noche puede albergar todo tipo de sorpresas.

El barón suelta una risotada.

—Eso no se lo cree ni usted. —Se da unos golpecitos en el broche de la solapa, con forma del escudo de su familia—. Mi hermano llevaba esto la noche que murió. Hice que lo recuperaran y le sacaran brillo. Si he de morir, lo haré como un Foutain.

El colibrí se deshace en una nube de nieve. El frío es tan solo un susurro contra mi mejilla, pero lo siento atravesarme el cuerpo entero.

—Estoy segura de que no llegará a eso.

Niega con la cabeza y el barón se pone de puntillas para mirar por encima de mi cabeza.

—¿Dónde está su padre? Esperaba verlo aquí.

—Se ha retrasado —digo con cautela.

Si la noticia del arresto de papá no se ha difundido más allá de sus amigos más allegados, no quiero confiarle la información a la persona equivocada. Y menos esta noche.

—Hombre listo —murmura el barón—. Yo también tendría que haberme demorado. Cuando llegue, salúdelo de mi parte, por favor.

Como si bailáramos, me hace girar con una mano de modo que, al terminar, me encuentro de espaldas a la tarima. Luego rebusca en el interior de su chaqueta hasta sacar una carta. Me la pone en las manos.

—De un amigo común. Me pidieron que le diese esto a su padre si lo veía, o a usted, si no. No hice preguntas, y no quiero saberlo. Conocí a Claude lo suficiente en el pasado como para sospechar que no todas sus actividades son enteramente legales.

La carta lleva un sello de lacre liso, y a través del fino papel vislumbro una caligrafía práctica y cuadriculada. Me la quedo mirando durante un instante antes de guardármela en el corpiño.

La reina se pone de pie y da una palmada. Todos nos giramos hacia ella. Dos guardias conducen a una niña hacia delante y las mejillas del barón Foutain pierden todo su color. Tiene el pelo cobrizo como el mío y lleva una réplica perfecta de mi vestido. Se me forma un nudo de terror en el estómago.

Una mirada a la expresión consternada de Cadence me indica que esto no formaba parte del plan que la reina le había comunicado.

La reina Elene extiende una mano hacia la niña y esta, temblando, camina hacia ella. La reina coloca a la niña sobre su regazo y la estancia se queda en silencio. Hasta los bailarines se detienen. Los únicos atisbos de movimiento en el salón de baile son el vaho que produce su respiración y el aleteo de los colibrís. Los hechiceros que montan guardia detrás del trono de la reina dan un paso al frente, hacia su soberana.

—¡Voy a recuperar una tradición de la Edad de Zafiro! —proclama la reina—. ¡Esta niña será la princesa del baile! ¿No es encantador?

Todos a mi alrededor se ríen, pero la mandíbula de Cadence permanece inmóvil.

En la Edad de Zafiro era tradición que la reina trajese a la corte a una niña plebeya, la vistiera y la nominara como princesa del baile por una noche. Si la niña, sin formación ninguna, podía imitar los modales de la corte, entonces se la declaraba huérfana de parentesco noble y la reina permitía que creciese en palacio. Si no, volvía a soltarla en las calles, cargada con el recuerdo de una riqueza que nunca podría llegar a conseguir.

Era una prueba, y lo sigue siendo ahora. Solo que esta no es para la niña, sino para Cadence. La reina está jugando con ella, haciéndola creer que su comportamiento influirá en los acontecimientos de la velada. Quizá la reina le permita curar a un viejo duque, o quizá no. Pero elija el desenlace que elija, se asegurará de que Cadence piense que ha sido culpa suya.

La reina hace rebotar a la niña sobre su rodilla. Le sonríe a Cadence.

—¿Por qué no encuentras a alguien con quien bailar? Más tarde haremos la demostración.

Hay una amenaza latente en sus palabras. Cadence se retuerce las manos a la vez que la reina le ofrece a la niña una fresa bañada en chocolate de la bandeja junto a ella.

A través de la multitud, los ojos de Cadence encuentran los míos y me piden que le conceda una tregua. Respiro hondo y camino hacia la tarima del trono.

Los invitados al baile son los amigos de mis padres, lo más alto de la sociedad. Si les muestro lo que soy, nunca podré optar a un matrimonio noble. Me estimarán corrompida por la magia, demasiado propensa a las creencias extrañas y liberales como para llegar a ser nunca una verdadera esposa noble.

No me importa. Hace tiempo le hice una promesa a Cadence y, aquí, frente a todos, antes de arriesgarlo todo, voy a cumplirla. Si el barón tiene razón y todos vamos a morir esta noche, entonces no quiero tener que arrepentirme de nada.

Camino hacia la tarima y hago una reverencia tan baja que casi rozo la nieve con las rodillas. Cuando me yergo, miro a Cadence a los ojos y le tiendo una mano. La reina contiene la respiración, pero no hay desaprobación en su mirada, solo curiosidad.

Cadence se ruboriza. Yo sigo con la mano estirada y extendida. Luego ella la acepta y se levanta despacio.

Los otros bailarines despejan la pista. No estoy segura de si es por desaprobación a mis actos o por temor a Cadence. Oigo el roce de nuestros vestidos mientras nos movemos. Me coloco frente a ella y le dedico una reverencia caballeresca. Ella inclina la cabeza, ya risueña. Aún con su mano en la mía, envuelvo su delgada cintura con la otra. Pega su cuerpo contra el mío, cálido y ágil. Miro a las dos cantantes junto al trono de la reina a la espera de que vuelvan a retomar la canción.

—Esperan que yo cante. —Los labios de Cadence están tan cerca de mi oído que su aliento me hace estremecer—. Mi rango es superior y deben mostrar deferencia.

Afianzo el brazo en torno a ella. Cadence comienza a cantar y mis pies empiezan a moverse como por instinto, motivados por el hechizo. Podría quedarme escuchándola para siempre. Su voz es conmovedora. Observo como sus gruesos labios dorados forman muchas palabras, pero yo solo oigo «baila, baila» en lo más profundo de mi alma. Nos movemos en un remolino de colores, terciopelo y tafetán. Los ojos de Cadence están radiantes, resplandecientes con una felicidad despreocupada. Mi cuerpo solo conoce su canción. Doy vueltas y piruetas y me permito reír hasta llorar. Estoy tan cautivada por su magia que hasta me olvido de todos.

Cuando deja de cantar, nos encontramos una vez más la una frente a la otra en la pista. Aún solas. Pero es perfecto y no me importa quién nos esté viendo.

—¡Precioso! —exclama la reina. Y dedica a la corte una mirada resplandeciente e inmune—. ¿No creéis que ha sido precioso?

Todos comienzan a aplaudir de forma mecánica.

—¡Acercaos, acercaos!

La reina nos hace un gesto para que nos aproximemos.

Cadence me aprieta la mano y me conduce hacia delante, pero el ruido y la intrusión de la reina rompen el hechizo del baile. Ya no puedo centrarme en Cadence. Solo contemplo a la niña pequeña de pelo cobrizo sobre el regazo de la reina. Es incluso más joven que yo la última vez que mis padres me trajeron a la corte.

Subimos los escalones que llevan hasta el trono de la reina, aunque siento mis pies tan pesados como la madera.

—No esperaba eso de ti. —La reina me mira y sonríe—. Que tu generación haya aprendido bien de los errores de vuestros padres me llena de esperanza. Quizá sea hora de pasar página, después de todo.

No hay forma de pasar página con un monstruo que no dudaría en usar a una niña pequeña de esta manera y que cree que el único modo de reinar es a través del miedo. Llevamos mucho tiempo siendo todos marionetas en sus espectáculos.

Nolan me dijo que las fuerzas estarían preparadas si yo les proporcionaba una distracción. Tengo que confiar en que eso sea cierto.

Pienso en mi padre, hambriento y pasando frío detrás de una puerta de magicristal. Puede que nunca más vuelva a ver a mi madre.

Me saco la horquilla del pelo y la hundo en el corazón de la reina.

Capítulo 30

CADENCE

Se me había olvidado cómo era cantar por puro placer, para alabar a la diosa, para mí misma. Durante mucho tiempo, ha sido otra gente quien ha elegido qué canciones debo cantar. Cuando abro la boca para poner música a nuestro baile, por segunda vez en mi vida, las palabras que salen de mi boca son una composición propia. Fluyen como el agua y nos guían con tanta firmeza como los pasos ensayados de Remi. La música resuena por todo mi cuerpo. Me siento ebria de magia, el hambre en los ojos de Remi me devuelve a la vida.

Quiero cantar durante toda la noche mientras una chica preciosa me envuelve la cintura con firmeza. Sin embargo, me percato poco a poco del silencio de la sala, así como de los ojos de Elene sobre nosotras. Interrumpo la canción, sin aliento.

—¡Precioso! —exclama la reina. Levanta las manos sobre la cabeza y aplaude. A continuación, se inclina hacia delante y fulmina con la mirada a los nobles temblorosos frente a ella—. ¿No creéis que ha sido precioso?

Los hechiceros y plebeyos aplauden con entusiasmo. Los aplausos de los nobles son dispersos; unos parecen encantados mientras otros muestran una furia de la que apenas mantienen el control.

—¡Acercaos, acercaos!

La reina nos hace un gesto para que nos aproximemos.

Tomo la mano de Remi y le doy un ligero apretón. Elene sonríe. Sujeta la mano de Raquelle. Me pregunto por primera vez si le daría su aprobación a Remi, si me la daría a mí.

Cuando nos sentamos en la parte alta de la galería para observar un baile como este, jamás imaginé que formaría parte de uno, ni que llegaría a ser el centro de atención.

Elene continúa con la niña en el regazo, pero yo ya no siento miedo. Esta noche, al menos, está feliz. Todo irá bien. Presentará al duque y lo sanaré. La niña será devuelta a sus padres. Sé que algún día tendré que plantarle cara, pero esta noche todos estaremos a salvo.

Le devuelvo la sonrisa a la reina y conduzco a Remi por la plataforma entre aplausos e alivio.

—No esperaba eso de ti —admite la reina—. Que tu generación haya aprendido bien de los errores de vuestros padres me llena de esperanza. Quizá sea hora de pasar página, después de todo.

A Remi le empieza a sudar la mano. Quiero susurrarle que todo irá bien, pero los ojos brillantes de Elene no pierden detalle mientras espera una respuesta. Así que suelto la mano de Remi y hago una reverencia a Elene.

Remi se quita la horquilla de diamante. Está afilada, serrada y debe medir un palmo. Está cubierta de un líquido naranja brillante. Antes de que yo pueda reaccionar, da un paso hacia delante y se la clava a Elene en el pecho.

Todo el mundo está quieto. Remi está inclinada sobre Elene, aún sin aliento por el baile. Elene parpadea sorprendida. Se lleva la mano a la horquilla que le sobresale del pecho, y en ese momento no sé qué desear. ¿La muerte de Elene? ¿Su perdón?

Aún puedo sentir la mano cálida y firme de Remi en mi espalda. No quiero creer que ha sido todo mentira.

Raquelle tira despacio de la horquilla con las mejillas húmedas por las lágrimas. La piel en torno a la herida se ha vuelto morada. De ella emana sangre y un pus verde. Los hechiceros se acercan a Elene desde todas partes de la sala, murmurando súbitos hechizos sanadores. Yo tarareo con suavidad junto a ellos, no para sanarla, sino para ver bien la herida. Si le hubiese clavado la horquilla unos centímetros más a la izquierda, se la habría clavado en el corazón. Ningún cantante la podría haber ayudado.

El vestido de Elene está desgarrado y la sangre le mancha lo que queda de corpiño, pero su expresión muestra más sorpresa que dolor. Se palpa la herida y observa sus dedos teñidos de sangre.

Y entonces se le cae la máscara de la cara.

Es la primera vez que veo su semblante descubierto. Y, durante un momento, lo único en lo que pienso es en lo joven y desconcertada que se la ve; no se parece en nada a la poderosa y fría monarca que conozco. Tiene la tez pálida y blanca como la porcelana, sin un solo poro. Tiene los ojos abiertos de par en par, húmedos, enmarcados por unas pestañas largas y negras. Le tiembla la barbilla al intentar refrenar los gemidos de dolor. Se lleva la mano a la mejilla con incredulidad, buscando la máscara.

Remi se tambalea hacia atrás, tropezando con los escalones que conducen a la plataforma. Sus ojos muestran sorpresa, como si no terminase de creer lo que ha hecho. Los guardias de la reina se abalanzan sobre ella como una manada de lobos y el capitán la levanta del suelo. El resto de los guardias cierran filas en torno a ella. Algunos de los hechiceros crean barreras en torno a los invitados del baile para evitar que auxilien a Remi. Los guardias cierran la formación antes de escoltarla fuera del baile. Ren aparece de entre las sombras de las cortinas para seguir a los guardias.

Quiero gritarles que no le hagan daño, pero la voz, que hasta hace unos minutos fluía con naturalidad, se me ha atascado en la garganta.

Mientras los hechiceros cantan, la herida de Elene se cura. Se le cierra, pero unas líneas púrpuras se extienden desde la cicatriz rosa. Sea el veneno que sea el que contuviera la horquilla, continúa en sus venas. Elene fija los ojos en mi boca. Ve que no estoy cantando.

—Traidoras —susurra entre dientes—. Sois todas unas traidoras.

Elene se pone de pie y Raquelle deja caer la horquilla al suelo. Estoy tan sorprendida que no soy capaz ni de moverme y todo cuanto he ensayado decir para enfrentarme a ella desaparece de mi mente. Elene me toma del pelo. Yo emito un chillido y me revuelvo, pero ella mantiene un agarre firme a pesar del veneno que corre por sus venas. Hace un gesto con la cabeza a los guardias que permanecen en la sala y estos sellan las puertas del salón de baile y encierran a todo el mundo en el interior.

—¡Mi reina! ¡Nosotros no hemos hecho nada! —protesta un lord junto al trono.

Elene aprieta su agarre en torno a mi pelo. Me duele el cuero cabelludo.

—Habéis infiltrado a uno de vuestros espías de la resistencia en mi corte. Habéis conspirado para asesinarme. Permaneceréis aquí mientras interrogamos a la traidora.

—¡No es cierto! —exclamo entre sollozos mientras intento escaparme de ella—. Tú trajiste a Remi. *Tú* fuiste quien la arrestó. Nadie ha conspirado contra ti. ¡Yo no sabía nada!

—¡Silencio! —grita Elene. Me sacude con tanta fuerza que me pregunto si me arrancará el cabello de la cabeza—. Has tenido tiempo más que suficiente para planearlo. Me sorprende que escogieses un método tan inútil. ¿Qué pasa? ¿Tenías demasiado miedo para hacerlo tú misma?

Me baja de la plataforma a rastras. La multitud se separa cual cortinas, demasiado atemorizada como para situarse frente a Elene mientras ella camina.

—No me imagino cómo le han metido a esa muchacha esas ideas en la cabeza para traicionarme. Serás tú la que la interrogue y quizá entonces, cuando haya muerto, considere la idea de permitir que te quedes aquí.

Cruzamos los jardines escoltadas por los guardias. El viento frío me azota el hombro desnudo. Caigo y me rozo las rodillas con el empedrado helado. Pero Elene no libera el agarre en mi pelo hasta que entramos en los calabozos. Para entonces, el cuero cabelludo se me ha insensibilizado y me estalla el cuello de dolor. Bajo las escaleras que conducen a los calabozos inferiores a rastras tras ella.

Las paredes del calabozo inferior están húmedas y cubiertas de musgo. Parece que destilen miedo. Un olor empalagoso a canela y a moho impregna el aire. Se me eriza el vello de la parte trasera del cuello. ¿Cuánta gente ha muerto a manos de Ren? ¿A cuántos han dejado pudrirse aquí, en una tumba subterránea, prisioneros en la oscuridad por voluntad de Elene?

No permitiré que eso le suceda a Remi.

Hay un grupo de hechiceros y guardias delante de una celda al final del corredor. Elene se dirige a ella. En el suelo de los calabozos se han formado charcos de agua que me calan los zapatos. El olor se intensifica y se vuelve tan fuerte que puedo percibir el sabor de la sangre y la canela en la boca.

Una vez llegamos a la celda, se me cae el alma a los pies. Al contrario que otras celdas de los calabozos, esta está hecha de magicristal transparente. En el interior, veo a Remi de pie, sumergida en agua sucia hasta la cintura. Su vestido está empapado y le pesa.

Observo cómo Ren les hace un gesto a dos hechiceros elementales. A veces, tanto él como Elene disfrutan de la magia coreografiada. Los hechiceros elementales cantan al unísono y en perfecta armonía. El agua del tanque sube por orden de su canción. Remi grita cuando el agua le llega al cuello y a continuación la cubre por completo. La celda de cristal se llena hasta arriba. Ella se revuelve en el agua.

—¡Deteneos! —grito a los hechiceros. Ellos ni siquiera me miran. Puede que sepan de lo que soy capaz, pero temen más a Ren y a Elene.

—Sí, deteneos —ordena Elene. El agua de la celda baja. Aparece un pequeño espacio de aire sobre la cabeza de Remi y ella jadea. Elene me agarra del bíceps, clavándome las uñas con tanta fuerza como para perforarme la piel—. Serás tú la que acabe con ella. Es lo único que me hará creer que no eres una traidora.

Remi se abraza a sí misma y tiembla violentamente. Fulmina a Elene con la mirada a través del cristal con ojos fieros y desafiantes. Pero cuando su mirada se centra en mí, solo exhibe tristeza.

Lo peor de todo es que ya no cree en mí.

—No lo haré —espeto, y me vuelvo para mirar a Elene—. No pienso hacerlo.

Elene se limita a sonreír. Me observa durante un momento y después comienza a cantar.

Siento cómo su magia me araña la garganta, pero en esta ocasión estoy lista. Canto las palabras de la canción defensiva que he ensayado y le ruego a Adela que me ayude. Una calidez suave me envuelve la piel y la presión en mi garganta se torna más leve que un beso.

La sonrisa en la cara de Elene se esfuma, pero antes de que pueda replantear su ataque, yo cambio de canción. Entono las palabras de un hechizo constrictor, elevando la voz y forzando que la magia impregne la canción.

Sin embargo, mi hechizo ni siquiera le revuelve el pelo. Ella estalla en carcajadas y yo intento usar un hechizo de calor en su lugar, pero la risa de Elene se vuelve más fuerte.

Tararea una melodía que desconozco y la fuerza me estampa contra la pared del calabozo. Me daño la cabeza contra la piedra y se me congela la sangre en el pelo. Me resuenan los oídos. Caigo de rodillas, tosiendo. El olor a jardín de invierno, eléboro y avellano de bruja se espesa en el aire como si de merengue se tratase.

No puedo depender de mi educación. Elene sabe qué canciones esperar de mí, porque se ha encargado de elaborar personalmente mi plan de estudios. He sido una necia al pensar que no habría preparado una defensa para lo que sé. Además, es probable que Madam Guillard le haya contado que me entregó el volumen de magia personal para estudiarlo.

Ren da un paso al frente —no me cabe duda que para poner fin a lo que ha empezado Elene—, pero Elene levanta la mano.

Ren me guiña el ojo y estira los brazos como si de un director de orquesta se tratase.

—Y un, dos, tres —canturrea, haciendo un gesto con la cabeza a los hechiceros elementales.

Remi chilla, pero el agua que llena el tanque ahoga pronto sus gritos.

Veinte segundos. Treinta. La sangre de mi cuero cabelludo me resbala por el pelo. El calabozo da vueltas.

Ren vuelve a mirar a Elene. Ella asiente con un gesto seco. Me percato de que sus mejillas han adquirido un tono verduzco y que tiene que apoyarse contra la pared del calabozo. Los hilos de veneno se han extendido más allá del cuello de su vestido.

Ren se inclina y me agarra del pelo. Me causa tanto dolor que se me revuelve el estómago. Me propina un bofetón con tanta fuerza que me nubla la vista y recuerdo con tanta claridad todas las veces que lo hizo cuando era pequeña que se me escapa un gemido.

Cuarenta segundos, después llega al minuto. Los puños de Remi golpean el cristal con frenesí.

—Y fin —ordena Ren.

El agua baja y vuelve a la cintura de Remi. Ella escupe y jadea; su piel se ha teñido de azul.

—¿Cuántas veces creéis que podemos hacerlo y mantenerla viva? —pregunta a los elementales—. ¿Veinte?

El pequeño descanso no es ninguna muestra de misericordia. Ren quiere hacerla sufrir, evocar el horror de ahogarse una y otra vez sin esperanza alguna de supervivencia. La mirada de sus ojos… se ha rendido. Si no hago nada, morirá. Y después de que Elene me obligue a ser testigo de ello, también me matará a mí.

Agarro la gema de oración sobre mi cuello. He corrompido el don de Adela y he servido a sabiendas a una reina hereje. No me merezco la ayuda de la diosa, pero la suplico de todas formas. Imagino las velas de oración de mi habitación y recuerdo las voces aflautadas de mis cajas de música. Ralentizo la respiración y algo del pánico se desvanece.

Me viene a la mente una melodía de una canción que apenas conozco. Un torrente de magia se crea en mi interior, un poder que no es mío. Empiezo a murmurar las palabras del sueño de la muerte. Es una canción delicada que se canta por encima de mi registro natural. Jamás he sido capaz de dominarla, de cantar cada nota con la precisión que requiere la magia, porque Elene nunca me ha permitido dedicarle tiempo. Es efectiva, aunque indolora, y por lo tanto no le servía de nada.

Elene no espera la fuerza del hechizo. No está preparada para defenderse. Cuando la alcanza, se le doblan las rodillas y se desploma en el suelo, inerte.

Los hechiceros y los guardias en torno a mí caen de rodillas, suplicantes, todos incluido Ren. Remi se ríe en su celda y aquel chirrido ronco me parece el mejor sonido del mundo.

—Abrid la celda —exijo, apretando los puños.

Mi voz no tiembla, a pesar de seguir sintiendo un poder que no me resulta familiar en mi interior. Ver a Elene inmóvil en el suelo me asusta y me alegra a la vez.

Trago saliva con fuerza. ¿Habré empezado otra guerra al atacar a Elene? Quizá debería matarla y acabar con esta lucha de poder antes de que empiece siquiera. Pero no estoy cualificada para juzgar a Elene, y no soy capaz de arrebatarle la vida.

Me centro en Ren, que se esconde acobardado tras dos de sus hechiceros. Él me ha hecho más daño que Elene. Me alegro de que me tema, así entenderá lo que yo he sentido durante tantos años. Quiero hacerle daño, pero sea lo que sea lo que le haga ahora, no borrará los recuerdos.

En lugar de eso, me vuelvo a los elementales.

—Drenad la celda.

El resto del agua de la celda va desapareciendo poco a poco. Los guardias la abren tras dar un paso hacia delante. En cuanto se abre la puerta, Remi se apresura a envolverme con sus brazos húmedos. Los ojos le brillan de esperanza. Está helada, pero cuando sus labios fríos se estampan contra los míos, lo que siento en mi interior es calor.

Nos separamos siendo conscientes de que tenemos público, pero la sorpresa del beso me llena el estómago de mariposas.

Remi agacha la vista hacia Elene y le propina una patada en el costado. Ninguno de los guardias hace amago de detenerla.

—Tenemos que regresar al salón de baile —manifiesto—. Los hechiceros estarán arrestando a los invitados e intentarán sonsacarles información.

Los labios de Remi se curvan en una sonrisa burlona.

—Creo que los que quedan se van a llevar una sorpresa.

Una de los elementales se adelanta un paso retorciéndose las manos.

—¿Seco su ropa?

Asiento y la hechicera invoca el agua del tejido del vestido de Remi, así como de su pelo y de su piel. Arrastra las partículas de suciedad hasta que caen al suelo en una pila de arena. Para cuando la chica termina, Remi luce casi tan bien como en la pista de baile.

Elene se revuelve y rueda hasta colocarse boca arriba con un gruñido. Los guardias forman un círculo de protección en torno a ella de inmediato, su lealtad se mueve cual péndulo. Abro los ojos como platos. El hechizo debería haber durado horas. Elene ha debido de lograr cantar de alguna manera unas notas de un hechizo defensivo antes de que mi magia la alcanzase, o quizá Odetta le esté dando su protección.

Pensar en una guerra entre el cuarteto, en que dos diosas nos usen como representantes para su lucha, me llena de miedo, pero empujo a los guardias a un lado. Tengo que actuar deprisa, antes de que sea capaz de orientarse, así que elijo una canción que conozco bien, que he ensayado una y otra vez hasta perfeccionarla.

La balada de calor sale de mis labios.

Elene chilla mientras yo centro mi poder en su frente. Quiero conjurarle fiebre, lo que la mantendrá en el suelo.

Elene se lleva las manos a la cabeza. La sacude de lado a lado, tratando de deshacerse de la magia como si de agua se tratase. A continuación, se encoge en posición fetal, golpeándose la frente contra las piedras del calabozo. Le resbala sudor del ceño, así como lágrimas de los ojos.

—Por favor —suplica—. Por favor.

—Tienes que matarla —exclama Remi.

Tengo la garganta tan seca que no soy capaz de hablar, pero niego con la cabeza.

Señalo al capitán de la guardia para que dé un paso al frente.

—Ponedla bajo custodia junto al jefe de ejecutores. Liberad al prisionero de la celda de magicristal del quinto piso. Encarceladlos a ellos allí en su lugar.

—¡No seas tan ingenua! —susurra Remi—. ¡Los liberará en cuanto te vayas! ¡Sabes que lo hará!

El capitán hace caso omiso de ella.

—Así se hará —conviene, y asiente con un gesto breve.

Uno de sus hombres agarra del brazo a Ren y lo arrastra hasta donde está Elene. La misma reina se pone de pie, temblorosa. Los guardias se agrupan en torno a ella y la conducen por las escaleras.

—No me lo puedo creer. ¿Cómo puedes ser tan necia? —explota Remi—. Sabes lo que ha hecho. Ha asesinado a cientos de inocentes, ¡ha masacrado a familias enteras! Si muere, no habrá ocasión de que vuelva a estallar una guerra. Todo habrá acabado.

—Es mi decisión —respondo y me cruzo de brazos—. Y elijo no ser como ella.

Remi vuelve a abrir la boca para contradecirme, pero la interrumpo.

—Tenemos que volver.

Me giro sobre los talones y vuelvo a subir las escaleras del calabozo.

Capítulo 31

CADENCE

El caos nos da la bienvenida en el salón de baile. Harapientos soldados armados con mosquetes y espadas rodean a un grupo de nobles que se halla de rodillas en el suelo. Los hechiceros lanzan canciones en su dirección que son recibidos por una lluvia de disparos. Otros cantantes dejan las filas de los hechiceros y se unen a las de los soldados corrientes, proyectando sus voces por encima de los disparos y focalizándose en aquellos que aún son leales a Elene. Unos cuantos nobles han partido las patas de unas sillas y algunas esquirlas de hielo y las usan como armas en la refriega. La sangre penetra en la nieve mágica.

Reconozco a algunos de los sirvientes de palacio entre el ejército. Etienne está parapetada tras una silla y apunta un rifle de caza a un hechicero. Una de las cocineras se yergue sobre la parte alta de la galería y vierte aceite caliente sobre un cantante que tiene debajo.

Un muchacho negro ataviado con el uniforme verdeazulado del gremio de los canteros parece estar al mando. Usa solo gestos con las manos para expresar las órdenes.

Por un momento, lo único que soy capaz de hacer es quedarme parada en la puerta, conmocionada. ¿Cuánto tiempo lleva fraguándose esto? ¿Cuántos rebeldes se han infiltrado en palacio y han trabajado bajo las mismas narices de la reina?

¿Remi lo ha sabido todo este tiempo?

Entonces, un hechicero elemental vestido con uniforme de ejecutor dispara una bola de fuego a un muchacho agazapado detrás de la mesa de los refrigerios. El disparo no le da al joven, pero pulveriza a los colibrís de hielo que sobrevuelan el aire mientras pían y llenan al muchacho de esquirlas. Su rostro me resulta familiar, y cuando él me ve, sonríe. Es el mismo chico que curé en Santa Izelea, maldecido por un hechizo constrictor de Ren.

Antes de poder reaccionar, otra hechicera canta y el ejecutor cae; la piel de su rostro está desollada y se ven tendones rosados además de un atisbo de hueso blanco amarillento por debajo.

Con Remi a mi lado, levanto la barbilla y me obligo a penetrar en la estancia. Mis habilidades son bien conocidas en todo el reino, y, en ausencia de Elene, me confieren cierto estatus. Los otros hechiceros me escucharán si hablo con firmeza, con la autoridad de Elene.

—¡Nolan! —Remi grita al joven al mando.

Él se gira al oír el sonido de su voz. Al vernos juntas, le hace unos gestos a sus luchadores para que paren el fuego.

Todos se quedan en silencio mientras caminamos hasta la tarima de la reina. Mis zapatos mojados dejan un rastro de agua a nuestra espalda. Raquelle ha desaparecido, por lo que los tres asientos se encuentran vacíos. Por un segundo, considero la idea de sentarme en el trono de Elene, pero me recojo la falda y me siento en mi propia silla.

El líder se aproxima y le guiña un ojo a Remi antes de sentarse en el trono de Elene. Tiene un semblante atractivo y un brillo pícaro en los ojos que hace que me caiga bien de inmediato. Sujeta un mosquete sobre las rodillas. Las fuerzas rebeldes prestan atención, pero, aunque no atacan, los hechiceros de Elene siguen concentrados en sus objetivos. Si no pronuncio las palabras adecuadas ahora, asesinarán a los rebeldes antes de que estos puedan recoger sus armas.

—La reina ha sido arrestada. Ahora se encuentra bajo custodia —informo.

Los otros hechiceros se me quedan mirando sin disimulo. Algunas miradas están llenas de felicidad y otras, de reproche.

—¿Arrestada? ¿Cómo? —entona una mujer mayor noble y negra. Viste un elegante vestido de seda gris con un desgarro en el hombro. Tiene salpicaduras de sangre en el dobladillo del vestido, pero algo en su valiente expresión me hace dudar de que sea suya. Da un paso adelante ayudándose de un bastón. Me señala con él de forma acusatoria. La punta acolchada está empapada de sangre pegajosa—. ¿Y se supone que hemos de creer en la palabra de su ojito derecho? La reina nos ha tomado a todos por necios, esperando que hablásemos contra ella y nos incrimináramos cuando no hemos hecho nada más que defendernos de su ataque. Todos te conocemos. Si ha sido arrestada, *tú* también deberías estar en prisión, junto a ella.

Me encojo en el sitio, pero Remi sale en mi defensa.

—La reina Elene seguirá presa hasta el día de su juicio. Soy Remi de Bordelain, hija de Claude y Laurel. Si no creéis en su palabra, entonces creed en la mía.

La mujer mayor frunce el ceño y entorna sus ojos marrones e intensos.

—¿Y dejar que se corone como nueva reina? Deberíamos matarlas a ella y a la reina a la que sirve.

Despacio, los otros invitados se ponen de pie. Pero pese a mis palabras, siguen mirándome con abierta hostilidad. Algunos parecen estar preparados para estrangularme en el sitio. Respiro hondo y alcanzo la mano de Remi.

La mujer mayor planta las manos en sus caderas.

—Elene era una usurpadora. Si ya no está, el poder debería pasar a la siguiente en la línea de sucesión de la antigua reina. Mi sobrina-nieta.

—¿La línea de sucesión de la antigua reina? —inquiere uno de los hechiceros. Abre los brazos y se gira hacia los otros hechiceros junto al trono—. El cuarteto nos otorgó la magia. Gobernar es nuestro destino. Cadence es la más poderosa de la academia, así que debería ser ella la guardiana del trono o designar a otra persona si así lo desea. O incluso podríamos tener un rey.

—¿Un rey? —escupe una mujer noble—. ¡Llevamos quinientos años sin tener un rey! Todos saben que los hombres no están hechos para gobernar.

El cantante se gira hacia la mujer y comienza a tararear. Pero antes de que su canción surta efecto, otro hechicero invoca un ciclón que lo barre del suelo y lo lanza al otro lado del salón.

Nolan le dedica una sonrisa al defensor.

—Con la reina destituida, tenemos la oportunidad de empezar de nuevo —declara—. La reina Celeste murió sin dar a luz a ninguna heredera directa. Su sobrina, señora, es tan solo una prima lejana. Tal y como yo lo veo, tenemos la oportunidad de crear algo nuevo, algo para todos.

Murmullos de asentimiento se oyen entre los plebeyos de la estancia. Algunos de los nobles y hechiceros parecen escépticos, pero todos guardan paz.

Y entonces las puertas del salón de baile se abren de golpe.

Elene entra a trompicones con la máscara de nuevo en su sitio. Ren la sigue, arrastrando un cuerpo inconsciente a su espalda. A mi lado, Remi ahoga un grito.

Ren arrastra al padre de Remi hasta el centro del salón y los nobles, aturdidos, se apartan de su camino para dejarle paso.

—Voy a destriparlo con mi magia. Haré que todos sus huesos se desintegren y le quitaré el aliento a su cuerpo —jadea Ren.

Elene me señala con un dedo.

—Estúpida. Llevo en el trono desde que eras una niña. He sangrado por él. ¿Pensabas que me iba a ir tan tranquila? ¿Después de haber conspirado para envenenarme?

La ira centellea en los ojos de Elene. Si quiero que alguno de nosotros salga vivo del salón de baile, tengo que ser capaz de hacerlo.

Tengo que estar dispuesta a matar.

Elene pronuncia una nota aguda. Su voz alcanza hasta el tono más alto posible de la escala y el padre de Remi se ve impulsado hacia arriba. Se comba en el aire como si fuese una marioneta sujeta por hilos y su cuerpo se ve dominado por violentas sacudidas. Se le disloca el brazo izquierdo.

—Cadence —susurra Remi—. Por favor.

La voz de Elene resuena en todo el salón de baile. Canta las palabras de una canción que no conozco, y mientras lo hace, la sangre comienza a manar de la nariz y los ojos del vizconde. Sin pensar, empiezo a cantar la canción defensiva que aprendí para mí misma, pero en vez de dirigir la magia hacia el interior, la arrojo hacia afuera. Imbuyo tanta magia como puedo a la canción. Un escudo de zafiro rompe el suelo y cubre al padre de Remi.

Ren se coloca delante de Elene. Esta vez no vacilo. Él me ha acosado —me ha hecho daño— durante toda mi vida, y hoy por fin se acaba. Proyecto mi voz para que el hechizo lo golpee a él de lleno. El crujido de sus huesos resuena en mis oídos cuando le rompo la espalda y tiro de su columna vertebral a través de la piel. Un rugido de dolor y furia emana de su garganta, ahogado por el borboteo de la sangre. Se le quiebra la caja torácica y se le separa como un pájaro con sus alas. La rabia en sus ojos se atenúa y desaparece.

No me percato de que los otros hechiceros están cantando hasta que Ren se derrumba en el suelo. Elene está también en el suelo, arrullada en un estado de estupor gracias a una poderosa canción de sueño de los hechiceros. Con tanta magia dirigida hacia ella, no hay defensa que pueda canturrear para reflectarla.

La sangre forma un charco bajo el cuerpo de Ren. Ahora parece pequeño, plegado sobre sí mismo con las rodillas apretadas contra su pecho destrozado. Espero sentir culpabilidad, pero esta no llega. En cambio, me siento tan liviana que hasta podría reírme.

Bajo el escudo mágico y Remi sale corriendo hacia su padre. Se abrazan y el vizconde comienza a sollozar. Tarareo unas cuantas notas para comprobar su estado de salud. Aunque su corazón late desbocado y tiene el hombro desgarrado, sobrevivirá.

Madam Guillard observa la escena desde detrás de una cortina al fondo del salón de baile. Camina hacia la tarima con las manos cerradas a los lados del cuerpo. Le dedica a Nolan una reverencia nerviosa, y luego saca de uno de los bolsillos de su capa una pequeña bolsita.

—Si queréis arrestarla —dice con voz queda—, necesitaréis esto.

Saca un pequeño cuchillo dorado de la bolsita. Lo reconozco de inmediato como el que se cayó de su estantería, el que me prohibió tocar con tanta vehemencia.

Cuando lo miro, la misma sensación incómoda que sentí en sus aposentos me recorre la espalda. El mismo olor a muerte emana de la hoja.

—Esto se les confía a todas las directoras de la academia —explica con cautela—. Nuestra posición requiere algo más que solo dirigir la escuela, y nuestra labor de disciplina se extiende a todos los hechiceros que hemos entrenado y formado. Esta es una hoja encantada, creada por un sacerdote en el siglo V. Un pequeño corte en el cuello, lo bastante profundo como para derramar sangre, activará un hechizo que le cortará las cuerdas vocales.

De repente, soy incapaz de respirar. Miro a Madam Guillard.

—¿Es el único que existe?

Madam Guillard inclina la cabeza.

—Sí.

Pienso en Anette. Su único delito fue no poseer tanta magia como para satisfacer a Elene. La colonia de los expulsados está llena de personas con historias iguales a la de ella. Siempre creí que la ceremonia era algo brutal, llevada a cabo a manos de los ejecutores. Nunca me había imaginado que el arma que usaban para despojar de la canción y el habla a tantas personas inocentes se encontrara en la estantería de mi querida maestra durante todo este tiempo.

Las lágrimas corren por las mejillas de Madam, pero me mira a los ojos.

—Tú tienes tu propia vergüenza —dice y levanta el cuchillo—. Esta es la mía.

Camina hasta donde yace Elene. Se agazapa y presiona el cuchillo contra su garganta.

—Este fue mi error —confiesa—. Tendría que haber hecho esto la noche que asesinaste a la reina Celeste, cuando viniste por primera vez a mí con las manos llenas de sangre.

Respiro hondo y luego me pongo en pie. Me tiemblan las piernas con cada paso que doy, pero me acerco a mi tutora y extiendo la mano para que me pase la daga. Esta noche, mientras otros luchaban, ella volvió a elegir esconderse, permanecer neutral. Quizá vea esto como un momento para demostrar su valía a los líderes rebeldes, a los nobles reunidos aquí, a Remi, a mí.

No le daré esa oportunidad.

Madam suspira y luego, vacilante, me tiende la hoja.

Me arrodillo en el suelo junto a Elene y le sostengo la cabeza en mi regazo. Le quito la máscara y la arrojo al otro lado de la sala. Después, con un movimiento suave, le hago un pequeño corte en la garganta. La sangre brillante gotea del corte hasta manchar el cuello de encaje de su vestido. Elene no se mueve.

Capítulo 32

CADENCE

El juicio se celebra varias semanas más tarde. Gente de todo el país viaja a Cannis para revelar pruebas contra Elene. Incluso algunos de los hechiceros más leales han accedido a testificar contra ella a cambio de reducir su condena.

Un jurado conformado por cantantes, nobles y plebeyos escucha el proceso. La madre de Remi adopta el papel de jueza. Elene no intenta defenderse en el juicio. Lleva una bufanda roja en torno al cuello y exhibe su rostro sin máscara. Cuando los escribas de la corte le ofrecen papel y tinta para escribir su testimonio, ella los rechaza.

El jurado condena a la anterior reina a la muerte, pero la madre de Remi la conmuta a cadena perpetua en una celda de magicristal. Aunque descubra cómo acceder a sus poderes, al igual que han hecho los hechiceros de la colonia de los expulsados, no será capaz de escapar. La mayoría de los nobles del jurado rechaza el veredicto, pero al final convienen en que la separación entre hechiceros, plebeyos y nobles ya es grande de por sí y que el país debería enfocarse en mirar hacia delante y en permanecer unido. Por primera vez, tendremos presidente y no reina. Quienquiera que gane las elecciones necesitará el apoyo de las tres facciones.

Aparte de cuando me convocaron para testificar, no se me permitió asistir al juicio. Me han conmutado mi propia sentencia. A cambio de salvar a Remi e incapacitar a Elene, no tendré juicio. Por ahora. Me han sacado de palacio y me han relegado a una antigua casa en el casco antiguo, muy cerca de Santa Izelea, en la que me custodian día y noche. Lacerde ha decidido permanecer a mi lado.

No obstante, en la nueva Bordea, a los monstruos como yo también nos dan uso. Aunque no se me permite salir de la casa, paso los días escribiendo nuevas canciones de sanación más versátiles y atendiendo a los pacientes que Santa Izelea me refiere.

Durante la última tarde del juicio de Elene, Remi acude a la casa a visitarme. Lacerde le permite entrar, pero no bajo a saludarla. En lugar de eso, permanezco sentada en la cama, rodeada de partituras y tinta y escucho el repiquetear feliz de sus pisadas al subir las escaleras antiguas y desvencijadas.

Llama a la puerta de la habitación, vacilante, antes de abrirla. Recoge las partituras en una pila ordenada y me retira el tintero del hueco de la rodilla. Se deja caer en la cama a mi lado con un suspiro de cansancio.

Su madre se postula a presidenta en las elecciones abiertas a todos los ciudadanos y no hemos pasado mucho tiempo a solas. Remi ha estado repartiendo panfletos y hablando con la gente a la que puede que un día su madre gobierne. Si Laurel de Bordelain se convierte en presidenta, espero que lo que haya entre Remi y yo no acabe. Puede que la líder quiera consolidar sus alianzas. Quizá vuelvan a presionar a Remi para que se case.

Parece que su madre ganará. Lacerde me trae el periódico todos los días y las acciones de Laurel como líder secreta de la resistencia aparecen en casi todos los titulares. Han impreso las cartas que escribió y envió a todos los puntos del país y que contenían planes codificados. Los plebeyos adoran a Laurel por su perspectiva progresista y su título le ofrece credibilidad entre los nobles que aún se muestran inseguros. Los hechiceros la respetamos por haberse mostrado justa en el juicio de Elene.

—¿Qué pensarían tus padres? —murmuro cuando Remi se mueve hasta sentarse a mi lado. Empieza a besarme el cuello.

—¿Sobre qué? —pregunta, acariciándome el pelo y mordisqueándome el lóbulo de la oreja.

—Sobre lo que estamos haciendo. —Me vuelvo para mirarla a los ojos—. Si tienes que casarte pronto, puede que sea hora de aceptar…

Remi pone los ojos en blanco. Me toma de las manos.

—Ah, ya somos la comidilla de la corte. Todo el mundo nos vio bailar. —Ahueca las manos en torno a la boca y grita, imitando a los vendedores de periódicos ambulantes—. ¡La hija de la futura presidenta tiene una aventura con la antigua cantante principal!

—¿A tus padres no les importa?

Ella se encoge de hombros.

—Antes de que nos arrestaran, intentaban por todos los medios casarme con un plebeyo. Temía confesarles que no quería casarme con un hombre, pero, después de todo lo sucedido, el simple hecho de que siga viva ya los hace felices. No les importa a quién ame.

—¿Ames? —repito, alzando el tono una octava—. ¿Y si tu madre se convierte en presidenta? ¿No tendrías un matrimonio político?

Incluso a sabiendas de los prejuicios de Elene, después de todo lo que me contó sobre los nobles, me resulta difícil imaginar a los padres de Remi aceptándolo sin más. Aceptando lo nuestro.

—El país está cambiando —insiste Remi. Me tira de un mechón de pelo—. Mamá desearía que tuvieses un pasado diferente, pero me acepta como soy. No le importa que seas mujer. Dale tiempo para que te conozca.

Sonrío y quito el resto de las partituras de la cama. Caen al suelo una detrás de otra.

—Habrá caos —prosigue Remi mientras cierra las piernas en torno a mi cintura y me empuja hacia atrás, a un mar de cojines blancos—. Con los sistemas nuevos que mamá quiere implantar. Quiere destruir las barreras entre los nobles, hechiceros y plebeyos. Algunos comparten su opinión, pero no va a resultar tan fácil. Tú has sido la cantante más poderosa de la reina, así que estoy segura de que te hará llamar pronto para intentar buscar tu respaldo.

—Entonces no puede separarnos, ¿no? —Siento una débil llama de esperanza en el interior. Los hechiceros me respetan, aunque sea por mi magia. Podré persuadirlos para respaldar a la vizcondesa.

Antes de que pueda meditar sobre ello, me inclino y rozo sus labios con los míos. Me aferra el mentón con más firmeza y me acerca a ella. Caemos de nuevo contra los cojines en un amasijo de extremidades y besos suaves.

Cada nervio de mi cuerpo canta. Siento como si mis labios hubieran esperado este momento durante toda una eternidad, como si a los seis años hubiera sabido que estaríamos así un día y que todo cuanto hemos hecho entretanto solo ha sido tiempo perdido.

Nos separamos mucho después y Remi salta de la cama.

—Debo reunirme con mi padre, pero ven a cenar con nosotros mañana por la noche. Mamá te dará un pase para que puedas salir de la casa. Quiere conocerte de verdad.

—Claro —susurro.

Una vez se marcha, pongo las partituras en orden, incapaz de dejar de sonreír.

Llaman a la puerta de nuevo. Alzo la vista, esperando que Remi vuelva saltando a por un último beso o porque se le ha olvidado el bolso. Pero cuando nadie entra, grito:

—Pase.

Uno de mis guardias nuevos abre la puerta y se quita el sombrero ante mí. Porta una caja larga y blanca bajo el brazo.

—Un regalo —me informa.

Me siento con la espalda recta y señalo el tocador.

—Póngalo ahí.

El guardia asiente. Lo coloca delante del espejo y se marcha. Saco el taburete de debajo de la mesa y me siento frente al paquete. La caja es sencilla y no está decorada. No hay lazo ni tarjeta fuera. Levanto la tapa y miro el interior.

La caja contiene un tulipán. Es de tono rosa palo con manchas rojas en los bordes de cada pétalo. El tallo aún conserva unas gotitas de agua sobre él y, cuando alzo la flor frente a mí, estas permanecen congeladas sin moverse. Me la llevo a la nariz y la huelo. El aroma es fresco y demasiado dulce. Aún perdura el perfume suave de una magia que me resulta familiar.

Agradecimientos

Primero y, ante todo, quiero darle las gracias a mi familia. A mi esposa, Sophie, que es el pilar de nuestra relación frente a mi caos. Gracias por apoyar mis sueños y por todas las tazas de té que me has traído por las mañanas. Gracias también a mis padres por inculcarme el amor por la lectura y siempre animarme a perseguir la escritura. Pese a que nunca leerán esta novela y su ayuda es cuestionable, gracias a mis dos gatos por ser mis compañeros de escritura día tras día.

En segundo lugar, quiero darle las gracias a toda la gente que ha hecho posible que se publique *Canción de sangre*. Mi agente, Eric Smith, que, cuando le describí la novela en un principio, literalmente dijo: «¡Cuenta con mi espada!», y ha sido su abanderado desde entonces. *Canción de sangre* no podría haber encontrado un hogar sin ti. A mi increíble editora de FSG, Trisha de Guzman, que creyó en este libro y cuyos comentarios, anotaciones y ánimos han sido verdaderamente fundamentales para dar forma a *Canción de sangre* hasta la historia que es ahora. Al fantástico equipo de FSG y Macmillan Kids, especialmente a Cassie Gonzalez, Taylor Pitts, Celeste Cass, Jill Freshney, Elizabeth Clark y Brian Luster. A Rebecca Schaeffer, por aceptar el desagradecido trabajo de ser mi jefa de lectoras beta y mi terapeuta, a quien le estoy agradecida por todas las veces que la he bombardeado a mensajes. A Katherine Locke, cuya ayuda fue significativa para darle forma a *Canción de sangre* en sus primeros borradores. A Jenn, Chasia, Suzanne, Sangu, Erica, SM, y Gabe, por ofrecerme inestimables opiniones sobre *Canción de sangre* durante todo el proceso.

También quiero darles las gracias a mis increíbles amigas escritoras que me han apoyado durante este viaje. A C. B. Lee, mi

Hufflepuff favorita, que siempre sabe lo que decir para hacerme sentir mejor y que me ha incluido en muchas de sus aventuras y congresos. A Laura Lam, Kaite Welsh y al resto de escritoras de Edinburgh Monday: ¡gracias por vuestro apoyo mientras escribía este libro y lo enviaba a editoriales! Seattle es genial, pero os echo de menos. A mi nuevo grupo de escritoras en Seattle —Rachel Lynn Solomon, Rachel Griffin, Margaret Owen, Jennifer Mace, Alix Kaye y A. J. Hackwith—, gracias por darme la bienvenida a vuestra ciudad y por estar preparadas con café y cócteles cuando os he necesitado. Al Team Rocks y a toda la gente de Fight Me, gracias por ser grandes fuentes de conocimiento y por vuestro incesante apoyo durante estos últimos años.

Y, finalmente, gracias a mis lectores, por darle una oportunidad a esta novela y por embarcarse en este viaje conmigo.

Sigue a Wonderbooks
en www.wonderbooks.es
en nuestras redes sociales
y suscríbete a nuestra *newsletter*.

Acerca tu teléfono móvil a los códigos QR
y empieza a disfrutar de información anti-
cipada sobre nuestras novedades y contenidos y ofertas exclusivas.